젊은 베르테르의 슬픔

jungen Werthers.
젊은 베르테르의 슬픔

2판 3쇄 인쇄 | 2025년 05월 20일
2판 3쇄 발행 | 2025년 05월 25일

지은이 | 요한 볼프강 괴테
옮긴이 | 김시오
펴낸이 | 윤옥임
펴낸곳 | 브라운힐

서울시 마포구 토정로 214 (신수동 388-2)
대표전화 (02)713-6523, 팩스 (02)3272-9702
등록 제 10-2428호

© 2025 by Brown Hill Publishing Co. 2025, Printed in Korea
ISBN 979-11-5825-178-9 03850
값 15,000원

*무단 전재 및 복제는 금합니다.
*잘못된 책은 바꾸어 드립니다.

jungen Werthers.
젊은 베르테르의 슬픔

요한 볼프강 괴테 지음 | 김시오 옮김

Leipzig,
in der Weygandschen Buchhandlung.

차 례

제1부 · 한적한 곳으로의 이사　7

제2부 · 이루어질 수 없는 사랑　113

제3부 · 엮은이가 독자에게　185

> "가엾은 베르테르의 이야기에 관해
> 내가 할 수 있는 데까지 최선을 다해 모아서
> 여러분 앞에 내어놓습니다.
> 여러분은 그것을 고맙게 여기리라고 믿습니다.
> 여러분은 베르테르의 정신과 성품에 대해서는 감탄과 사랑을,
> 그의 운명에 대해서는 눈물을 흘리며 한없이 안타까워할 것입니다.
>
> 그리고 선한 영혼을 가진 이들이여,
> 만약 그대가 베르테르와 똑같은 충동에 사로잡혔다면,
> 그의 슬픔에서 위안을 얻도록 하십시오.
> 그리고 만약 당신이 어떤 운명이나 자기 자신의 잘못으로
> 지금 진실한 친구를 찾을 수 없다면,
> 부디 이 조그마한 책을
> 당신의 친구로 삼아 주십시오."

제1부
한적한 곳으로의 이사

1771년 5월 4일

이렇게 마음이 가뿐한 걸 보니, 훌쩍 떠나오길 잘한 것 같네. 친구여, 인간의 마음이란 대체 어떤 것일까. 내가 그렇게도 사랑하던 자네 곁을 떠나와서 이렇게 즐거운 기분을 가질 수 있다니 말이야. 그러나 자네는 이런 내 마음을 헤아려 주리라고 생각하네. 자네 이외의 딴 사람들과의 관계에 있어서는, 나는 스스로의 마음을 괴롭히는 그런 운명을 타고난 것만 같아.

레오노레와의 관계만 해도 그렇지 않은가. 그녀에 대해서는 참으로 미안하게 생각하지만, 그것이 꼭 내 책임만은 아니라네. 내가 그녀의 여동생이 지닌 독특한 매력에 이끌려 있을 때, 딱하게도 레오노레의 가슴속에 나에 대한 사랑이 싹튼 것을 난들 어쩌겠나.

그렇긴 하지만, 그렇다고 나에게 전혀 책임이 없다고 할 수 있을까? 혹시 내가 그녀의 감정을 부추긴 것은 아니었을까? 그녀가 꾸밈없이 자신의 마음을 드러낼 때마다, 전혀 우스운 일이 아닌데도 그것을 재미있어 하면서 웃음거리로 삼지 않았다고 단언할 수 있을까?

　나 자신에 대해 스스로 비난하면서도 이처럼 태연할 수 있으니, 인간이란 참으로 알 수 없는 존재인 것 같아. 나는 자네에게 약속하겠네. 나는 보다 나은 인간이 되려고 힘쓰겠으며, 운명이 가져다 준 조그만 불행을 그전처럼 자꾸만 되씹는 그런 짓은 하지 않겠다고 말이야. 그리하여 현재를 있는 그대로 받아들이고, 과거는 과거대로 흘려보낼 작정이야. 자네 말이 모두 옳았어.

　사랑하는 친구여! 인간이 왜 이렇게 돼먹었는지 모르지만, 풍부한 상상력을 발휘하여 지난날의 불행했던 추억에 잠기지 말고 오히려 현재를 충실히 살아간다면 인간들이 갖는 괴로움은 좀 더 적어질 것이라고 생각하네.

　미안하지만, 우리 어머니에게 좀 전해 주게. 부탁한 일은 되도록 빨리 처리해서 그 결과를 전하겠다고 말이야. 아주머니를 만나 봤는데, 우리가 생각했던 것처럼 그렇게 나쁜 사람은 아닌 것 같아. 성격이 떠들썩하고 괄괄해서 그렇지 근본은 선량해 보였어. 우리들에게 돌아올 몫의 유산을 주지 않는 것에 대해 어머니가 못마땅하게 생각한다고 말했더니, 아주머니는 여러 가지 이유와 사정 등을 말하면서 조건을 제시하더군. 그 조건만 들어 주면 우리가 요구하는 것 이상의 몫을 보내 주겠다고 했어. 하지만 이 문제에 대해서는 지금 더 이상 쓰고 싶지 않네. 다만 모든 일이 잘될 것 같다고 어머니한테 전해 주면 고맙겠네.

친구여! 이 사소한 일을 통해 나는 새삼스레 느꼈는데, 이 세상의 분쟁은 악의나 흉계보다는 오해와 타성 때문에 일어나는 편이 훨씬 더 많은 것 같네. 적어도 악의나 흉계 쪽이 수적으로 적다는 것은 틀림없는 것 같아.

아무튼 나는 이곳에 와서 잘 있다네. 낙원처럼 아름다운 이곳에서 고독에 잠길 수 있다는 사실에 위안을 받고 있네. 게다가 이 청춘의 계절은 곧잘 겁에 질리곤 하는 내 마음을 따뜻이 감싸 주고 있다네. 모든 나무들, 생울타리들이 모두 꽃다발일세. 나는 한 마리 풍뎅이라도 되어서 이 향기로운 꽃밭 속을 훨훨 날아다니며 모든 영양분을 그 속에서 찾고 싶은 심정이야.

이 도시 자체는 그다지 쾌적하지 않지만, 교외로 나가면 그 풍경이 무척 아름답다네. 다채로운 모습을 지니고 있는 언덕과 아늑한 골짜기가 이루고 있는 조화를 뭐라 설명해야 좋을지 모르겠네. 이미 세상을 떠난 M백작이 이 언덕에다 정원을 꾸몄던 것도 그 아름다움에 마음이 이끌렸기 때문이었지.

이 정원은 매우 소박한 편이야. 누구나 정원에 발을 들여 놓으면 전문적인 원예사의 설계에 의한 것이 아니라, 주인 자신이 스스로의 마음에 들게 설계한 것임을 알 수 있지.

정원 안에는 오래된 정자 하나가 있는데, 나는 그곳에서 고인(故人)이 된 백작을 생각하며 몇 번이나 눈물을 흘렸는지 몰라. 그 정자는 고인이 생전에 무척 좋아하던 곳인데, 나도 무척 마음에 드네. 얼마 안 가서 내가 이 정원의 주인 노릇을 하게 될 지도 모르겠어.

 알게 된 지 얼마 되지 않았지만, 정원사는 나에게 무척 호의적이야. 내가 이곳의 주인 노릇을 해도 그가 싫어하지 않으리라 여겨지네.

5월 10일

 이상하게 여겨질 정도로 명랑한 기분이 나를 사로잡고 있네. 그것은 마음속 가득히 고여 오는 감미로운 봄날 아침의 느낌 같다고나 할까. 나는 혼자서 호젓하게 나의 생활을 즐기고 있다네. 이 고장은 나와 같은 영혼의 소유자에게는 아주 제격이란 생각이 들면서, 요즘 나는 정말 행복하다네.

 친구여! 요즘 너무나 편안한 마음으로 지내기 때문인지, 내가 가진 예술이 기를 펴지 못하는 형편이야. 그림에는 전혀 손을 대지 못하고 있어. 선 하나도 제대로 그을 수가 없지만, 일찍이 내가 지금처럼 훌륭한 화가였던 적은 없었던 것 같네.

 나를 에워싼 아늑한 골짜기에서 안개가 피어오르고, 태양은 울창한 숲의 언저리에서 서성거리다가 단지 몇 줄기 햇살만이 이 후미진 성소(聖所) 깊숙이까지 스며들고 있다네. 나는 쏟아져 흘러내리는 계곡 물 옆의 무성한 풀밭에 누워 대지에 얼굴을 바싹 갖다 대보곤 하지. 그러면 일일이 헤아릴 수 없는 가지각색의 어린 풀들이 새로운 느낌으로 다가오곤 해. 풀줄기 사이에서 꿈틀거리는 자잘한 땅벌레와 날벌레들의 신비로운 모습이 나의 가슴속을 파고들곤 해. 그리고 자신의 모습을 본떠 우리 인간을 창조한 절대자의 존재를 실감하고, 영원한 환희 속에 떠돌게 하면서 우리를 인도하고 보살펴 주는 자비하신 신의 입김을 느끼게 되는군.

친구여! 그러다 보면 어느 결에 내 눈은 촉촉이 젖고, 나를 둘러싼 세계와 하늘이 마치 애인의 모습처럼 마음속에 각인되어 위로받는 기분이 들곤 해. 그럴 때면 나는 말로 표현할 수 없는 그리움에 사로잡힌다네.

내 가슴속에 이토록 충만하고, 이토록 뜨겁게 소용돌이치는 것을 화면에다 내뿜을 수 있다면······. 그리하여 무한하신 하느님을 거울로 삼듯이 내 영혼의 거울로 삼을 수 있다면 하는 생각을 하곤 하지.

친구여! 그러나 나는 그 생각에 압도당해 쓰러져 버리곤 해. 그 장엄함의 기세에 꺾이고 마는 것이겠지.

5월 12일

이 근처에 사람을 매혹시키는 정령(精靈)이 떠돌고 있어서 그런지 혹은 내 가슴에 깃들여 있는 생생한 상상력 때문인지는 모르겠지만, 주위의 모든 것이 정말 천국처럼 느껴진다네.

거리를 조금 벗어나면 샘이 하나 있는데, 그 샘의 마력에 이끌려 그 곁을 떠나지 못하고 있네. 조그만 언덕을 내려가면 아치형의 문 앞에 이르게 되고, 거기서 다시 스무 계단쯤 내려가면 대리석 바위틈에서 맑디맑은 샘물이 솟아나고 있어. 난간을 이루고 있는 야트막한 돌담, 그 주변을 뒤덮고 있는 높은 수목들, 얼굴에 확 끼치는 시원한 냉기……. 이 모든 것들은 사람의 마음을 끌어당기는 그 무엇, 그리고 사람을 전율케 하는 그 어떤 분위기가

있는 것 같아. 나는 이곳에 앉아서 날마다 몇 시간을 보내곤 하지.

이곳에서 시간을 보내고 있노라면, 물을 길어 가는 소녀들을 보곤 해. 그것은 매우 단순하지만 우리 생활에 가장 필요한 일로서, 일상에서 볼 수 있는 순박한 모습이 아니겠는가.

여기 앉아서 주위를 살펴보노라면, 옛 조상들의 삶의 모습이 생생하게 되살아나곤 해. 조상들이 우물가에서 서로 인사를 나누고 혼담을 주고받는 광경도 떠오르고, 자비로운 정령들이 샘을 에워싸고 떠도는 것 같기도 하지. 이런 기분을 이해하지 못하는 사람은, 기나긴 여행길에서 시원한 샘물 몇 모금으로 기운을 되찾아 본 경험이 없는 사람일지도 모른다는 생각이 들기도 하는군.

5월 13일

내 책들을 이곳으로 보내 주겠다는 말인가? 제발 그만둬. 나는 이제 누구의 지도를 받거나 격려 따위를 받으며 자극 받는 일이 싫네. 내 가슴은 혼자서도 충분히 소용돌이치고 있거든.

나에게 필요한 것은 나를 진정시켜 주고 다독여 주는 자장가라네. 하지만 그런 자장가는 늘 내 곁에 있는 <호머> 속에서 찾고 있으며, 끓어오르는 피를 주체하지 못할 때마다 이 자장가로 달래 가면서 지내고 있다네. 정말이지 나처럼 변덕스런 사람을 자네는 보지 못했을 거라는 생각이 드는군.

친구여! 이런 말을 새삼 자네한테 할 필요가 있을까 싶네. 슬픔에 잠겼다가는 걷잡을 수 없는 흥분 상태로 치닫는가 하면, 달콤한 우울에서 파괴적인 정열로 변해 가는 내 모습을 목격하고 자네가 곤혹스러워했던 적이 한두 번이 아니었으니까 말일세.

사실 나는 내 마음을 병든 어린아이 다루듯 하고 있다네. 그리하여 무엇이든 맘대로 하도록 내버려 두고 있지. 이런 말을 다른 사람들에게는 하지 않았으면 좋겠네. 혹시 나쁜 방향으로 해석하는 사람도 있을지 모를 테니 말일세.

5월 15일

이곳 사람들은 벌써 나와 친해져서 무척 나를 따른다네. 특히 어린아이들이 나를 더 좋아하는 것 같아. 처음에는 내가 그 사람들에게 가까이 다가가 이것저것 물어보면, 내가 자기들을 놀리는 줄 알고 퉁명스럽게 외면해 버리는 사람도 있었다네. 그러나 나는 별로 불쾌하게 여기지 않았어. 다만 여태까지 때때로 느끼고 있던 일을 새삼 절감했을 뿐이지. 다소 지위가 있는 사람들은 가난한 사람들과 가까이하면 마치 자신들의 위엄이 손상되기라도 하는 듯이, 언제나 거리를 두고 냉담하게 대한다는 사실 말이야. 그런가 하면 자신만은 파격적인 것처럼 공손하게 굴어, 그들이 자신의 거만스러움을 더욱 느끼게 하는 경박한 자들이나 악의적인 사람들도 있지 않은가.

나는 모든 인간이 평등하지 않으며 또 평등할 수 없다는 사실에 대해서도 잘 알고 있어. 그러나 나는 체통을 위해 이른바 하층민들을 멀리할 필요가 있다고 생각하는 자들은, 패배가 두려워서 적군을 보고도 몸을 피하는 비열한 자와 마찬가지로 비난받아 마땅하다고 생각하네.

얼마 전에 그 우물가에 갔을 때, 한 어린 하녀를 만났다네. 그 아이는 물동이를 층계의 맨 아래쪽에 내려놓은 채, 머리 위에 이는 걸 도와줄 사람이 없나 하고 사방을 두리번거리고 있더군. 나는 그 아이한테 다가가서 얼굴을 마주 보며 "아가씨, 내가 도와줄까?" 하고 말했지. 그러자 그 아이는 얼굴을 붉히며, "아, 아니에요. 괜찮아요, 나리!"라고 대답하더군. 내가 "사양할 것 없어" 하고 말하니까, 그 아이는 똬리를 머리 위에 고쳐 놓았어. 그리고 내가 물동이를 이어 주자, 그 아이는 고맙다고 인사한 후 계단을 올라갔다네.

5월 17일

나는 여러 계층의 사람들과 사귀었지만, 아직도 말상대가 될 만한 진정한 친구는 찾아내지 못했네. 나의 어떤 점이 사람들의 마음을 끄는지는 모르지만, 여러 사람들이 나에게 호감을 보이면서 따뜻하게 대해 주더군. 그럴수록 나는 우리가 함께할 수 있는 시간이 그리 많지 않고, 얼마 안 가서 헤어져야 한다는 사실이

슬프다네.

  이 지방 사람들이 어떠냐고 묻는다면, 다른 지방 사람들과 다름없다고 대답할 수밖에 없네. 인간이란 어디서나 다 마찬가지고, 사람 사는 곳 또한 어디나 다 마찬가지 아니겠는가. 사람들은 시간의 대부분을 생계를 위해 보내다가, 좀 남아돌아가는 시간이 있으면 오히려 마음의 안정을 잃고 거기서 벗어나기 위해 갖은 수단을 다 쓰는 듯이 느껴지곤 해. 아아, 이것이 인간의 운명이란 말인가!

  그러나 이 지방 사람들은 정말 선량하다네. 나는 곧잘 모든 것을 잊은 채 이들과 함께 식탁에 둘러앉아 솔직담백하게 즐거운 이야기를 나누기도 하고, 때로는 함께 산책을 하기도 하며 같이 어울려서 춤을 추기도 하는데, 그런 모든 일들이 나에게 많은 유익함을 준다네. 아직도 인간에게 허용되고 있는 이러한 즐거움을 그들과 함께 나눈다는 것이 나를 참으로 행복하게 만들어 주곤 해.

  다만 나의 마음 한구석에는 또 다른 힘들이 잠자고 있는데, 그것들을 제대로 사용하지 못하고 썩히고 있다는 생각에 사로잡혀 초조해 하지 않았으면 하는 바람을 가져 본다네. 그러면서도 그것을 남의 눈에 띄지 않도록 조심스럽게 감춰 두어야 한다는 사실은 어쩔 수 없이 나를 괴롭히곤 하지. 그러나 오해를 받으면서 사는 것이 인간의 운명인 걸 어쩌겠나.

  그런데 내가 어릴 적부터 가까이 지내던 여자친구가 세상을 떠났다는 사실은 참으로 나를 비통하게 하는군. 차라리 그녀를 알지 못했다면 이렇게까지 마음이 쓰리진 않을 텐데 말이야. 이제 와서 이 세상을 떠난 그녀를 안타깝게 떠올리고 있으니, 나란 인간이 얼마나 어리석은가를 새삼 절감하고 있다네.

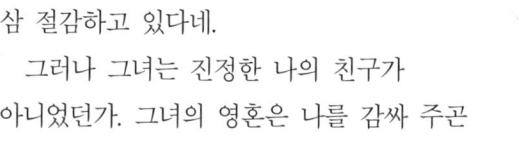

그러나 그녀는 진정한 나의 친구가 아니었던가. 그녀의 영혼은 나를 감싸 주곤 했었지. 그녀의 영혼에 접하면, 내가 되고자 하는 모든 것이 될 수 있었기 때문에 내 영혼이 지닌 힘을 남김없이 발휘할 수 있었던 걸세. 그녀와 마주하고 있으면 그야말로 영묘한 감정에 휩싸여서, 자연을 고스란히 내 품안에 안아 들일 수 있었네. 우리의 만남은 더할 수 없이 섬세한 감수성, 비길 데 없이 날카로운 예지의 활동이 아니었던가. 그 활동이 갖가지 변화를 빚어내면서 나중에는 장난으로까지 번져 갔지만, 그러한 변화들이 모두 천재의 표시인 것으로 여겨지지 않았던가.

그런데 나보다 연상이라는 이유만으로 나보다 일찍 이 세상을 떠나고 말았네. 나는 결코 그녀를 잊을 수가 없네. 그녀의 굳센 의지와 숭고한 관용을 내가 어찌 잊을 수 있겠는가.

며칠 전에 V라는 청년을 만났는데, 이목구비가 수려한 그 청년은 무척 솔직해 보였네. 대학을 갓 졸업했고, 스스로 똑똑하다고 자부하지는 않지만 다른 사람들보다는 아는 것이 많다고 믿는 눈치였어. 어쨌든 여러 방면에 걸쳐 공부를 한 듯한 그 청년은 상당히 부지런하고 노력을 많이 하는 것처럼 보였네.

내가 그림을 그리고, 그리스어를 할 줄 안다는 소문을 듣고 ― 이것은 이 고장에서는 상당히 놀라운 일이지만 ― 나를 찾아 왔다고 하더군.

그는 바토(1713~80, 프랑스의 미학자)에서 우드(1716~71, 영국의 평론가)에 이르기까지, 드 필(1635~1709, 프랑스의 화가)에서 빈켈만(1717~68, 독일의 미학자)에 이르기까지를 거론하며 자신의 박식함을 과시하더군. 그 밖에도 줄째르(1720~79, 독일의 철학자) 이론의 제1부를 완전히 독파했을 뿐 아니라 고대 연구에 대한 하이네(1729~1812, 독일의 언어학자, 고고학자)의 원고를 갖고 있다고도 자랑하기에 나는 잠자코 듣고만 있었다네.

나는 또 한 사람, 아주 훌륭한 분을 알게 되었다네. 그는 공국(公國)의 법무관으로 솔직하고 성실한 성품을 갖고 있는 사람이더군. 이 사람이 아홉이나 되는 자기 아들에게 둘러싸여 있는 광경은 보기만 해도 마음이 절로 흐뭇해진다네. 더구나 이분의 큰따님은 소문이 자자할 정도로 평판이 좋더군.

나는 한번 놀러 오라고 초대를 받았으므로, 되도록 빠른 시일 안에 그 초대에 응하려고 하네. 이분은 여기서 한 시간 반쯤 걸리는 공작의 사냥 별장에서 살고 있는데, 부인이 세상을 떠난 다음 시내에 있는 관사에 사는 것이 괴로워서 그곳으로 이사를 했다고 하더군.

그 밖에 두세 명의 괴짜들도 알게 되었는데, 이 친구들이 하는 짓은 모두가 눈에 거슬려 참는 것이 쉽지 않다네. 일부러 친절한 척하는 그들의 어색한 태도도 정말이지 딱 질색이고 말이야.

그럼, 안녕! 이 편지는 사실적이기 때문에 자네의 마음에 들리라고 생각하네.

5월 22일

사람의 일생이 한낱 꿈에 지나지 않는다는 것은 여태까지 많은 사람들이 생각해 왔던 일이지만, 그런 생각이 내 머리에서도 좀처럼 떨쳐지지 않는군.

인간의 활동이나 연구라는 것도 어떤 한계 속에 봉착해 있지 않은가. 뿐만 아니라 모든 활동은 우리의 욕망을 충족시키는 데 집중되고 있으며, 욕망이라는 것도 우리의 비참한 생존을 연장시키는 역할 외에는 특별한 목적이 없지 않은가. 연구가 어느 단계에 올라가면 만족해 버리고 마는 것도, 우리를 가두어 두고 있는 감옥의 벽에다 화려한 희망과 밝은 풍경을 그려 놓고서 좋아하는 허울 좋은 체념에 불과하다는 생각이 들고 말이야. 빌헬름, 이런 사실을 생각하면 나는 그만 말문이 막히고 마네.
나는 나 자신의 내부로 숨어 들어가서 거기서 하나의 세계를 발견하곤 하는데, 그것 또한 표현이나 생동하는 힘으로 나타나기보다는 예감이나 막연한 욕망과 같은 것으로 나타날 뿐이야. 그 세계에서 느끼는 내 감각은 모두가 애매모호하기 때문에, 나는 꿈결인 양 그 세계의 더 깊은 곳을 향해 미소를 지을 뿐이라네.

어린아이들은 자신이 무엇을 원하는지를 잘 알지 못하는데, 그 점에 관해서는 박식한 교사나 사부들의 견해가 일치하고 있더군. 그러나 어른들도 어린아이들과 마찬가지로, 자신들이 어디에서 와서 어디로 가는지조차 모른 채 이 땅 위를 정처 없이 떠돌면서 달콤한 케이크나 회초리의 지배를 받고 있지 않은가. 아무도 이런 사실을 시인하려고 하지 않지만, 내가 보기에는 너무나 명백한 사실일세.

내가 이런 소리를 하면 자네가 어떤 소리를 할지 벌써 알고 있네. 나는 자네의 말에 기꺼이 승복하겠네. 어린아이들처럼 아무 생각 없이 하루하루를 보내기도 하고, 인형에게 옷을 벗겼다 입혔다 하기도 하며, 어머니가 과자를 넣어 두고 잠가 놓은 서랍 언저리를 슬슬 맴돌다가 자기가 원하는 그 과자를 손에 넣게 되면 볼이 터질 만큼 잔뜩 입에 쑤셔 넣고 먹으면서도 '더 주세요' 하고 떼를 쓰는 인간들의 삶이야말로 가장 행복하다는 사실을 말이야. 그들이야말로 정말이지 복 받은 피조물이 아니겠는가.

또한 자기들의 무가치한 사업이나 열의에 대해서까지 화려한 명칭을 붙여 놓고, 그것이 마치 인류의 행복과 번영을 위한 큰 사업이라도 되는 듯이 세상에 떠들어 대는 자들도 마찬가지로 행복하겠지.

그러나 겸허한 마음으로 모든 일이 어떤 뜻을 가지고 있는지를 아는 사람들이 있다네.

그런 사람들은 안락하게 살아가는 시민들이 조그마한 뜰을 손질하여 낙원처럼 가꾸는 것을 낙으로 삼을 뿐 아니라, 불행한 사람이라도 무거운 짐을 등에 지고 끈기 있게 자기의 길을 가며, 저마다 햇볕을 1분이라도 더 쬐고 싶어 한다는 사실을 간파하고 있는 걸세. 또한 그들은 말을 많이 하지 않더라도 자신의 내부에 자기의 세계를 구축해 갈 것이 분명하네.

물론 이런 사람들도 행복하다고 할 수 있지. 왜냐하면 그들 역시 인간이기 때문일세. 그리고 그런 사람들은 아무리 답답한 환경에 처하더라도, 가슴속에서는 언제나 자유의 즐거움을 누리고 있다네. 그들은 마음이 내키기만 하면 언제든지 이 감옥에서 벗어날 수 있는 자유정신을 가지고 있기 때문이지.

5월 26일

자네는 오래 전부터 내가 무엇을 꿈꾸고 있는지 알고 있으리라고 생각하네. 마음에 드는 곳에 정착하여 그곳에 조그마한 집을 짓고 조용하게 살고 싶어 하는 것 말일세. 그런데 이곳에서 내 마음에 꼭 드는 그런 곳을 발견했다네.

시내에서 한 시간쯤 걸리는 곳에 발하임이라는 마을이 있는데, 경사진 언덕에 자리를 잡아 주변 풍경이 무척 재미있게 눈에 들어온다네. 오솔길을 따라 마을을 왼쪽으로 돌아 빠져나가면, 그 골짜기 전체가 한눈에 내려다보인다네. 여기에 주막집 하나가 있는데, 좀 늙기는 했지만 친절하고 활달한 주인마누라가 포도주와 맥주, 커피 등을 팔고 있다네.

그러나 무엇보다도 마음에 드는 것은 나뭇가지들이 사방으로 넓게 퍼져 교회 앞 작은 광장을 뒤덮고 있는 두 그루의 보리수일세. 그 주위에는 농가들과 창고, 저택을 둘러싼 담장이 있는데, 일찍이 이런 곳을 본 적이 없다는 생각이 들 정도로 정겹게 느껴지면서 마음이 끌린다네. 나는 탁자와 의자를 광장으로 들고 나와, 거기에서 커피를 마시면서 <호머>를 읽는다네.

어느 맑게 갠 날 오후에. 우연히 그 보리수 밑에 처음 왔을 때 그 광장은 정말 고요했었네. 사람들은 모두 들에 일하러 나가고 없었던 거지. 한 네 살쯤 되어 보이는 사내아이가 땅바닥에 앉아서 생후 6개월쯤 되어 보이는 갓난아이를 두 팔로 안아서 제 가슴에 기대어 놓고 있는데, 큰아이의 팔이 안락의자 구실을 하는 것처럼 보이더군.

그 아이는 검은 눈을 두리번거리며 사방을 둘러보면서도 끝까지 의젓하게 앉아 있었는데, 이 광경이 어찌나 마음에 들던지 나는 그 맞은편에 놓인 쟁기에 걸터앉아 매우 즐거운 기분으로 두 형제의 모습을 스케치했다네. 거기다 바로 그 곁의 울타리며 창고 문 그리고 부서진 마차 바퀴 몇 개를 곁들여, 눈에 보이는 그대로 그려 나갔지.

한 시간쯤 지나 그림을 바라보니, 내 주관적인 잔재주를 전혀 섞지 않았지만 매우 재미있고 짜임새 있는 그림이 완성되었더군.

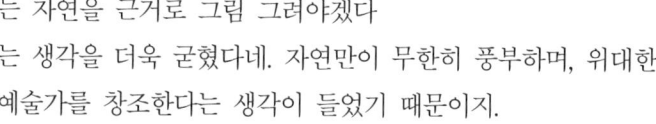

이것을 계기로, 앞으로 나는 자연을 근거로 그림 그려야겠다는 생각을 더욱 굳혔다네. 자연만이 무한히 풍부하며, 위대한 예술가를 창조한다는 생각이 들었기 때문이지.

그것은 마치 세상의 규칙과 예의범절에 따라 판에 박힌 행동을 하는 사람이 이웃사람들에게 비난을 받거나 몹쓸 악당이 되거나 하는 일 따위가 결코 없는 것과 마찬가지일세. 그러나 반면에, 모든 규칙은 자연의 진정한 감정과 사실적인 표현을 파괴해 버리고 말기도 하지.

아마 자네는 이렇게 반박할지도 모르겠네. '그것은 지나친 혹평이다. 규칙은 다만 작품에 어떤 제한을 하고 불필요한 덩굴을 잘라 버릴 뿐이다'라고.

그렇다면 내가 자네에게 비유를 하나 들어 얘기하겠네. 그것은 연애의 경우와 마찬가지일 걸세.

한 처녀에게 연정을 품고 있는 어떤 청년이 오직 그녀만을 위해 모든 것을 바치겠다는 마음을 표시하려고 날마다 그녀의 곁에 붙어 있었네. 그때 마침 한 사람의 속물, 이를테면 어떤 관직에 있는 사람이 나타나서 청년에게 이렇게 말했다고 가정해 보세.

"젊은이, 누군가를 사랑한다는 것은 인간적인 일이오. 그러니까 당신도 인간적으로 사랑을 해야 하오. 당신의 시간을 쪼개서 일부는 일하는 데 쓰고, 그 나머지 시간을 상대방에게 바치도록 해야 하오. 그리고 당신의 재산을 잘 관리해야 하고, 필요한 경비를 따로 제하고도 여유가 있을 때 선물을 한다면 왈가왈부할 필요가 없지만 그렇지 않다면 곤란하오. 하지만 그것도 너무 잦게 하지 말고, 그 여자의 생일이나 영명축일 같은 날을 골라서 하는 것이 좋아요."

만일 그 청년이 이런 충고를 받아들인다면, 물론 쓸 만한 인물은 되겠지. 나도 그런 청년이라면 어떤 영주에게나 서기로 써 달라고 추천하고 싶어질 테니까. 그러나 그의 사랑은 그것으로서 끝장나고 말 거야. 만일 그 청년이 예술가라면 그 예술도 마찬가지로 그것으로 끝장이지.

오오, 친구여! 어째서 천재들이 홍수처럼 밀려와 세상 사람들의 영혼을 일깨워 주는 일이 어찌하여 이렇게도 드물단 말인가. 그 이유는 아마도 천재의 물결이 흐르고 있는 두 강기슭 언덕에 점잖은 신사들이 살고 있기 때문일 걸세. 그 신사들은 자기들의 정원이나 튤립의 향기로운 꽃밭, 혹은 채소밭이 망가질까 봐 두려워서 재빨리 둑을 쌓고 배수 공사를 하여 앞으로 닥쳐올 위험에 미리 대비하고 있지 않은가.

5월 27일

내가 괜히 흥분해서 비유와 연설을 지나치게 늘어놓은 것만 같군. 그 바람에 그 아이들이 뒷날 어떻게 되었는지 이야기하는 것을 까맣게 잊고 말았네. 단편적이나마 어제 편지에서 이야기한 것처럼, 나는 그림의 분위기에 완전히 도취되어 그럭저럭 두 시간을 그 쟁기 위에 앉아 있었지.

이윽고 저녁때가 되자, 어떤 젊은 부인이 팔에 바구니를 든 채 그 아이들에게 달려왔다네. 그 부인은 저 멀리서부터 "필립, 착하기도 해라" 하고 소리를 지르더군. 그리고 나에게도 가볍게 목례를 하기에, 나도 고개를 끄덕여 보이면서 가까이 다가가 아이들의 어머니냐고 물어보았지. 부인은 그렇다고 대답하고는, 큰아이한테 흰 빵을 한 조각 준 다음 갓난아기를 안아 올리더니 귀여워서 못 견디겠다는 듯이 입을 맞추더군.

"필립한테 어린애를 맡기고, 저는 제일 큰애를 데리고 시내에 나갔다 오는 길이에요. 흰 빵과 사탕과 죽을 끓이는 냄비를 사려구요."

아닌 게 아니라 덮개가 젖혀진 바구니 속에 그런 물건들이 들어 있더군.

"저녁에 한스(이것은 막내인 어린아이의 이름이었다)에게 수프를 끓여 주려구요. 큰애가 얼마나 장난이 심한지, 어제도 남은 죽을 서로 먹으려고 필립과 다투다가 그만 냄비를 떨어뜨려 산산조각 내고 말았거든요."

나는 개구쟁이 큰애가 어디 갔느냐고 물어보았지. 풀밭에서 거위 두세 마리를 쫓아다니고 있을 거라는 부인의 말이 끝나기도 전에, 그 녀석이 헐레벌떡 뛰어와서 둘째아이에게 개암나무 가지를 건네더군. 나는 부인과 한참 동안 이야기를 주고받았는데, 그 부인이 마을에 있는 학교 선생의 딸이라는 사실과, 남편은 사촌 형의 유산을 상속받기 위해 스위스에 가 있다는 것을 알게 되었지.

"그 사람들은 유산에 대해 속이려고 했어요. 그래서 이쪽에서 아무리 편지를 해도 답장이 오지 않았어요. 그래서 할 수 없이 남편이 직접 떠난 거예요. 언짢은 일이라도 일어나지 않아야 할 텐데, 여태 소식이 없어서 걱정이에요."

나는 그대로 헤어지기가 서운해서 어린애들에게 각각 1크로이쩨르씩을 나눠 준 다음, 시내에 나가거든 수프에 곁들여 먹는 흰 빵을 막내에게 사다 주라고 부인에게도 1크로이쩨르를 주고 돌아왔어.

나의 친구여! 자네니까 하는 말이지만, 나는 설레는 마음을 도저히 억제할 길이 없을 때 이런 사람들을 보면 한결 마음이 가라앉곤 해. 그들은 행복하고 평화로운 마음으로 주어진 삶의 테두리 안에서 하루하루를 참고 견뎌 나가면서, 나뭇잎이 떨어지면 겨울이 왔다는 것 이외에는 아무것도 생각하지 않으면서 살아가지.

그 후부터 가끔 나는 그곳을 찾곤 한다네. 나와 정이 든 아이들은 내가 커피를 마실 때면 나한테서 설탕을 얻어먹고, 저녁이면 버터 빵과 우유를 나눠 먹곤 해. 나는 일요일마다 거르지 않고 용돈을 주었지. 혹시 내가 예배 시간이 지나도 오지 않을 때는 나를 대신해서 나눠 주라고 주막집 아주머니에게 부탁까지 해 놓았다네.

애들은 나하고 정이 들고 스스럼이 없어져서인지, 나에게 온 갖 이야기를 다 한다네. 특히 이 마을의 다른 아이들이 많이 모여 들었을 때 그들의 드센 감정과 욕망이 노골적으로 드러나는데, 그것이 나를 몹시 즐겁게 해준다네.

아이들의 어머니는 애들이 너무 귀찮게 굴지나 않을까 하고 걱정하면서 신경을 많이 쓰는데, 그런 걱정은 할 필요가 없다는 것을 납득시키느라 나는 무던히 애를 먹기도 했네.

5월 30일

며칠 전에 내가 그림에 관해서 말한 것은 문학에도 그대로 들어맞는다고 생각하네. 중요한 것은, 결국 핵심을 찾아내서 그 것을 사실적으로 표현하는 일이지만……. 짧고 간결한 말이라도, 거기에 많은 뜻을 담아 나타낼 수 있지 않겠는가. 내가 오늘 목격 한 광경을 그대로 순수하게 표현하면 세상에서 가장 아름다운 목가(牧歌)가 될 것 같아.

그러나 문학이니 목가니 하는 것이 대체 무슨 소용이 있겠는

가. 우리는 그저 자연 현상 그 자체를 받아들이면서 흥미를 느끼면 될 텐데, 구태여 그것을 이렇게 저렇게 주물러대면서 손질할 필요가 있을까 하는 생각이 드는군.

서론을 이렇게 길게 늘어놓았다고 해서 자네가 뭔가 탁월하고 고상한 것을 기대한다면, 나중에 자네가 실망하게 될 것이 분명할 걸세.

어쨌든 내가 관심을 갖고 있는 것은, 한낱 농촌의 젊은 머슴에 지나지 않으니까 말이야. 언제나 그렇듯이 내 이야기는 제대로 전달되지 않을 것이고, 자네는 으레 내가 과장해서 이야기를 한다고 생각하지 않겠나. 장소는 역시 발하임이었어. 이런 희한한 일이 일어나는 곳은 역시 발하임밖에 없다네.

하루는 보리수 그늘 아래서 간단하게 차를 마시는 파티가 있었지. 나는 거기 모인 사람들이 탐탁지 않았으므로 안면이 없다는 핑계로 처음에는 그들과 어울리지 않고 따로 떨어져 있었네.

그때 마침 머슴처럼 보이는 한 사람이 나타나, 일전에 내가 스케치했던 쟁기를 손질하며 무엇인가를 열심히 고치기 시작하는 것이었어. 나는 그의 그런 모습에 흥미가 생겨서 말을 걸었고, 그의 신상에 대해 물어보았지. 우리는 금세 친해졌고, 이런 부류의 사람들과 늘 그랬던 것처럼 흉허물 없이 이야기를 주고받게 되었네.

이야기를 들어 보니, 그는 어떤 과부의 집에서 머슴살이를 하고 있는데, 여주인에게 상당히 좋은 대접을 받고 있다고 하더군.

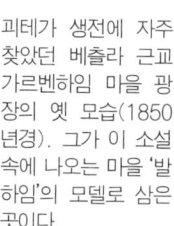
괴테가 생전에 자주 찾았던 베츨라 근교 가르벤하임 마을 광장의 옛 모습(1850년경). 그가 이 소설 속에 나오는 마을 '발하임'의 모델로 삼은 곳이다.

 그가 여주인에 관해서 여러 가지 이야기를 늘어놓으면서 칭찬하는 것으로 보아, 이 친구가 주인마님한테 홀딱 빠져 있음을 짐작할 수 있었지.

 그 여주인은 나이가 지긋한 모양인데, 첫 남편한테서 어찌나 시달림을 당했는지 재혼 같은 것은 할 생각이 전혀 없다고 하더군. 하지만 그의 말투로 보아, 그 친구는 자기의 주인 여자를 참으로 아름답고 매력적이라고 생각하는 듯했어. 또한 첫 남편에 대한 나쁜 기억을 말끔히 지워 없애기 위해서라도 자신을 둘째 남편으로 택해 주기를 간절히 열망하고 있음을 똑똑히 알 수 있었네.

 그의 순수한 연모의 정과 진실을 자네에게 여실히 표현하려면, 그가 나한테 한 말을 한 마디도 빼놓지 않고 그대로 되풀이하는 수밖에 도리가 없을 것 같네.

만일 나에게 천재적 시인의 재능이라도 있다면, 그의 몸짓과 표정, 아름다운 목소리 그리고 남몰래 가슴 조이면서 애태우는 타오르는 듯한 그의 눈초리를 생생하게 표현할 수 있을 텐데……. 그러나 그의 태도나 표정에 나타난 그 섬세한 심정을 내가 무슨 재주로 글로 옮길 수 있단 말인가. 내가 아무리 그럴듯하게 묘사한다고 해도, 결국 졸렬하기 짝이 없는 글이 되고 말 것이 분명한데…….

특히 내 마음을 감동시킨 것은, 그 주인 여자와 그의 관계를 내가 의심하거나 그녀의 행실을 불순하게 생각하지 않을까 하고 그 친구가 걱정한다는 점이야. 그녀가 비록 육체적으로 젊은 매력은 없을지 모르지만, 그 친구의 마음을 확실히 사로잡고 있더군. 여주인의 몸매에 대해서 그 친구가 이야기하는 태도가 얼마나 열정적이었던지, 나는 그것을 오직 마음속으로 되풀이하는 것밖에 방법이 없네 그려. 나는 간절한 욕망과 뜨거운 연모의 정을 이렇듯 순수하게 표현하는 것을 여태껏 본 적이 없었으니까. 아니, 그것은 꿈에서조차도 상상해 보지 못한 일이었지.

내가 이렇게 말하면 자네가 비웃을지 모르지만, 이토록 진실하고 순진한 심정을 떠올리면 내 영혼의 불길이 저 깊은 곳에서부터 타오르는 것 같아 숨이 가쁘고 애가 탄다네. 진실되고 다정다감한 모습이 어딜 가나 나를 따라다니며 내 머릿속에서 사라지질 않는군. 그리하여 마치 나까지도 그 사랑의 불길에 휩싸인 듯이 함께 초조해 하며 함께 갈망하고 있다고 얘기하는 것을 탓하지 말게나.

그래서 나는 되도록 빨리 그 여주인을 한번 만나볼 작정이야. 그러나 어찌 생각하면, 만나지 않는 것이 좋을지도 모른다는 생각이 들기도 하네. 오히려 애인인 그 친구의 눈을 통해서 보는 것이 훨씬 나을 수 있기 때문이지. 막상 내 눈으로 직접 보면, 지금 내가 머릿속에서 상상하고 있는 모습과 상당히 다를 수도 있는 것 아닌가. 굳이 이 아름다운 이미지를 머릿속에서 깨뜨려 버릴 필요가 어디 있겠는가 싶기도 해.

6월 16일

왜 그간 소식이 뜸했냐고? 그런 것을 캐물으면서 자네도 학자 축에 낀다고 생각하나? 그래도 짐작이 가지 않는단 말인가? 무소식이 희소식이라는 것쯤은 그대도 잘 알고 있을 텐데…….

실은, 그동안 나는 한 여인을 알게 되었고, 내 마음은 전적으로 그 여인에게 쏠려 있다네. 나는 이 심정을 어떻게 말해야 될지 모르겠어.

이 사랑스런 사람을 내가 어떻게 알게 되었는지, 그 경위를 자네에게 알기 쉽게 이야기하는 것이 쉽지 않군. 나는 지금 행복하고, 또 만족하고 있기 때문에 지난 일을 일일이 다 적을 수는 없을 것 같네.

천사와 같은 여자 — 누구나 자기가 사랑하는 사람을 이렇게 말하겠지. 그렇지 않은가? 나는 그녀가 얼마나 완전무결한지, 그 이유를 말할 수가 없다네. 어쨌든 그녀가 내 마음을 송두리째 사로잡고 있는 것만은 감출 수 없는 사실이야.

그녀는 총명하면서도 순수하고, 착실하면서도 다정하고, 친절할 뿐 아니라 무척 쾌활하고, 활동적이면서도 차분한 마음을 지니고 있는 사람이라네. 이렇게 내가 그녀를 묘사해도 그것은 하찮은 넋두리에 불과할 뿐, 그녀의 됨됨이를 조금도 드러내지 못한 추상적인 표현으로 그칠 수밖에 없다는 생각이 드네.

나중에, 아니 나중으로 미룰 것이 아니라 지금 당장 이야기를 해야겠네. 지금 이야기하지 않으면 다시는 기회가 없을 것만 같으니까. 이것은 사실 우리끼리 하는 이야기지만, 나는 이 편지를 쓰기 시작한 다음에도 벌써 세 번이나 펜을 던지고 말을 몰아 그녀에게로 달려가려고 했었네. 오늘은 가지 않겠다고 단단히 다짐했는데도 말이야. 나는 틈틈이 해가 얼마나 높이 떠 있나 하고 창가로 달려가서 밖을 내다보곤 했지. 하지만 나는 더 이상 참을 수가 없어서, 결국 그녀한테 가고 말았다네.

빌헬름! 나는 지금 막 돌아와서 빵으로 저녁 식사를 마치고 자네에게 이 편지를 쓰는 중이야. 그녀가 여덟이나 되는 귀엽고 씩씩한 어린 동생들에게 둘러싸여 있는 광경을 보는 것은 얼마나 즐거운 일인지……. 그런데 이런 식으로 그녀에 대한 이야기를 질질 끌고 가면, 자네가 무슨 소린지 알아차리기 어렵겠다는 생각이 드는군. 그러니 잘 들어보게. 마음을 가라앉히고 그간에 있었던 일을 상세히 이야기할 테니까.

얼마 전에도 자네에게 이야기했듯이, 나는 S라는 법무관과 알게 되었네. 시간 나는 대로 그의 은신처로, 아니 오히려 작은 왕국이라고 할 수 있는 곳으로 방문해 달라는 초대를 받았지만 차일피일 미루고 있는 중이었거든. 우연한 기회에 그곳에 숨겨져 있는 보물을 발견하지 못했다면, 아마도 그곳에 가는 일은 없었을지도 모를 일이야.

언젠가 그곳 젊은 친구들이 무도회를 연다고 하기에 나도 참석하겠다고 쾌히 승낙했네. 나는 이 지방의 여성 가운데서 얌전하고 아름답기는 하지만, 별 두드러진 특징이 없는 어느 아가씨에게 내 춤의 파트너가 되어달라고 부탁했지. 그리하여 나는 마차를 빌려, 그 파트너와 그녀의 사촌언니를 태우고 무도회장으로 가기로 했네. 도중에서 샤로테라는 아가씨도 동승하기로 되어 있었지. 마차가 나무를 모조리 베어버린 숲속을 지나 수렵 별장을 향해서 갈 때, 나의 파트너가 나에게 이렇게 귀띔을 하더군.

"곧 멋있는 여자를 만나게 될 테니 그런 줄 아세요."

그러자 옆에 있던 사촌언니라는 아가씨가 이렇게 덧붙이더군.

"그렇지만 정신 차리셔야 해요. 반하시면 안 되니까요."

그래서 내가 이렇게 반문했지.

"그건 왜요? 왜 반해서는 안 됩니까?"

"벌써 약혼을 했으니까요. 그녀의 약혼자는 아주 근사한 분인데, 아버지가 돌아가셨기 때문에 그 뒤처리를 하기 위해서 그리고 좋은 일자리도 찾아볼 겸 지금 여행 중이세요."

사촌언니의 대답을 들었지만, 나는 별 관심 없이 귓가로 흘려버리고 말았어.

해가 서산으로 넘어가려면 아직 15분쯤 있어야 할 때, 우리가 타고 간 마차가 저택 문 앞에 도착했다네. 날씨가 몹시 무더운지라 여인들은 비가 오면 어쩌나 하고 걱정을 하고 있더군. 사실 멀리 보이는 지평선에는 비를 품은 검은 구름이 몽실몽실 피어오르고 있었지. 모처럼의 즐거운 파티가 수포로 돌아갈까 하여 나도 은근히 걱정이 되더군. 그러면서도 엉터리 기상학 지식을 동원하여 여인들의 걱정을 덜어 주려고 무척 애를 썼다네.

내가 마차에서 내리자 하녀 하나가 문 밖으로 나와서, 로테 아가씨가 곧 나오시니까 잠깐만 기다려 달라고 말하더군. 나는 마당을 지나서 훌륭한 저택의 정원을 향해 발길을 옮겼지. 그런데 집 앞 계단을 올라가서 현관 안으로 들어서자, 이제까지 보지 못했던 매혹적인 정경이 눈앞에 펼쳐지더군. 그 현관에 달린 방에, 위로는 여남은 살에서부터 밑으로 두 살쯤 되어 보이는 어린 아이들이 떼를 지어 한 처녀를 둘러싸고 와글거리고 있는 것이 아니겠나. 팔과 가슴에 분홍색 리본이 달린 말쑥한 흰옷을 걸치고 있는 그 처녀는 얼굴이 아름답고 키는 알맞은 편이었어.

그녀는 검은 빵을 손에 들고는, 빙 둘러싼 아이들에게 각각 나이와 양에 따라 조금씩 잘라서 다정스레 나눠 주고 있더군. 모두들 빵을 자르기도 전에 조그마한 두 손을 추켜들고 기다리고 있다가, 빵을 받아들면 아이들은 저마다 천진난만하게 "고마워요!" 하고 소리치는 것이었어. 어떤 아이는 배급받은 빵을 들고 몹시 흐뭇해하며 뛰어 달아나는가 하면, 또 다른 몇몇 아이들은 조용히 그 자리를 떠나 큰누나가 타고 갈 마차와 손님을 구경하려고 대문 밖으로 몰려가기도 하는 것이 참으로 인상적이었네.

"실례했습니다. 선생님을 이런 누추한 곳에까지 들어오시게 하고, 부인들을 오래 기다리게 해서 정말 죄송합니다. 옷을 갈아입고, 제가 없는 동안에 일어날 일에 대비해서 자질구레한 일들을 하다 보니 아이들에게 저녁 빵 나눠 주는 것을 깜빡 잊고 있었습니다. 이들은 제가 빵을 나눠 주지 않으면 받으려고 하지 않거든요."

나는 겉으로는 덤덤히 몇 마디 인사치레를 했지만, 속으로는 어느덧 그녀의 모습과 목소리, 태도에 완전히 넋을 잃었다네. 그녀가 장갑과 부채를 가지러 방으로 달려갔을 때에 비로소 겨우 제정신을 차릴 여유를 갖게 되었지. 아이들은 약간 떨어진 곳에서 나를 쳐다보고 있었고, 내가 제일 귀여운 얼굴을 한 막내한테로 다가갔더니 그 꼬마는 슬금슬금 뒷걸음질치더군.

그때 마침 로테가 방에서 나오며 이렇게 말했어.

"루이, 친척 되는 이분과 악수해야지?"

그 꼬마는 누나가 시키는 대로 나와 악수를 했다네. 그 조그마한 코에서 콧물이 흘러나와 몹시 지저분했지만, 나는 꼬마에게 진심으로 키스하지 않을 수 없었지.

"제가 댁의 친척이 될 만한 사람이라고 생각하십니까?"라고 물으며, 그녀에게 손을 내밀었다네.

"우리 일가친척은 상당히 많아요. 설마 선생님이 그들 중에서 제일 빠지는 분은 아니겠죠"라고 말하며, 로테는 짓궂게 웃어 보이더군.

그녀는 집을 나서면서 열한 살쯤 되어 보이는 바로 밑의 여동생 소피아에게 아이들을 잘 보살펴 주고, 아버지가 산책에서 돌아오시면 잘 말씀드리도록 부탁하는 것이었어. 그리고 아이들에게는 소피아의 말을 자기 말과 마찬가지로 잘 들어야 한다고 타이르더군. 그러자 모두들 분명히 '그렇게 하겠다'고 약속했는데, 그 가운데서 여섯 살쯤 되어 보이는 금발의 여자아이가 다음과 같이 이의를 제기하는 것이 아니겠나.

"소피아 언니는 큰언니가 아니잖아. 우리는 큰언니가 제일 좋은걸!"

그러는 사이에 큰 남자아이 둘이 마차 뒤쪽에 올라타 있더군. 내가 '그대로 태워 주자'고 중간에 나서서 청을 하자, 망설이고 있던 로테는 '장난치지 않고 단단히 붙잡고 있으면 숲 앞까지 태워 주겠다'고 미리 다짐을 받은 후 허락을 했다네.

우리가 마침내 자리를 잡고 앉자마자 여자들은 서로 인사를 나누었고, 옷이며 모자에 관해서 서로 한바탕 평들을 주고받더군. 또한 그날 밤 무도회에서 만날 사람들에 대해서도 한 마디씩 해대면서……. 이 같은 이야기가 미처 다 끝나기도 전에, 로테는 마부에게 마차를 세우라고 한 다음 아이들을 내리게 했어. 아이들은 또다시 누나의 손에 키스하고 싶어 하더군. 그중에서 열댓 살쯤 되어 보이는 큰 녀석은 제법 깊은 애정을 담아 입을 맞췄지만, 작은 녀석은 아주 씩씩하게 슬쩍 키스를 하는 것이었어. 그녀가 아이들에게 다시 한번 당부의 말을 한 후, 우리는 속도를 내어 마차를 달리기 시작했다네.

사촌언니 되는 여자가 로테에게 지난번에 보내 주었던 책을 다 읽었느냐고 묻자, "아니오, 제 마음에 들지 않아서 읽지 않았어요. 돌려드리겠어요. 저번 것도 역시 별로였어요"라고 대답을 하더군.

나는 그 책 이름을 물어보고 놀라지 않을 수 없었어. 그녀가 대답한 바에 의하면, 그것은 ○○○(한 개인의 생각에 의해 다른 사람들에게 폐를 끼치는 일이 없도록 하기 위해 이 부분을 밝히지 않음)이었다네.

그녀가 하는 말을 들어보면 남다른 식견이 느껴졌어. 말 한마디를 할 때마다 새로운 매력과 광채가 그녀의 얼굴에서 넘쳐흐르는 것 같았다네. 그녀는 내가 자기의 이야기를 이해해 주고 있다는 것을 알아차린 듯, 만족해하는 기색이 역력한 표정을 지으며 이렇게 말했어.

"제가 어렸을 땐 소설보다 더 좋아한 것은 없었어요. 일요일이면 언제나 방구석에 틀어박혀 앉아서 미스 제니(조셉 티모드 헤르메스의 소설 <판니빌케스 양의 이야기>에 나오는 인물)의 행복과 슬픔에 열중하며 책을 읽었는데, 그땐 얼마나 즐거웠는지 몰라요. 지금도 그런 소설에 매력을 느끼고 있긴 하지만, 워낙 바빠서 책을 읽을 틈이 별로 없어요. 정말로 저의 취미에 맞는 것이 아니면 곤란해요. 제가 제일 좋아하는 작가는, 저희들과 환경이 비슷해서 저의 집의 생활처럼 그렇게 재미있는 이야기가 담겨져 있고 저의 세계를 거기서 찾아볼 수 있도록 쓰는 작가예요. 물론 저희 집이 천국이라고 할 수는 없지만, 무한한 행복의 샘이 솟아나고 있는 것만은 사실이니까요."

나는 그녀의 말에 깊은 감동을 받았지만, 이를 표정에 나타내지 않으려고 무진 애를 썼다네. 하지만 언제까지 감출 수는 없는 노릇 아닌가.

그녀가 이야기 끝에 <웨이크필드의 시골 목사>(올리버 골드스미스의 작품으로, 괴테도 한동안 애독했음)나 ○○○(로테와 비슷한 성향의 사람은 공감하겠지만, 그렇지 않은 사람의 경우는 알 필요조차 없는 것임)에 대해서 지나가는 말처럼 말할 때, 나는 그녀의 말에 너무 열중한 나머지 무심코 내가 알고 있는 것을 털어놓고 말았다네. 잠시 후 그녀가 다른 두 여자에게로 화제를 돌렸을 때야 비로소 나는 그들의 존재를 깨닫고 화들짝 놀랐지. 그동안 그 여자들은 줄곧 무시당했다는 느낌을 갖고 멀거니 앉아 있었던 것이어. 사촌언니는 비웃는 듯한 표정을 감추지 않고 나를 말끄러미 쳐다보았지만, 나는 전혀 개의치 않았다네.

이야기가 춤에 대한 것으로 옮겨가자, 머쓱하게 앉아 있던 로테가 입을 열었어.

"춤에 지나치게 열중하는 것은 잘못이겠지만, 솔직히 말해서 춤처럼 신바람 나는 것도 없는 것 같아요. 마음이 울적할 때면 변변치 않은 솜씨지만 피아노로 대무곡(對舞曲) 같은 것을 치고 있으면, 금세 기분이 좋아지거든요."

로테가 이런 이야기를 하고 있는 동안에, 나는 그녀의 새까만 눈동자를 넋을 잃은 채 바라보고 있었다네. 그 싱싱한 입술과 생기 넘치는 붉은 뺨이 나를 온통 사로잡지 않았겠나. 나는 훌륭한 내용을 담은 로테의 이야기에 너무나 감동한 나머지 몇 번이나 그녀의 말을 헛들었는지 모른다네.

자네는 내 성격을 잘 알고 있을 테니까 짐작했으리라고 생각하지만, 마차가 무도회장에 도착했을 때 나는 일테면 마치 꿈을 꾸고 있는 사람처럼 마차에서 내렸다네. 주위의 황혼 속에서 몽롱한 환상에 잠긴 듯이 넋을 잃고 있었으므로, 불이 켜진 위층에서 울려오는 음악소리도 제대로 듣지 못할 정도였지.

아우드란이라는 사람과 또 한 사람 — 이분의 이름은 기억할

제1부 · 한적한 곳으로의 이사 41

여유가 없었네 — 그러니까 로테의 파트너와 내 파트너의 사촌언니 파트너인 두 신사가 마차 앞까지 나와서 우리를 맞아 주었어. 그들이 파트너가 될 여인들의 손을 잡자, 나도 내 파트너를 안내하여 위층으로 올라갔지.

우리는 저마다 엇갈려 빙빙 돌면서 미뉴에트를 추었다네. 나는 한 여자와 춤을 춘 다음 차례로 파트너를 바꿨는데, 마음에 드는 상대자가 없었기 때문에 끝까지 추어내지를 못하고 말았네. 로테는 자기의 파트너와 영국 춤을 추기 시작했는데, 그녀가 나와 같은 줄에 휩쓸려 들어왔을 때 내가 얼마나 기뻐했는지는 자네도 짐작하리라 생각하네.

로테의 춤은 참으로 볼만한 것이었어. 그녀는 실로 몸과 마음을 다하여 춤을 추는 것이었어. 몸 전체가 하나의 아름다운 조화를 이루어 완전히 무아지경에 빠진 듯이 보였으며, 그 순간에는 모든 것이 그녀의 눈앞에서 사라져 버리는 것만 같았다네.

내가 그녀에게 두 번째 춤을 신청하자, 그녀는 세 번째 춤을 약속하면서 애교에 넘치는 사랑스런 모습으로 자기는 독일 춤을 가장 좋아한다고 말하더군.

"이 지방의 풍습은 독일 춤을 출 때 끝까지 파트너를 바꾸지 않는 것이 관례예요. 그렇지만 저의 파트너는 왈츠가 서툴러서 제 춤 상대를 면하게 해주면 고마워할 거예요. 선생님의 파트너도 왈츠를 별로 즐기지 않거든요. 아까 선생님이 영국 춤을 추실 때 보니, 왈츠 솜씨가 대단하시던데요. 만일 저하고 독일 춤을 추실 생각이라면, 지금 저의 파트너에게 가서 양해를 구하시는 것이 좋을 거예요. 그렇게 하시면 저는 선생님의 파트너에게 부탁하겠어요."

그녀의 말에 나는 얼른 찬성의 뜻을 표했고, 그 남자는 우리가 춤을 추는 동안 내 파트너와 이야기를 나누고 있기로 얘기가 되었다네.

이윽고 춤이 시작되자, 우리는 서로 팔을 번갈아 잡으면서 한동안 흥겹게 춤을 추었지. 로테의 동작이 얼마나 매력 있고 경쾌했는지 모를 정도였어. 드디어 왈츠 차례가 되자, 우리는 하늘에 반짝이는 별들처럼 빙빙 돌기 시작했어.

이때, 이 춤에 능숙한 사람이 별로 없기 때문인지 갈팡질팡하는 사람들이 많아 처음에는 약간의 혼란이 일어났어. 우리 둘은 현명하게 대처하며 다른 사람들이 뭉그적거리는 것을 모른 척하고 있다가, 제일 서툴게 춤을 추던 커플이 물러난 틈을 타서 마음껏 춤을 추었다네. 우리는 다른 한 쌍 — 아우드란과 그 파트너와 함께 흥겨운 춤을 끝까지 추었지.

나는 일찍이 그처럼 경쾌하게 춤을 추어본 적이 없었네. 아니, 나는 한동안 이 세상 사람이 아니었을 정도였어. 무엇에 비할 수 없이 아름답고 사랑스런 그녀를 가슴에 품고 번개처럼 몸을 날리자 주위의 모든 것이 눈앞에서 사라져 버리는 듯했네.

빌헬름! 그때 나는 마음속으로 깊이 다짐했네. — '내가 사랑하는 그녀를 나 아닌 다른 사람과는 춤을 못 추게 할 테다. 그 때문에 나 자신이 어떤 화를 당한다 해도 상관없다'고. 자네는 내 심정을 이해해 주리라 믿어.

우리는 숨을 돌리기 위해 홀 안을 한두 바퀴 거닐고 나서 자리에 앉았지. 내가 옆으로 치워 두었던 오렌지를 그녀에게 주었는데, 그것이 효과가 있었어. 그러나 로테는 그것을 여러 조각으로 쪼개서 여자 손님들에게 나눠 주더군. 예의상 그런 것이지만, 나는 그것이 나눠질 때마다 가슴이 저며지는 것 같았다네.

다음 차례의 영국 춤에서 나와 로테는 두 번째로 짝이 되었지. 둘이서 열과 열 사이를 누비며 춤을 추었는데, 그때의 기쁨에 찬 내 심정은 하느님만이 아셨을 것이란 생각이 들어. 순수함으로 충만한 눈을 마주 보면서, 그녀의 팔을 낀 채 마침 어느 부인 곁을 지나게 되었네. 그 부인은 젊어 보이지는 않았지만, 제법 눈에 띄는 얼굴이어서 나도 눈여겨보았던 사람이었지.

그런데 그 부인이 미소를 띤 채 우리를 바라보더니, 마치 위협이라도 하듯이 손가락 하나를 추켜들어 보이는 것이 아닌가. 그러더니 우리가 옆을 스쳐 지나가자 두 번이나 의미심장하게 '알베르트'라는 이름을 부르는 것이었어.

"실례지만, 알베르트가 누굽니까?" 하고 로테에게 묻지 않을 수가 없었네.

그녀가 막 대답을 하려고 했을 때, 우리는 커다랗게 '8자'를 그리기 위해 양편으로 떨어져야 했어. 이윽고 서로가 엇갈리게 되었을 때, 그녀의 얼굴에서 어딘지 모르게 거북해 하는 기색이 느껴지더군. 그녀는 프롬나드에 맞춰서 스텝을 밟을 양으로 내 손을 잡으며 이렇게 말했다네.

"선생님께 숨길 일은 아니에요. 알베르트는 좋은 사람으로, 저와는 약혼한 사이나 다름없는 분이에요."

이 말은 내게 새로운 것이 아니었네. 이곳으로 오는 도중에 이미 같이 온 여자들한테 들은 얘기니까. 하지만 막상 그녀의 입에서 이런 말이 불쑥 튀어나오니, 어쩐지 그 말을 처음 듣는 것 같은 느낌이 들었어. 그도 그럴 것이, 이렇듯 짧은 시간에 그토록 나에게 소중한 존재가 된 그녀를 그런 관계와 연관시켜 생각해 본 일이 없었으니까.

나는 너무나 당황한 나머지 나도 모르게 정신을 잃고, 옆에서 춤을 추고 있는 무리 속으로 휩쓸려 들어가고 말았네. 그 때문에 모두가 뒤죽박죽되어 버렸지만, 다행히 로테가 침착하게 잘 리드해 주어 다시 본래의 위치로 되돌아갈 수 있었지.

아까부터 지평선 위에서 번쩍이던 번갯불이 차차 심해지더니, 춤이 미처 끝나기도 전에 하늘이 무너질 것 같은 천둥소리가 들려와서 음악소리까지 들리지 않을 지경이 되었다네. 부인들 서넛이 열에서 빠져나가자, 그녀들의 파트너들도 뒤를 이어 줄레 줄레 따라나서더군. 그러는 순간 장내가 소란해지기 시작했고, 음악도 중단되고 말았지.

한창 즐거울 때 갑자기 어떤 재앙이나 공포가 밀어닥치면, 그 어느 때보다도 강렬한 인상을 받기 마련 아닌가. 그것은 두 가지가 커다란 대조를 이루어 한결 절실하게 느껴지기 때문이기도 하지만, 그보다는 우리들의 감각이 극히 예민한 상태에 놓여 있어서 민감해진 만큼 어떤 인상을 더욱 빨리 받아들이기 때문이라고 할 수 있지.

부인들 몇 사람이 갑자기 얼굴을 찌푸리는 것을 보았는데, 당연한 일이 아니겠는가. 사리가 분명한 몇몇 부인들은 방 한구석으로 몰려가서, 창 쪽에다 등을 대고 귀를 막고 있더군. 그런가 하면 그 앞에서 무릎을 꿇고 얼굴을 가리고 있는 부인도 있었고, 한 부인은 그 두 사람 사이에 끼어들어, 마치 귀여운 동생이라도 껴안듯이 두 사람을 부둥켜안고 눈물을 줄줄 흘려대는 것이었어.

또한 집으로 돌아가려는 부인들도 있는가 하면, 어쩔 줄 몰라 하며 정신을 가다듬지 못한 아름다운 부인들의 입술에서 새어나오는 하늘에 대한 불안스런 기도소리조차 도외시하며 그녀들에게 키스 장난을 하려는 젊은 신사들을 막지 못하고 쩔쩔매는 딱한 부인들도 있었다네.

몇몇 신사들은 담배라

도 한 대 피우려는지 자리에서 일어나 아래층으로 내려가더군. 그리고 나머지 사람들은 그 집 안주인이 덧문을 내리면서 커튼이 쳐진 방으로 안내하겠다고 제의하자, 사양하지 않고 뒤따라갔네. 그 방에 들어서자, 로테가 의자를 둥그렇게 늘어놓으며 무슨 놀이라도 하자고 제안하는 것이 아니겠나. 모두들 찬성하며, 각각 자리를 차지하고 앉았지.

어떤 친구들은 '키스'라는 달콤한 형벌이라도 기대하고 있는지, 입술을 뾰족이 내밀며 팔다리에 기운이 솟는 듯 버티고 서 있더군. 이윽고 로테가 말했다네.

"숫자세기 놀이를 하는 거예요. 괜찮겠죠? 자, 정신들 차리세요. 제가 오른편에서 왼편으로 돌 테니, 여러분은 차례대로 숫자를 세어나가다가 자기 차례가 되면 그 수를 말해야 해요. 번개처럼 빨리요. 만일 막히거나 틀린 분은 따귀를 한 대씩 맞기예요. 그리고 수는 천까지 세는 것으로 해요."

이 놀이는 매우 흥미진진했어. 로테가 한쪽 팔을 쭉 뻗고서 빙빙 돌기 시작하자, 처음 사람이 '하나' 하면 그 다음 사람은 '둘', '셋' 하는 식으로 계속 넘어갔어. 그러다 한 친구가 잘못 세어서 찰싹! 하고 따귀를 한 대 얻어맞았다네. 그리고 그 다음 사람은 그것을 보고 웃다가 수를 말하지 못해 또 찰싹! 이런 식으로 점점 속도를 빠르게 하면서 로테는 빙빙 돌고 또 도는 것이었어. 나도 두 번이나 뺨을 얻어맞았는데, 로테가 다른 사람들보다 나를 더 세게 때린 것 같아서 은근히 흐뭇해지더군.

모두들 박장대소하면서 떠들어대는 바람에 천까지 세기도 전에 놀이는 끝나고 말았어. 서로 친한 사람끼리 어울려 앉아서 이야기하는 동안 아까부터 극성을 부리던 비바람이 어느새 멎었더군. 나는 로테의 뒤를 따라 홀 안으로 되돌아오는데, 도중에 로테가 이렇게 말했네.

"따귀를 때리고 맞느라고 정신들이 팔려서 모두들 천둥이고 뭐고 다 잊어버린 모양이에요."

내가 잠자코 있자, 그녀가 말을 계속했지.

"실은 저도 겁이 많은 편이지만, 겉으로는 대담한 척하면서 다른 사람들에게 용기를 북돋워 주려고 하다 보니 어느새 무서운 생각이 저절로 없어지더군요."

우리는 창가로 가까이 다가갔네. 천둥소리는 사라지고 장대같은 비가 주룩주룩 내리며 대지에 스며들고 있더군. 훈훈한 대지에서는 싱싱한 향기가 우리를 향해 훅 밀려오는 것이었어. 로테는 팔꿈치를 짚고 창가에 기대서서 밖을 우두커니 바라보았네. 그러더니 그녀는 시선을 돌려 나를 바라보았는데, 그녀 눈에 눈물이 가득 고여 있더군. 그녀는 자기 손을 내 손 위에다 포개 얹은 다음 말했다네.

"저, 시인 클롭슈토크(F.C. Klopstock, 1724~1803, 독일 계몽주의 시대의 시인) 말예요……."

나는 곧 그녀의 머릿속에 떠오른 그 아름다운 송가(頌歌)를 생각해 내고, 그녀가 이 말 한 마디로 쏟아놓은 복잡한 감정의 급류 속에 휩쓸려 버리고 말았네. 나는 더는 참을 수가 없어서 기쁨에 넘친 눈물을 흘리며, 몸을 구부리고 그녀의 손등에 키스를 하고 말았어. 그리고 그녀의 검고 깊은 눈을 바라보았지.

오오, 고귀한 시인이여! 그녀의 눈동자 속에 담긴 당신에 대한 존경심을 보여 주고 싶소. 바라건대, 당신의 이름이 이제 더 이상 로테 이외의 다른 사람의 입에 오르내리며 더럽혀지는 일이 없기를……

6월 19일

지난번에 보낸 편지에서 내 이야기가 어디서 끝났는지 잘 기억나지 않는군. 내가 기억하고 있는 것은 자정이 지나 잠자리에 들었으며, 만일 내가 편지를 쓰는 대신에 자네에게 직접 말로 이야기를 했더라면 아마도 새벽녘까지 계속되었을 것이라고 생각하네.

무도회에서 돌아오는 길에 일어난 일에 대해서는 아직 자네에게 얘기하지 않았지만, 오늘은 그것을 이야기할 시간의 여유가 없다네.

그날 아침, 해뜨는 동녘 하늘은 참으로 장관이었어. 주위는 이슬이 흠뻑 내려앉은 숲과 생기에 넘치는 들판이 에워싸고 있었으며, 동행한 부인들은 마차 속에서 꾸벅꾸벅 졸기 시작하더군. 로테는 나에게 부인들과 같이 눈을 붙이지 않겠냐고 물었어. 자기 때문에 걱정하거나 신경 쓸 필요는 없다고 하면서…….

"눈을 뜨고 있는 당신 모습을 바라보고 있는 동안에는 잠들 염려가 없습니다" 하고 말하면서 나는 그녀를 뚫어지게 바라보았다네.

우리는 로테의 집 앞까지 다 오도록 끝내 눈을 붙이지 않고 견뎌냈네. 대문 앞에 도착하자, 하녀가 나와 조용히 문을 열어주었어. 그리고 로테의 물음에 아버님과 아이들도 별일 없으며, 아직 주무시고들 있다고 대답을 하더군.

내가 헤어질 때 오늘 중으로 다시 만날 수 없겠느냐고 했더니, 그녀는 내 청을 순순히 받아주었어. 나는 다시 그녀를 찾아갔고, 그 후부터 나는 해와 달과 별의 움직임에 아랑곳하지 않는 것은 물론이고 밤인지 낮인지도 분간하지 못하게 되고 말았네. 그리고 온 세계가 내 주위에서 사라져 버렸으니…….

6월 21일

나는 신께서 성자들을 위해 마련한 복된 나날을 보내고 있다네. 내 장래가 어떻게 될는지 모르지만, 아무튼 이 세상에서 가장 순결한 기쁨을 맛본 것만은 부인할 수 없는 사실이란 생각이 들어. 자네도 발하임을 잘 알고 있으리라고 생각하네. 나는 이곳에 눌러 살 생각이야. 이곳에서 로테의 집까지는 불과 반 시간밖에 걸리지 않아. 이곳에서 나는 삶의 보람을 느끼며, 인간에게 주어진 모든 행복을 만끽하고 있다네.

발하임을 산책의 목적지로 정했을 때, 이곳이 이토록 천국에 가까울 줄은 미처 몰랐었어. 멀리 산책을 나갔을 때, 나는 산 위에서나 평지에서 또는 강을 사이에 두고 나의 모든 희망과 소원이 깃들여 있는 그 수렵 별장을 몇 번이나 바라보았는지 몰라.

사랑하는 빌헬름! 나는 인간의 내부에 숨겨져 있는 인간의 욕망에 대해 여러 가지 생각을 하고 있는 중이야. 인간은 자기 자신을 확대하고 싶어 하고, 새로운 발견을 하고 싶어 하는 존재 아닌가. 그런가 하면 스스로 제한과 속박에 몸을 맡겨, 주저함 없이 그대로 습관이라는 궤도를 따라 걸어가려는 충동도 갖고 있지 않은가 말이야.

신기하게도, 내가 여기 언덕 위에서 골짜기를 내려다보면 주위의 경치가 한없이 내 마음을 사로잡는다는 것을 깨닫곤 하지. 저기 보이는 저 숲 — 그 그늘 속을 헤치고 들어갈 수 있다면……! 저기 산봉우리! 아아, 저 산꼭대기에서 이 마을 전체를 한눈에 내려다보았으면……! 서로 연달아 이어진 언덕들과 정다운 골짜기들! 아아, 그곳에 들어가 보았으면……!

그래서 나는 발길을 재촉하여 거기까지 달려가 보기도 했지만, 다시 되돌아오고 말았어. 내가 원했던 것을 찾을 수 없었기 때문이지. 아, 저 멀리 아득한 곳에 있는 지평선은 마치 우리의 미래와도 같구나! 어렴풋한 하나의 커다란 세계가 우리들의 영혼 앞에 가로놓여 있지 않은가. 우리들의 느낌은 우리들의 눈길처럼 그 속에 몽롱하게 사라져 버리곤 하지.

그리하여 우리는 존재를 송두리째 내던지고, 오직 하나의 위대하고도 아름다운 환희로써 자기 자신을 충만 시키기 위해 한없이 그리며 애태우는 것이 아니겠나.

그러나 우리가 막상 그리로 달려가 '거기가 바로 여기'로 변해 버리면 결국 모든 것은 전과 마찬가지가 되고 말겠지. 그리하여 우리는 여전히 비참하고 궁색하게 얽매인 신세일 뿐이고, 우리 영혼은 한결같이 갈증에 허덕이고 있는 것이 아니겠나 싶어. 따라서 아무리 생활이 불안정한 방랑자라도 결국에 가서는 다시 그의 고향을 그리워하게 마련이란 생각이 드는군.

자신의 조그만 오두막 속이나 자기 아내의 품안에서 그리고 어린것들 속에서 단란한 한 때를 보내면서, 생계를 위해 하루하루 일하는 가운데서 넓은 세상을 두루 돌아다녀도 찾지 못했던 기쁨을 발견하게 되는 것이 아니겠는가.

나는 이른 아침에 발하임으로 가서, 그곳 주막집 주인의 밭에서 강낭콩을 딴 다음 의자에 앉아 껍질을 벗기며 〈호머〉를 읽었네. 그러고는 부엌에 들어가서 항아리를 찾아내어, 그 속에 담긴 버터를 긁어모아서 이 강낭콩을 튀기기 위해 불에 올린 뒤 뚜껑을 덮고 이따금씩 흔들어서 뒤섞었지.

이럴 때 나는 페넬로페(오디세이의 정숙한 아내, 남편이 없을 때 여러 남자들로부터 구혼을 받았으나 모두 거절했음)의 오만불손한

구혼자들이 소와 돼지를 잡아, 그 고기를 잘게 썰어서 불에다 굽던 광경을 눈앞에 그려본다네. 대체로 족장시대의 생활만큼 조용하고도 진실한 기분을 내게 전해 주는 것은 없으며, 나는 다행히도 그것을 내 생활 속에 도입하여 그 기쁨을 만끽하고 있는 것이 아니겠나.

손수 가꾼 배추를 식탁에 올려, 그것을 기분 좋게 먹으며 소박하고도 순수한 즐거움을 함께 나눌 수 있다는 것은 얼마나 행복한 일인가. 배추를 땅에 심던 아름다운 아침, 물을 주고 하루하루 그 배추가 자라는 모습을 모며 흐뭇해했던 저녁, 그 모든 기쁨을 나는 요즘 담뿍 느끼고 있는 중이라네.

6월 29일

그저께는 이곳에 살고 있는 의사가 법무관을 찾아왔네. 그때 마침 나는 로테의 동생들과 함께 놀고 있었지. 아이들은 더러 나에게 매달리기도 하고, 몇 명은 놀려대기도 하면서 말이야. 나는 그들을 간질이며 함께 어울려 야단법석을 떨던 참이었어.

그런데 그 의사라는 자가 소견이 좁은 속물이라서 그런지, 이야기를 주고받는 동안에도 연신 셔츠 소매의 주름을 펴는가 하면 옷깃을 만지작거리더군. 그리고 내가 아이들과 어울려 시시덕거리는 것이 신사 체면을 손상시키는 일이라고 생각하는 것 같이 보였어. 그런 눈치가 그의 표정에 역력히 드러나 있더군. 그러나 나는 모른 체하고, 제 딴에는 제법 똑똑한 척하면서 떠들어대는 그의 이야기를 듣는 둥 마는 둥하며 아이들이 망가뜨린 카드로 만든 집을 고쳐 주고 있었지.

그런 일이 있은 다음, 그는 시내를 돌아다니면서 '법무관 집 아이들은 가뜩이나 버릇이 없는데, 베르테르 때문에 완전히 버리게 되었다'고 떠든다고 하더군.

빌헬름! 이 세상에서 어린아이들만큼 내 마음과 가까운 것이 어디 있겠나. 어린애들을 바라보고 있으면, 사소한 일에서도 언젠가 그들이 필요로 할 덕성과 힘의 모든 것이 싹트는 것을 발견하곤 하지. 다시 말하면, 그들의 고집 속에서는 미래의 확고부동한 성격을, 짓궂은 장난은 세파를 헤쳐 나갈 기상처럼 여겨진다네. 게다가 그 천진난만하고 순수한 모습을 보게 되면, 나는 언제나 "그대들은 이 어린아이와 같지 않으면 안 되느니라"고 하신 그리스도의 말씀을 새삼 의미 있게 되새기곤 하지.

친구여! 우리는 우리들과 동등한 이 어린아이들을, 아니 우리들이 본보기로 삼아 우러러보아야 할 이 어린이들을 마치 하인처럼 다루고 있는 것은 아닌지……. 어린아이들은 그들의 의지를 가져서는 안 된다는 식으로 말이야. 그렇다면 우리 어른들은 의지를 가지고 있지 않은가? 대체 어디서 그런 특권을 물려받았단 말인가? 그것은 나이가 그들보다 많아서 더 현명하기 때문인가?

하늘에 계신 하느님의 눈에는 다만 나이 많은 어린이와 나이 적은 어린이가 있을 뿐, 무슨 차이가 있겠는가. 그리고 어느 편을 더 좋아하시는지는
이미 하느님의 아드
님이 까마득한 옛날
에 일러 주시지 않았
는가. 하지만 세상
사람들은 그분을 믿
는다고 하면서도 그
말씀을 따르지 않고
오직 자기 자신을 기
준으로 해서 아이들
을 기르고 있으니 참
으로 걱정일세. 빌헬름! 잘 있게. 이 점에 대해서는 더 이상 말하
고 싶지 않으니…….

7월 1일

환자 한 사람이 로테를 얼마나 고맙게 여기는지 모른다네. 나는 나 자신이 병상에서 신음하는 많은 환자들보다 더 괴롭기 때문에 그것을 더욱 절실하게 느낄 수 있지.

로테는 며칠 동안 이 거리에 살고 있는 어떤 착실한 부인의 집에서 지내게 되었다고 하네. 의사들의 말에 의하면, 그 부인은 임종이 얼마 남지 않았다고 하는군. 그런데 그 부인은 마지막

순간에 로테가 곁에서 지켜 주기를 원한다는 것이야.

지난 주일에 나는 로테와 함께 성(聖) ○○란 곳의 목사님을 방문했네. 이곳에서 한 시간쯤 들어간 곳에 자리 잡은 조그마한 시골마을이었는데, 우리가 그곳에 도착한 것은 오후 네 시경이었어. 로테는 둘째 여동생을 데리고 갔지.

두 그루의 커다란 호두나무로 뒤덮인 목사관의 마당에 들어섰을 때, 나이 지긋하고 선량해 보이는 목사는 마침 현관 앞에 놓인 벤치에 앉아 있더군. 노인은 로테의 모습을 보자마자 기운이 나는 듯 반색을 하더니, 우툴두툴한 지팡이를 짚는 것도 잊어버리고 자리에서 일어나 그녀를 맞이하는 것이었어.

로테는 목사 곁으로 재빨리 뛰어가 그를 억지로 자리에 앉힌 다음 아버님의 간곡한 안부 말씀을 전하더군. 그런 다음 목사가 늘그막에 얻은, 지저분해 보이는 목사의 귀염둥이 막내아들을 안아 주었다네.

로테가 이 늙은 목사를 얼마나 정중하게 보살피는지 그 모습을 자네에게 보여 주고 싶을 정도였어. 로테는 가늘게 귀가 먼 목사가 잘 알아들을 수 있도록 목소리를 높여가며 뜻밖의 죽음을 당한 어떤 젊은이의 소식을 전하는가 하면, 칼스바트 온천의 뛰어난 효능에 대한 이야기도 한참 동안 들려주더군. 또한 이번 여름에 그곳으로 휴양을 떠나기로 결심한 목사의 결정을 칭찬하고 나서, 지난번에 뵈었을 때보다 훨씬 건강해 보인다는 말까지 덧붙이면서 말이야. 그동안에 나는 목사 부인에게 인사를 했지.

서늘한 그늘을 던져 주고 있는 아름다운 호두나무를 칭찬하니까, 목사는 힘이 들면서도 생기를 되찾은 듯한 목소리로 그 나무에 대한 내력을 이야기하기 시작했네.

"저 늙은 나무는 누가 심었는지 잘 모르겠소. 어떤 사람들은 이 목사님이 심었다고 하고, 또 다른 사람들은 저 목사님이 심었다고도 하여 종잡을 수가 없지요.

하지만 이쪽에 있는 싱싱한 나무는 우리 집사람과 동갑이니까, 금년 10월이면 50세가 되는군요. 집사람의 선친이 아침에 저 나무를 심었는데, 그날 저녁에 집사람이 태어났다고 해요. 장인어른은 내 전임 목사였지요. 그분이 저 나무를 얼마나 소중히 여겼던지, 말로 다할 수 없을 정도였어요. 물론 나도 그분 못지않게 저 나무를 좋아했지요. 내가 27년 전에 가난한 학생 신분으로 처음 이 마당에 들어섰을 때, 집사람은 저 나무 아래 쌓아놓은 목재더미 위에 앉아서 뜨개질을 하고 있었다오."

로테가 목사의 따님 안부를 물었더니, 슈미트 씨와 함께 목장에 나갔다고 하더군. 목사는 다시 이야기를 계속하면서 자기가 전임 목사의 총애를 받았을 뿐 아니라 그 딸에게서도 사랑을 받았으며, 우선 부목사가 되었다가 나중에 그의 후계자가 되었다는 얘기를 들려주었다네.

이야기가 끝나고 얼마 뒤에 목사의 딸이 슈미트 씨와 함께 정원을 지나서 우리가 있는 곳으로 왔어. 그녀는 진정으로 따뜻하게 로테를 맞이하더군. 솔직히 말해서, 그녀의 첫인상은 나쁘

제1부 · 한적한 곳으로의 이사

지 않았네. 건강하고 활달해 보이는 성품에, 흑갈색 머리를 갖고 있는 여자였어. 시골에서 이야기상대로 잠시 접하기에는 손색이 없어 보였는데, 이름은 프리데리케라고 하더군.

그녀의 애인(슈미트 씨가 애인 같은 태도를 보였기 때문에 곧 눈치챌 수 있었다)은 말쑥한 차림에 말수가 적은 사람으로, 로테가 아무리 끌어들이려고 애를 써도 쉽사리 우리 이야기에 끼려고 하지 않더군. 그의 얼굴 표정으로 미루어 볼 때, 식견이 부족해서라기보다는 오히려 고집과 심술궂은 성품 때문에 우리 이야기에 끼려 하지 않는 것처럼 보여서 나는 기분이 좋지 않았어. 이런 내 추측은 나중에 더욱 확실해졌지만 말이야.

우리는 함께 산책을 갔는데, 프리데리케는 로테와 짝이 되기도 하고 때로는 나와 나란히 걷기도 했네. 그런 때면 원래 흙빛으로 거무튀튀한 슈미트 씨의 얼굴이 눈에 띄게 어두워지더군. 로테는 때때로 내 옷소매를 잡아당기며 내가 프리데리케에게 너무 친절하게 대한다고 주의를 환기시키곤 했어.

인간이 서로에게 괴로움을 준다는 것처럼 통탄할 일이 어디 있겠나. 특히 젊은이들이 온갖 즐거움에 스스로의 문을 활짝 열어놓을 수 있는 꽃다운 청춘임에도 불구하고, 서로 얼굴을 찌푸려서 즐거운 나날을 망쳐놓고는 상당한 시일이 지난 다음에야 그 잘못을 깨닫고 뉘우친다면 얼마나 한심한 일이겠는가.

이런 생각을 하다 보니 울화가 치민 나머지, 저녁때 목사관으로 돌아와서 식탁에 앉아 우유를 마시면서 이야기를 나누는 동안 화제가 인생의 즐거움과 괴로움으로 옮아가자 변덕스런 우울증으로 이야기의 실마리를 돌려 이를 공박하기 시작했네.

"세상 사람들은 흔히 말하기를, 행복한 날은 적은 반면에 기분 나쁜 날이 너무 많다고 불평을 해댑니다. 그러나 나는 그 생각이 옳지 않다고 생각합니다. 우리가 언제 마음의 문을 활짝 열어놓고 하느님께서 우리에게 마련해 주신 은총을 고스란히 받아들인다면, 설사 불행이 닥쳐온다고 하더라도 우리는 충분히 그것을 헤쳐 나갈 수 있을 테니까요."

내가 이렇게 말하자 목사 부인이 입을 열었어.

"그렇지만 인간의 마음이란 게 그렇게 뜻대로 되나요? 우선 몸의 상태에 따라서도 상당히 많이 좌우되지요. 누구나 몸이 불편하면 만사가 다 귀찮아지는 법이거든요."

나는 일단 그 말이 옳다고 인정하고 나서 덧붙여서 말했지.

"그렇다면 그것을 일종의 병이라고 간주하고, 그 병을 고칠 약을 찾아보면 어떨까요?"

그러자 옆에 있던 로테가 이렇게 말하더군.

"좋은 말씀이에요. 적어도 그것은 우리들 자신이 어떻게 마음먹느냐에 달렸다고 생각해요. 저는 제 경험에 비춰 보면 알 수 있거든요. 마음이 산란하고 화가 치밀어 오르면, 저는 자리에서 벌떡 일어나 정원을 이리저리 거닐면서 대무곡을 한두 곡 불러요. 그러면 거뜬히 풀려 버리거든요."

나는 이 말을 받아서 이렇게 대꾸했네.

"제가 말하고 싶은 것이 바로 그거랍니다. 우울증이란 마치 게으름과 같다고 할 수 있어요. 아닌 게 아니라 그것은 일종의 게으름이기도 해요. 우리 인간의 본성은 대체로 그러한 경향으로 흐르기 쉽지만, 우리가 일단 마음을 가다듬고 분발하기만 하면 모든 것이 한결 순조롭게 진행되어 누구나 행동을 통해서 참된 기쁨을 찾을 수 있을 겁니다."

프리데리케는 내 말을 매우 주의 깊게 귀 기울여 듣고 있더군. 그런 반면 그 젊은 슈미트 씨는 자기 자신을 억제하는 것은 매우 어려운 일이며, 더구나 우리의 감정은 자기 뜻대로 되는 것이 아니라면서 내 견해에 이의를 제기했지. 그래서 나는 그 의견에 대한 답을 하듯이 말했다네.

"여기서 문제가 되는 것은 심술궂은 감정입니다. 누구나 이 감정으로부터 벗어나려고 합니다. 그런데 이에 대해 자기 힘이 어디까지 미치는지 시험해 보기 전에는 아무도 모릅니다. 이건 분명한 사실입니다. 일단 병에 걸리면, 의사를 찾아가기 마련입니다. 자기가 바라는 건강을 다시 회복하기 위해서는 아무리 괴로운 절제나 쓴 약이라도 싫다고 하지 않을 것입니다."

이때 그 성실한 노인도 우리의 토론에 한몫 끼고 싶어서 열심히 귀 기울이고 있는 것을 보고, 나는 노인한테로 슬며시 말머리를 돌렸네.

"죄를 범하지 말라는 설교는 많이 들어왔습니다만, 심술궂은 우울증(오늘날에는 이 점에 관한 라바테르의 훌륭한 설교가 있다. 특히

<요나서>에 관한 설명 가운데서 찾아볼 수 있다)에 대해 설교하는 것은 한번도 들어본 적이 없습니다."

"그건 도회지 목사나 할 일이지, 시골의 농부들은 절대로 우울증에 걸리는 일이 없다오. 그렇지만 때때로 그런 설교를 하는 것도 약이 되는 수가 있을 거요. 적어도 목사의 마누라나 법무관 영감한테는 교훈이 될 수 있을 테지."

그가 이렇게 말하자, 그 자리에 있던 사람들이 와아! 하고 웃어서 웃음바다가 되어 버렸네. 노인도 따라서 함께 웃어대다가 급기야 기침을 하기 시작했어. 그리하여 우리들의 토론은 한동안 중단되고 말았지만, 이윽고 그 젊은이가 다시 말문을 열더군.

"선생님은 우울증을 악덕이라고 말씀하셨는데, 그것은 좀 지나친 말인 것 같습니다."

"천만에요. 자기 자신은 물론이고, 이웃 사람에게도 해를 입히는 것은 악덕이라고 불러 마땅하지 않을까요? 우리가 서로 상대를 행복하게 해주지 못하는 것만으로도 유감스러운 일인데, 자기 자신에게뿐 아니라 각자가 가질 수 있는 즐거움마저 빼앗아 버려야 한단 말입니까?

자기 자신은 우울증에 걸려 있음에도 불구하고, 억지로 그것을 감추고는 혼자서 꾹 참고 견디면서 주위 사람들의 즐거움을 망쳐놓지 않으려고 애쓰는 사람이 있다면 말씀해 보십시오. 우울증이란 오히려 자기 자신이 보잘것없는 인간이라는 사실에 대한 내심의 불만이라고 할 수 있으며, 어리석은 허영심에서 비롯된 질투와 결부되어 있는 것이 아니겠습니까? 그래서 자기 눈앞에 행복한 사람이 있을 경우에, 그가 자기와는 동떨어진 인간이라 해서 비위 상해 하며 못 견뎌하는 거겠지요."

로테는 내가 열을 올리며 이야기하는 것을 보고는 미소를 짓고 있더군. 그리고 프리데리케의 눈에 눈물까지 고인 것을 보고, 나는 더욱 신이 나서 이야기를 계속했지.

"혹여 어떤 사람의 마음을 지배할 수 있는 힘을 가지고 있다 해도, 그 힘으로 그 사람의 마음속에서 우러나오는 소박한 기쁨을 빼앗아간다면 한심하기 짝이 없는 일입니다. 이런 폭군의 질투와 심술 때문에 망쳐 버린 즐거움은 그 어떤 선물이나 친절로도 보상받을 수 없는 것입니다."

그 순간에 나의 가슴이 미어지는 듯했다네. 지난날의 갖가지 추억들이 주마등처럼 눈앞을 스쳐 지나가면서, 나도 모르게 눈물이 주르르 흘러내리지 않겠는가. 하지만 나는 큰 소리로 말을 계속했지.

"우리가 매일같이 자기 자신에게 이렇게 타이를 수 있다면, 얼마나 좋겠습니까? '당신이 당신의 친구를 위해 할 수 있는 일은, 그 친구의 기쁨을 방해하지 않고 즐거움을 함께 나눔으로써 친구의 행복을 더해 주는 것뿐입니다'라고. 그러나 그 친구가 불안으로 말미암아 괴로움을 느끼거나, 슬픔으로 인해 상심해 있을 때 당신은 친구로서 한 방울의 진정제라도 줄 수 있단 말입니까?

또 인생의 꽃다운 시절을 당신 때문에 망쳐 버린 사람이 마침

내 중병에 걸려 이제는 수척할 대로 수척해진 모습으로 병상에 누워 있고, 눈은 멍하니 허공만 쳐다보고 있는 상태에서 창백한 이마로는 식은땀이 계속 흘러내리고, 당신은 마치 저주받은 사람처럼 그녀의 침대머리에 우두커니 서서 있는 힘을 짜내고 최선을 다해도 어찌할 도리가 없음을 통절히 느끼고 있다고 합시다. 죽어 가는 사람에게 한 방울의 힘이나 한 가닥의 용기를 줄 수 없을까 하고 안타까워한들 무슨 소용이 있겠습니까!"

이런 이야기를 하고 있는 동안에, 언젠가 내게 일어났었던 일에 대한 기억이 무섭게 몰려오는 것이 아니겠나. 나는 손수건을 손에 대고 그 자리에서 일어나고 말았어. "이제 돌아가야죠" 하는 로테의 목소리를 들으면서 간신히 정신을 가다듬었지 뭔가.

돌아오는 길에, 그녀는 나더러 모든 일에 지나치게 열을 올리면 몸에 해로울 수 있다고 핀잔을 섞어 걱정을 하더군. 자기 몸은 자기가 소중히 여기면서 보살펴야 하지 않겠느냐고 타이르기까지 하면서 말이야.

오오, 천사여! 나는 오직 그대를 위해 살아가려오!

7월 6일

로테는 여전히 그녀의 친구인 위독한 환자의 집에 가 있네. 언제나 상냥하고 쾌활한 그녀가 시선을 돌리면 고통이 한결 가벼워지고, 사람들은 무척 행복해 하더군.

어제 저녁 그녀는 마리아네와 어린 말헨을 데리고 산책을 나간다고 하더군. 나는 이 사실을 알고 있었기 때문에 도중에서 만나 동행했지.

한 시간 반쯤 걸리는 곳까지 갔다가, 다시 시내로 돌아와서 그 샘물이 있는 곳으로 갔었네. 샘터는 원래 내가 가장 좋아하던 곳이었지만, 지금은 몇 배 더 좋아하는 곳이 되어 버렸지.

로테는 그 샘터의 야트막한 돌담 위에 걸터앉고, 우리는 그 앞에 서 있었지. 주위를 둘러보자, 지난날의 외로웠던 기억이 다시 눈앞에 떠오르는 것이 아니겠는가.

'사랑하는 샘물아! 그때 이후 나는 이 시원한 곳에서 한번도 쉬어 보지 못했구나. 다급히 너의 옆을 지나치느라고 너를 바라보지 않은 때도 많았다.'

아래를 내려다보니 말헨이 컵에 물을 떠가지고 바삐 올라오고 있더군. 이때 나는 로테를 바라보았는데, 그녀가 나에게 새삼 소중한 사람으로 절실하게 다가오는 것이었어. 물이 담긴 컵을 들고 가까이 다가온 말헨은, 마리아네가 그것을 받으려고 하자 귀여운 표정을 지으며 소리를 치더군.

"안 돼! 큰언니가 먼저 마셔야 해."

그렇게 소리치는 말헨의 천진한 마음씨에 감동한 나머지 나도 모르게 말헨을 힘껏 껴안고 입을 맞췄는데, 말헨이 으앙! 하고 울음을 터뜨리는 것이 아닌가.

"선생님, 안 돼요!" 하고 로테가 말하자, 나는 당황해 하며 로테를 바라보았지.

로테는 "말헨! 이리 온. 자아, 어서 깨끗한 물로 씻어. 그러면 아무렇지 않아" 하고 말하며, 그 아이의 손을 잡고 계단을 내려갔어. 나는 그곳에 우두커니 서서 그들의 행동을 물끄러미 바라보고 있었지. 말헨은 고사리같이 귀여운 두 손을 샘물에 적셔가며 열심히 볼을 문질러대더군.

이 신비스런 샘물은 온갖 부정함을 깨끗이 씻어 주고 흉측한 수염이 나지 않도록 해준다고 믿기 때문이지. 로테가 "이제 그만하면 됐어"라고 말해도, 말헨은 여러 번 씻어내는 것이 상책이라는 듯이 씻고 또 씻고 하더군.

빌헬름! 나는 세례를 받을 때도 이보다 더 경건한 마음으로 참석해 본 적이 없었네. 로테가 다시 위로 올라왔을 때, 나는 한 민족 전체의 죄를 속죄했던 예언자라도 대하듯 무조건 로테 앞에 무릎을 꿇고 싶은 심정이었어.

나는 마음의 기쁨을 참을 길이 없어서, 그날 저녁 이 사건을 어떤 남자에게 이야기하지 않을 수 없었네. 그는 분별과 지각이 있는 사람이므로 인간미가 있으리라고 기대했는데, 나를 실망시키더군.

그 남자의 견해로는, 그것은 로테의 잘못이라는 것이었어. 어린아이들한테 그런 터무니없는 생각을 갖게 해선 안 되며, 그런 일들은 결국 아이들에게 여러 가지 편견과 미신을 조장하는 동기가 되므로, 이런 점은 모름지기 어린아이 때부터 잘 인도해야 한다는 것이었어.

나는 그때 이 남자가 일주일 전에 세례를 받았다는 사실을 생각하고 잠자코 듣고 있었지만, 속으로는 '하느님이 우리를 대하듯이 아이들을 대해야 한다. 하느님은 우리로 하여금 꿈속을 헤매듯 비틀거리게 할 때, 우리를 가장 행복하게 할 수 있는 것이다'라는 진리를 깊이 되새기고 있었지.

7월 8일

내가 왜 이렇게 어린애 같은지 모르겠군. 일단 보고 싶으면 왜 이렇게 못 견디는 것일까? 정말 나는 어린애인 것 같아.

우리는 발하임에 갔었지. 여자들은 마차를 타고 갔어. 그리고 산책을 하는 동안, 로테의 검은 두 눈동자 속에서 분명히 — 나는 정말 바보다. 용서하게. 자네한테도 그 눈동자를 한번 꼭 보여 주고 싶은 걸 어쩌겠나. 그래야 이야기가 제대로 될 테니까. — 간단히 쓸 테니 들어보게(졸려서 자꾸 눈이 감기려고 한다).

여자들이 마차에 올라타자 젊은 W와 젤슈타트와 아우드란과 나, 이렇게 셋은 마차 주위에 서 있었네. 마차에 타고 있는 여자들과 남자들 사이에는 즐거운 대화가 오고갔지. 남자들은 성격이 쾌활하고 붙임성이 있더군. 나는 로테와 시선이 마주치기를 바라며, 로테의 눈길을 찾고 있었지. 아, 그러나 그녀의 시선은 이 사람 저 사람한테로 옮겨 다닐 뿐, 나에게는 끝내 쏠리지 않더군. 나는 그만 단념할 수밖에 없었지. 나는 로테를 향해 마음속으로 '잘 가라'고 말했어. 그러나 끝내 로테는 나를 거들떠보지 않았네.

그리고 마차는 떠나 버렸고, 내 눈에는 눈물이 핑 돌았지. 나는 로테의 뒷모습을 우두커니 바라볼 수밖에 없었지. 그러자 그녀가 마차 문에 몸을 기대는 듯하더니, 그녀 머리에 꽂힌 장식이 문 밖으로 삐죽 내밀어지는 것이 아니겠나. 아아, 혹시 나를 보기 위해서였을까?

사랑하는 친구여! 나는 그 점을 확신할 수 없지만, 마음이 왜 이렇게 들뜨는지 모르겠군. 아마 나를 돌아다본 거겠지. 아아, 이것만이 나의 유일한 위안이라네. 그러면 잘 자게! 아아, 난 정말 못 말리는 어린아이인 것 같네.

7월 10일

무슨 모임 같은 데서 로테의 이야기가 나오면, 내가 얼마나 당황한 모습을 보이는지 자네에게 한번 보여 주고 싶을 정도야.

더구나 누군가가 로테가 마음에 드느냐고 묻기라도 하면 — 마음에 들다니! 난 그런 말이 듣기 싫어 미칠 지경이라네.

로테를 좋아하는 사람치고 모든 감정이나 감각이 그녀로 인해 충만 되지 않은 사람이 이 세상에 있을까? 며칠 전에 오시안(아일랜드의 오시안 전설의 주인공)이 마음에 드느냐고 내게 물어보는 사람도 있더군.

7월 11일

M부인의 병세가 매우 위중해졌어. 로테와 난 괴로움을 나누고 있기 때문에, 나는 부인이 소생되기를 간절히 빌고 있을 뿐이야.

로테를 M부인 댁에서 만나는 일은 드물지만, 오늘 그녀는 나에게 놀라운 이야기를 들려주었어. — 그 부인의 남편인 M노인은 몹시 욕심이 많고 인색할 뿐 아니라 성격마저 난폭한 구두쇠로, 평생 동안 부인을 괴롭혀 왔다고 하더군. M부인은 궁색하게 살림을 꾸려 왔는데, 며칠 전에 의사로부터 가망이 없다는 말을 듣고 나자 남편을 불러 이렇게 말했다네. 물론 그 자리에 로테도 있었고······.

"당신에게 고백해야 할 일이 하나 있어요. 제가 죽은 뒤에 분란이나 불쾌한 사태가 벌어져서는 안 되겠기에 드리는 말씀이에요.

저는 여태까지 최대한으로 절약하면서 검소하게 집안 살림을 꾸려 왔어요. 그러나 지난 30년 동안 줄곧 당신을 속여 왔어요.

용서해 주세요.

우리가 결혼했을 때, 식비 등 생활비와 잡비로 당신이 정해 준 금액은 얼마 되지 않은 적은 금액이었어요. 그 뒤로 우리의 살림이 커지고 장사 규모가 확장되었는데도, 매주 당신이 주는 돈은 달라지지 않았어요. 살림이 크게 불어났을 때도 1주일에 7굴덴의 돈으로 꾸려 나가라고 했던 것은 당신이 더 잘 아시겠지요. 저는 군소리하지 않고 그 돈을 받아 왔지만, 그것은 턱없이 부족한 금액이었어요. 할 수 없이 부족한 금액은 매주 가게의 매상금 중에서 따로 떼어 충당해 왔지요. 설마 한 집안의 주부가 매상금의 일부를 훔치리라고는 아무도 생각하지 않을 거예요. 하지만 저는 한 푼도 낭비한 일은 없어요.

이런 고백을 하지 않더라도 양심의 가책을 받지 않고 마음 놓고 저 세상으로 떠날 수 있지만, 다만 제 뒤를 이어 살림을 꾸려 나갈 사람이 곤란을 받을 것 같아서예요. 당신이 죽은 마누라는 그 돈으로 거뜬히 꾸려 나갔노라고 우기실 것 같아서, 그것이 걱정되어 이렇게 말씀드리는 거예요."

나는 인간의 어리석음에 대하여 로테와 이야기를 나누었네. 어림잡아 2배 정도의 경비가 드는 살림을 7굴덴으로 꾸려 나가고 있다면, 그 이면에 뭔가 비밀이 있는 게 아닌가 하는 의심이 들 텐데 말이야. 그것을 그대로 지나쳤다니, 인간이 그렇듯 우매해질 수 있는 건지······.

그러나 나는 자기 집에〈예언자의 기름 단지〉(구약성경 '열왕기

2'에 나오는 이야기로, 예언자 엘리야가 어느 과부의 집에서 묵고 있을 때 한 줌의 밀가루가 독에서 없어지지 않고 몇 방울의 기름이 언제나 병에 남아 있었다고 함)라도 있는 줄로 믿고 있는 인간이 있음을 알고 있네.

7월 13일

아니네, 나는 결코 스스로를 기만하는 것이 아니네. 나는 로테의 그 검은 눈동자 속에 나에 대한 그리고 나의 운명에 대한 진정한 공감이 어리어 있음을 알 수 있다네. 나는 그것을 느낄 수 있네. 그녀는, 아아, 천국을 이런 말로 표현해도 괜찮을까? 그녀는 나를 사랑하고 있다고 말일세!

분명히 나를 사랑하고 있네! 그녀가 나를 이렇게 사랑하게 되면서부터 나라는 존재가 얼마나 소중한 존재가 되었는지 모른다네. 나는 얼마나 — 자네에겐 이런 소릴 해도 괜찮겠지. 자네는 나를 이해하니까 — 나 자신을 존경하게 되었는지 모른다네.

이것은 나의 지나친 자만일까, 혹시 잘못 생각하고 있는 건 아닐까? 나는 로테의 마음속에 내가 두려워해야 할 사람이 있다고 생각하지 않네. 하지만 로테가 그녀의 약혼자에 대해 뜨거운 애정을 담아 열정적으로 이야기할 때면, 나는 명예와 지위를 모조리 박탈당하고 대검마저 빼앗겨 버린 사람과 같은 느낌에 사로잡히고 만다네.

7월 16일

내 손가락이 어쩌다 그녀의 손가락에 닿거나 우리의 발이 테이블 아래에서 맞닿거나 할 때면, 아아, 뜨거운 피가 내 혈관 속에서 얼마나 마구 뛰는지 모른다네. 그럴 때면 나는 마치 불에 데기라도 한 것처럼 얼른 손과 발을 움츠리곤 하네. 하지만 이내 어떤 신비로운 힘에 이끌려서 살며시 몸을 펴보지만 일시에 감각이 마비되는 듯하여 현기증이 날 지경이라네.

아아! 그런데도 순진하고 구김살 없는 영혼을 가진 그녀는 그런 사소한 친근감의 표시가 나를 얼마나 괴롭히는가를 전혀 알지 못한다네. 뿐만 아니라, 그녀는 이야기에 신이 나면 자기 손을 내 손 위에 얹거나 나에게 몸을 바짝 대는 경우도 있다네. 이때 그녀의 순결한 입김이 내 입술에 와 닿기라도 하면, 나는 벼락이라도 맞은 것처럼 넋을 잃고 말아 쓰러질 것만 같다네.

빌헬름이여, 혹시나 내가 감히 이 천국과 같은 그녀를, 이 꽃 같은 사람을! — 자네는 내 심정을 알아줄 거야. 내 마음은 결코 그렇게까지 타락하지는 않았네! 다만 약할 따름이지. 그러나 이 약하다는 것이야말로 일종의 타락이 아닐까?

그녀는 나에게 있어서는 신성불가침의 존재일세. 그녀 앞에 나서면, 모든 욕망이 사라져 버린다네. 그녀 곁에 있으면, 내 기분이 어떤지조차도 알 수 없다네. 마치 모든 신경이 마비되고 영혼이 빠져나가는 것만 같으니 말이야. 그녀는 자기만의 멜로디를 지니고 있네. 그녀는 피아노로 그 멜로디를, 천사같이 신비로운 힘으로 소박하고도 거룩하게 연주한다네. 그것은 로테가 가장 좋아하는 곡이지. 그녀가 그 악보의 첫머리만 두들겨도, 내 모든 고뇌와 혼란 그리고 걷잡을 수 없는 괴로움이 깨끗이 사라져 버리는 것을 느낀다네.

나는 이제 음악이 지닌 마력에 대해 흔히들 하는 이야기가 허무맹랑한 것이 아니라는 걸 깨닫게 되었네. 그 소박한 멜로디가 내 마음을 꼼짝없이 사로잡아 버리는 것을 보면 알만하지 않은가!

로테는 공교롭게도 내가 내 이마에 총알을 한 방 쏘고 싶어지는 그러한 때에 곧잘 노래를 부르곤 한다네. 그 순간 내 영혼의 미망과 암흑이 홀연히 사라져 버리고, 나는 다시금 생기를 되찾아 자유롭게 호흡을 할 수 있게 된다네.

7월 18일

빌헬름! 만일 이 세상에 사랑이 없다면 우리의 마음은 어떻게 될까? 불빛 없는 환등(幻燈)과 다를 바 없겠지. 불을 그 속에 넣어야 갖가지 영상이 흰 스크린에 나타나지 않겠나. 비록 그것이 한낱 그림자요 일시적인 환영에 지나지 않는다 하더라도, 우리가 어린애들처럼 그 앞에 서서 신비로운 광경에 황홀해 한다면 그것 역시 우리에게 행복을 가져다주는 것이 아니겠는가.

오늘 나는 로테에게 가지 못했네. 피치 못할 모임이 있었기 때문이지. 그리하여 내가 어떻게 했겠나? 나는 로테네 집에 다녀오라고 하인을 보냈다네. 그가 누구든지 간에 로테의 곁에 가까이 있다가 온 사람을 내 곁에 두고 싶었던 걸세. 그 하인이 돌아오기를 얼마나 마음 조이며 기다렸는지 모른다네. 이윽고 그가 돌아왔을 때 얼마나 기뻤던지, 체면 때문에 차마 그러지는 못했지만 그의 목을 껴안고 키스를 해주고 싶을 정도였네.

형광석은 햇빛 속에 놓아두면 햇빛을 흡수하기 때문에 밤에도 얼마 동안은 빛을 발한다고 하더군. 그 젊은 하인이 나에게 있어서는 그와 같은 존재였네. 그녀의 눈길이 그의 얼굴, 그의 뺨, 그의 윗도리의 단추 그리고 그의 외투 깃에 닿았었다고 생각하니, 그 모든 것이 나에게 신성하고 소중한 것으로 여겨졌네. 그 순간, 누가 천 탈러를 준다고 해도 나는 그 하인을 딴 사람에게 넘겨주지 않았을 걸세. 그가 내 곁에 있어 주는 것만으로도 나는 더할 수 없이 흐뭇했거든.

제발 비웃지는 말게나. 빌헬름이여, 우리를 기분 좋게 하는 것, 그것이 과연 환상에 지나지 않는 것일까?

7월 19일

'오늘 나는 그녀를 만난다!' 아침에 눈을 뜨면 나는 이렇게 외친다네. 밝은 마음으로 아름다운 태양을 맞이하면서 '오늘 나는 그녀를 만난다'고 외치면, 온종일 아무것도 바랄 것이 없다네.

모든 것이 이 한 가지 소망과 기대 속에 잠겨 버리기 때문이네.

7월 20일

나더러 공사(公使)를 수행하여 ○○로 가는 게 좋겠다는 것이 자네들의 의견이지만, 나는 그럴 의향이 없네. 나는 다른 사람에게 예속되는 걸 그다지 좋아하지 않거든. 게다가 그 공사라는 사람이 비위에 거슬리는 인물이라는 사실은 세상이 이미 다 알고 있지 않은가.

우리 어머니가, 내가 활동하기를 바란다는 자네 글을 읽고 나는 웃지 않을 수 없었네. 그렇다면 내가 지금 활동하고 있지 않단 말인가? 완두콩을 세건 땅콩을 세건 간에 근본적으로 뭐가 다른가? 세상의 일이란 따지고 보면, 모두 다 하잘것없고 시시한 것 아닌가!

그리고 자기 자신의 정열이나 욕구를 위해서가 아니라, 그저 남이 시키는 대로 허겁지겁 **뼈** 빠지게 일하고서 돈이라든가 명예 따위를 얻으려 하는 자들은 한 마디로 말해서 바보일세.

7월 24일

그림 그리기를 게을리 하지 말라고 자네는 충심으로 충고하고 있지만, 그 문제는 잊어버리고 싶네. 사실대로 말하자면, 그 이후로 나는 그림을 거의 그리지 못하고 있다네.

지금처럼 이렇게 내가 행복했던 적은 일찍이 없었네. 돌멩이 하나에서 풀잎에 이르기까지 자연에 대한 감수성이 지금처럼 내 가슴속에 충만하게 넘쳤던 적이 없었다는 걸세. 그런데 나는 이것을 어떻게 표현해야 좋을지 모르겠군.

나의 표현력이 부족한 탓이겠지만, 모든 것이 내 영혼 앞에서 아른거리기만 할 뿐 윤곽조차도 포착할 수가 없네. 그러나 점토나 밀랍이라도 있으면, 뭔가를 만들어 볼 생각이 들 것 같네. 이런 상태가 지속된다면, 설사 과자조각을 만들어 버린다 할지라도 점토를 손에 쥐어보는지도 모르겠네.

나는 로테의 초상화를 세 번이나 그리기 시작했지만 번번이 실패했네. 전에는 꽤 솜씨 있게 그릴 수 있었는데……. 그래서 한층 더 울화가 치밀어 오르는군. 그래서 나는 그녀의 실루엣을 그리기로 했네. 그것으로 만족할 수밖에…….

7월 25일

사랑하는 로테여, 모든 일을 잘 알아서 처리할 테니 부디 일을 많이 맡겨 주오. 될수록 자주 일을 시켜 주기 바라오. 그런데 한 가지 부탁이 있소. 내게 보내는 편지에는 잉크를 말리는 모래(당시에는 잉크를 묻어나지 않게 하기 위해 모래를 흡수용으로 사용했음)를 뿌리지 말아 주오. 오늘은 편지를 입술에 갖다 대었더니, 입술이 깔깔합니다.

7월 26일

로테를 너무 자주 찾아가지 않겠다고 나는 벌써 몇 번이나 다짐했는지 모른다네. 그러나 그게 지켜질 리 있겠는가. 매일 유혹에 못 이겨 나가고서는, 다음 날이면 또다시 '내일은 찾아가지 말아야지' 하고 굳게 다짐하곤 한다네. 그러나 막상 내일이 되면, 어쩔 수 없는 이유를 찾아내고는 어느새 벌써 그녀 곁에 가 있게 되는 걸세.

가령 전날 밤에 로테가 '내일도 오시겠어요?' 하고 말했다면, 어찌 그녀에게 가지 않고 배길 수 있겠는가.

혹은 그녀가 어떤 일을 부탁이라도 하면, 내가 직접 가서 그녀에게 그 결과를 알려 주는 것이 예의라고 생각하는 걸세. 또 어떤 때는 날씨가 좋다는 것을 핑계 삼아 발하임으로 산책을 나간다네. 거기까지 가고 나면 로테네 집까지는 불과 반 시간이면 갈 수 있거든. 이렇게 되면 로테를 느낄 수 있는 곳에 너무 가까이 온 것이므로, 눈 깜짝하는 사이에 그녀 곁으로 가고 말지.

어릴 적에 우리 할머니에게 들은 지남철로 된 산 이야기가

생각나는군. 배가 그 산 가까이 다가가면, 별안간 배 안의 쇠붙이란 쇠붙이는 모두 그 산으로 빨려 들어가 버린다는 거야. 그 바람에 뱃사람들은 산산이 흩어진 널빤지를 잡고 버둥거리다 죽는다는 내용이었지.

7월 30일

알베르트가 돌아왔네. 이제 나는 이곳을 떠나야만 하겠지. 그가 기품 있고 훌륭한 인물로서 모든 점에서 내가 그보다 한 수 처진다는 것을 인정한다 하더라도, 그토록 아름답고 완벽한 로테를 그가 소유하고 있는 것을 눈앞에 두고 본다는 것은 정말 감당하기 어려운 노릇일세. 소유라고?

어쨌든 빌헬름! 그녀의 약혼자가 돌아온 걸세. 그는 훌륭한 청년신사로, 누구나 호감을 갖지 않을 수 없는 인물이네.

다행인지, 나는 그가 돌아올 때 마중하는 자리에는 있지 않았네. 만일 그 자리에 있었더라면 가슴이 찢어지는 듯한 아픔을 느꼈을 걸세.

그는 예절 바른 사람이어서 그런지, 내가 보는 앞에서는 아직 한 번도 로테에게 키스를 한 적이 없다네. 좌우간 칭찬 받을 만큼 인격과 교양을 갖춘 인물이니만큼 신의 가호가 있기를 빌 수밖에. 그가 그녀를 존경한다는 점에 있어서는 나도 그를 존경하지 않을 수 없다네.

그도 내게 호의를 보이는데, 짐작컨대 그것은 마음에서 우러 났다기보다는 로테가 그렇게 유도했기 때문인 듯하네. 여자란 그런 점에 있어서는 빈틈이 없으니 말일세. 자기를 좋아하는 두 남자들이 서로 사이좋게 지낸다면, 사실 덕 보는 것은 언제나 여자 쪽이거든. 물론 이런 경우란 드물겠지만 말이야.

　그렇다 하더라도 나는 알베르트에게 경의를 표하지 않을 수 없네. 그의 의젓한 태도는 두드러지게 침착성이 부족한 내 성격과 좋은 대조를 이루고 있네. 그는 감수성도 풍부할 뿐 아니라, 로테의 좋은 점도 잘 알고 있네. 그는 얼굴을 찌푸리거나 불쾌한 기분을 드러내는 일도 별로 없는 듯하네. 이 불쾌한 기분이야말로, 내가 무엇보다도 싫어하는 죄악이라는 점을 자네도 알고 있지 않은가.

　알베르트는 나를 사려 깊은 사람이라고 여기는 모양이네. 내가 로테를 사모하는 것이나 그녀의 일거수일투족에 대해 열렬하게 기뻐하는 것은 그의 승리감을 더욱 북돋아 주는 결과가 되고 말며, 그러기에 그는 더욱더 로테를 사랑하게 되는 거라네.

　그가 때때로 사소한 질투로 로테를 괴롭히는지 모를 일이지만, 그런 것은 여기에서는 덮어 두기로 하겠네. 내가 알베르트의 입장이라도 질투라는 악마의 손아귀에서 깨끗이 벗어날 수 있다고 장담할 수는 없으니까.

　그러나 그런 것은 어찌되었든 상관없는 일일세. 다만 로테 곁에 있을 수 있는 나의 기쁨이 사라져 버렸으니……. 내가 어리석었다고 할까, 아니면 눈이 멀었다고 할까? 뭐라고 하든 그게 무슨 상관이겠는가. 사실 그 자체가 웅변으로 말해 주고 있는 것을!

지금 내가 말할 수 있는 것은, 알베르트가 돌아오기 전부터 이렇게 되리라는 것을 뻔히 짐작하고 있었다는 사실일세. 로테에 대하여 그 어떤 요구도 할 권리가 나에게 없다는 것을 잘 알고 있었으며, 또 아무런 요구도 하지 않았네. 왜냐하면 이토록 사랑스러운 사람을 대하고도 아무런 요구를 하지 않는 것이 가능한 범위 내에서의 사랑이었던 것일세.

그런데 마침내 그 약혼자가 나타나서 그녀를 빼앗아가 버리니, 이 어리석은 인간은 그만 눈이 휘둥그레져 있다네.

나는 이를 악물고, 나 자신의 비참한 몰골을 비웃을 수밖에 없네. 그러나 만일 나더러 '단념해라' '어쩔 도리가 없지 않느냐' 라고 말하는 사람이 있으면, 나는 그 자를 몇 배나 더 비웃어 주겠네. 그런 정신을 가진 허수아비 같은 인간은 내 눈앞에서 없어져야 하네.

나는 숲속을 이리저리 헤매고 돌아다니다가 로테를 찾아간다네. 그러면 정원의 정자에 알베르트가 그녀와 함께 앉아 있는 것을 보게 되지. 그것을 보면 나는 더 이상 자중하지 못하고 정말이지 어릿광대 같은 짓을 하거나 익살을 부리면서 허튼 수작을 늘어놓는다네.

그러면 로테는 "제발 부탁입니다. 어젯밤과 같은 그런 행동은 하지 말아 주세요. 선생님이 그런 식으로 지나치게 흥겨워하시면 어쩐지 무서워져요" 하고 간곡하게 말하더군.

자네에게만 하는 말이지만, 나는 알베르트가 바쁜 시간만을 노리고 있다가, 그 틈을 타서 얼른 찾아간다네. 그래서 로테가 혼자 있는 것을 보게 되면, 말로 표현할 수 없을 정도로 기쁘다네.

8월 8일

용서하게나, 빌헬름! 어쩔 도리가 없는 운명에 대해서는 순순히 복종해야 한다고 주장하는 사람을 나는 몹시 비난했지만, 자네를 두고 한 말은 결코 아니었네. 자네가 그들과 비슷한 의견을 가졌으리라고는 상상도 못했네. 그런데 따지고 보면, 자네 말이 옳아.

그러나 친구여! 내 한 가지 말만은 해야겠네. 세상일이 '이것 아니면 저것'이란 식으로 딱 부러지게 결말이 나는 경우는 극히 드물지 않은가. 마치 매부리코와 납작코의 중간에 수많은 종류의 코가 있는 것처럼, 인간의 감정과 행동에도 실로 다양한 뉘앙스가 있다고 생각하네.

그러니 자네 의견이 전적으로 옳다고 인정하면서도, 여전히 내가 '이것 아니면 저것'의 중간노선을 슬쩍 빠져나가려 하는 것을 제발 나쁘게는 생각지 말아 주게나.

자네는 어느 쪽이든 결단을 내리라고 말하는 거지? 로테에게 희망이 있는가, 없는가? 희망이 있다면, 끝까지 밀고 나가서 소망을 이루도록 하라. 그러나 희망이 없다면, 자신의 모든 에너지를 소모시키는 불행한 감정으로부터 벗어나도록 용단을 내려라, 이 말이지? 친구여! 물론 그럴듯한 말이지만, 말하기는 쉬워도 실천은 생각보다 어렵다네.

자네는 병세가 서서히 악화되어 가는 질병에 걸려 하루하루 죽음에 가까워져 가고 있는 불행한 사람에게 '단도로 푹 찔러서 단박에 그 괴로움을 없애라' 하고 권유할 수 있겠는가? 환자의 에너지를 소모시키는 질병은, 그 질병으로부터 자신을 해방시키려는 용기마저도 동시에 빼앗아 가는 것이 아닐까?

하긴 자네는 다른 비유를 들어서 반론을 제기할 수도 있겠지. 즉 우물쭈물 망설이다가 생명을 위태롭게 하기보다는, 차라리 상처가 있는 한쪽 팔을 잘라내는 편이 낫지 않겠느냐고 말일세.

나는 모르겠네! 비유를 끌어다 대면서 논쟁을 벌이는 짓은 그만두세. 아무튼 빌헬름! 때때로 나는 모든 고뇌를 털어 버리고 뛰쳐나갈 수 있을 것 같은 용기가 치솟을 때가 있다네. 그래서…… 만일 내가 가야 할 곳이 어디인지를 알게 되기만 하면, 나는 그곳을 향해 기꺼이 갈 걸세.

(8월 8일) 저녁

얼마 동안 팽개쳐 두었던 일기장을 오늘 무심코 펼쳐보고 깜짝 놀랐네. 나는 번연히 알면서도 현재의 이런 사태 속으로 한 걸음 한 걸음 발을 들여놓았던 걸세! 자신의 입장을 언제나 명확하게 인식하고 있으면서도, 어린애같이 어리석게 행동해 왔네. 지금도 나는 그걸 분명히 알고 있으면서도, 여기서 헤어나질 못하고 있군.

8월 10일

내가 어리석은 인간이 아니라면, 나는 말할 수 없이 행복한 생활을 할 수 있을 텐데……. 한 인간의 마음을 기쁘게 해주는 데, 지금 내가 처해 있는 환경만큼 갖가지 조건이 잘 갖추어져 있는 경우는 흔하지 않을 걸세. 하지만 우리의 마음만이 우리의 행복을 만들어낸다는 사실을 어떻게 부인할 수 있겠는가.

나는 지금 단란한 가정의 가족이 되다시피 해서, 그 집 노인으로부터는 친아들처럼 사랑을 받고, 아이들로부터는 아버지처럼 존경을 받고 있으며, 또 로테에게서까지……! 그리고 성실한 알베르트, 그 또한 점잖은 사람이어서 변덕이나 무례한 언동으로 내 행복을 손상시키는 일은 결코 없다네. 그는 진심에서 우러나는 우정으로 나를 감싸준다네. 그는 나를 이 세상에서 로테 다음으로 사랑할 만한 사람으로 여기고 있다네!

빌헬름! 우리가 함께 산책을 하는 동안 로테에 대한 이야기를 주고받는 것을 누가 옆에서 듣는다면 참으로 재미있을 걸세. 세상에서 우리 두 사람의 관계처럼 우스꽝스러운 것이 또 어디 있겠는가. 그걸 생각하면, 나는 때때로 눈물이 핑 돌곤 한다네.

어느 날, 알베르트는 로테의 훌륭하셨던 어머니에 대한 이야기를 나에게 해주었네. 로테의 어머니는 임종의 자리에서 집안일과 아이들을 로테에게 부탁하고, 로테는 알베르트에게 맡겼다고 하네. 그때부터 로테는 완전히 딴 사람이 된 듯 달라져서 활기를 띠기 시작했으며, 정말 어머니처럼 열성으로 집안일을 걱정하고 돌보게 되었다는 걸세. 한순간도 쉬지 않고 부지런히 일하면서 동생들을 보살폈는데, 그러면서도 쾌활하고 상냥한 성품을 잃은 적이 한 번도 없었다고 하네.

나는 이야기를 들으면서 알베르트와 나란히 걷다가, 길가의 꽃을 꺾어 정성 들여 꽃다발을 만든 다음 개울물에 그 꽃다발을 던지고는 그것이 천천히 떠내려가는 것을 바라보았네.

자네에게 이미 알렸는지 기억나지 않는데, 알베르트는 이곳에 머물러 있으면서 궁정으로부터 상당한 급여를 받는 어떤 관직을 얻게 될 모양일세. 그는 궁정으로부터 좋은 평판을 받고 있다고 하네. 모든 일을 착실히 하면서 그렇게 부지런한 사람을 나는 일찍이 본 적이 없다네.

8월 12일

알베르트는 세상에서 보기 드문 매우 선량한 인물임이 분명하네. 그런데 나는 어제 그와 이상스럽게 말다툼을 하고 말았네.

나는 작별인사를 하러 그의 집에 찾아갔었던 걸세. 갑자기 말을 타고 산으로 여행을 하고 싶어졌었거든. 지금 이 편지도 여행지에서 쓰고 있는 것이라네.

그의 방 안을 이리저리 서성거리고 있으려니까, 권총이 눈에 띄더군.

"저 권총을 좀 빌려 주시겠습니까? 여행하는 데 가지고 갔으면 해서요" 하고 나는 말했지.

"좋도록 하세요. 다만 총알을 장전하는 수고는 당신이 해야만 합니다. 우리 집에서는 그저 장식용으로 걸어놓았을 뿐이니까요" 하고 그가 대답했네.

나는 벽에 걸려 있던 권총 한 자루를 집어 내렸지. 알베르트는 말을 계속하더군.

"지나치게 조심한다는 것이 오히려 엉뚱한 실수를 일으킨 뒤로는, 이런 물건에 손도 대기 싫어졌어요."

내가 그 사연을 묻자, 그가 이야기를 시작했네.

"시골에 있는 어느 친구 집에 석 달 정도 머물렀던 적이 있었지요. 그때 비록 총알을 장전해 두지는 않았지만, 권총을 두 자루나 지니고 있어서인지 밤이 되어도 아무 걱정 없이 잘 잤답니다.

그런데 비가 내리던 어느 날 오후, 무심히 앉아 있었는데 왜 그런 생각이 들었는지 알 수 없지만 '혹시 강도가 들어올지도 모른다. 그러면 권총이 필요할 것이 아닌가' 하는 생각이 들더군요. 그런 기분, 당신도 이해하겠지요? 그래서 나는 하인에게 권총을 내주며, 손질한 뒤에 총알을 장전해 두라고 일렀어요.

 그런데 그 하인이 하녀들과 장난을 치느라고 권총으로 위협하는 시늉을 하고 있는 중에, 어쩌다가 그만 권총이 발사되었지 뭡니까. 방탄 장치가 되어 있는데도 탄환이 발사되어 그만 하녀의 오른손 엄지손가락에 맞아, 엄지손가락이 으스러져 버렸지요. 울고불고 야단이 나고, 나는 치료비까지 물어줘야 했답니다.

 나는 하도 혼이 나서, 그 뒤로는 어떤 총이든지 간에 총알을 장전하지 않고 놓아두기로 했어요. 아무리 조심한들 무슨 소용이 있겠어요. 위험이란 예측할 수 없는 것이거든요. 하긴……."

 자네도 알다시피 나는 알베르트란 인물을 무척 좋아하지만, 그건 '하긴……'이란 말을 꺼내기 이전의 그에 한정되는 걸세. 원칙적으로 일반적인 명제에는 예외가 있는 것이 당연한 일 아닌가. 그런데 이 친구는 대단히 용의주도하더군. 자기 말이 꼭 정론이 되어야만 직성이 풀리는 걸세. 약간 경솔한 말을 했다거나 일반적으로 불확실한 발언을 했다 싶으면, 그는 먼저 한 말을 제한하거나 수정하면서 한없이 첨가하거나 삭제하기 때문에 나중에는 어떤 것이 본론인지 모르게 되어 버리곤 한다네.

 이번에도 역시 그는 장황하게 늘어놓으면서 심각하게 논의를 전개시키려 들더군. 그래서 나는 더 이상 그의 말에 귀 기울이지 않고, 엉뚱한 망상에 잠겨 버렸네. 그러다가 발작적으로 권총 부리를 내 오른쪽 눈 위의 이마에다 갖다 대었네.

 "저런! 이게 무슨 짓이오?" 하면서 알베르트는 내 손에서 권총을 빼앗았네.

"총알도 없는데, 뭘 그러십니까!" 하고 나는 말했지.

"총알이 들어 있지 않더라도, 이게 무슨 짓입니까. 나로서는 상상할 수 없는 일이에요. 어떻게 인간이 자신을 쏠 정도로 어리석을 수 있는지……. 그런 생각을 하기만 해도 불쾌해요."

"당신과 같은 부류의 사람들은 어떤 일에 대해 이야기를 하면서, 그것은 어리석다, 그것은 현명하다, 그것은 좋다, 그것은 나쁘다, 이런 식으로 말해야만 직성이 풀리는 모양인데 그게 무슨 소용이 있나요? 그렇게 말을 하면 어떤 행동의 내면적인 이유를 다 헤아릴 수 있나요? 어째서 그러한 일이 일어났는지, 무엇 때문에 그런 일이 일어나지 않으면 안 되었는지, 그 원인을 당신들은 명확히 설명할 수 있나요? 만일 그것이 가능하다면, 당신들도 그렇게 성급한 판단은 내리지 않을 겁니다" 하고 나는 외쳤네.

"당신도 시인하겠지요. 어떤 종류의 행위는, 그것이 어떤 동기에서 행해지든 간에 죄악이라는 점에는 변함없다는 사실을 말입니다" 하고 알베르트는 말했네.

나는 어깨를 움츠리며 그의 말에 동의하면서도, 이렇게 응수했네.

"그렇지만 말입니다, 거기에도 약간의 예외는 있어요. 도둑질이 죄악이라는 것은 의심할 여지가 없어요. 그러나 자기 자신과 가족들이 당장 굶어죽게 되었을 때 굶주림을 면하기 위하여 도둑질을 했다면, 그 경우에는 동정을 받아야 할까요? 아니면 처벌을 해야 할까요?

부정(不貞)한 아내와 그녀를 유혹한 비열한 정부(情夫)에 대해 정당한 분노를 참지 못하고 그들을 살해한 남편이나 또는 환희의 순간에 이성을 잃고 억누를 길 없는 사랑의 환락에 몸을 내맡긴 처녀, 이들을 향해 누가 맨 처음 돌을 던질 수 있을까요? 냉혹하기 짝이 없는 법률도 냉혈동물처럼 차가운 학자들일지라도, 필시 감동하여 그에 대한 처벌을 유보할 것입니다."

그러자 알베르트가 이의를 달더군.

"아뇨, 그건 전혀 별개의 문제지요. 자신의 격정에 사로잡혀 이성을 잃은 인간은 사리분별이 전혀 없기 때문에, 술 취한 사람이나 미친 사람으로 볼 수밖에 없으니까요."

알베르트의 대답에 나는 미소를 지으며 이렇게 반박했네.

"아아, 당신네 이성적인 사람들이여! 격정! 술 취한 사람! 미친 사람! 당신들은 그렇게 말하면서, 마치 남의 일처럼 태연하군요. 과연 훌륭한 도덕군자들입니다. 술 취한 사람을 나무라고 욕하며, 미친 사람을 외면하고, 성직자들처럼 그 옆을 지나가면서 바리새인들처럼 자기가 그런 부류의 인간으로 태어나지 않은 것을 하느님께 감사하겠지요.

나는 술 취한 적이 여러 번 있습니다. 격정에 사로잡혀 거의 제정신을 잃은 적도 있었지요. 그러나 나는 두 가지 다 후회하지 않습니다. 위대한 업적을 남겼거나 불가능한 것으로 여겨졌던 일들을 성취한 비범한 인간들은, 옛날부터 모두 주정뱅이니 미치광이라고 불려왔던 사실을 알고 있으니까요. 그러나 어떤 사람이 자유롭고 고결하며 남들의 상상을 초월하는 일을 할라치면, 그 일을 하고 있는 도중에 거의 예외 없이 '저 놈은 미쳤어, 저 놈은 바보야' 하고 매도하니, 이건 정말 참기 어렵더군요. 냉철한 이성을 가진 사람들은 부끄러운 줄을 알아야 돼요! 당신네들이 좀 더 현명하다면 염치를 좀 알아야 된단 말이오!"

"그것 역시 당신의 망상에서 나온 소리지요. 당신은 무엇이나 지나치게 과장하는 경향이 있더군요. 적어도 이번의 경우, 당신의 논리는 부적절해요. 지금 우리가 문제 삼고 있는 자살만 해도, 그것을 당신은 위대한 행위에 비교하고 있지 않소. 하지만 그것은 당치않은 소리요. 자살은 아무래도 의지가 박약한 데서 비롯된 행위로밖에 볼 수 없으니까요. 왜냐하면 고통스러운 삶을 꿋꿋이 견디는 것보다는 차라리 죽어 버리는 편이 손쉬운 일 아니겠어요" 하고 알베르트는 말했네.

나는 여기서 논쟁을 중단하려 했네. 진심으로 이야기하고 있을 때, 시답잖게 상투적인 문구를 들고 나와 떠들어대는 것처럼 못 견딜 노릇이 없거든. 그런데 그의 이런 말은 전에도 여러 번 들은 적이 있을 뿐 아니라 나도 몇 번 화를 낸 일이 있으므로, 나는 마음을 가라앉힌 다음 약간 쾌활한 어조로 이렇게 말했네.

"의지가 박약한 행위라뇨? 제발 겉만 보고 판단하지 마세요.

폭군의 지독한 압정에 시달리고 있던 민족이 마침내 궐기하여 그 압정의 쇠사슬을 끊을 경우, 당신은 그것을 의지가 박약한 행위라 할 건가요? 집에 불이 난 것을 보고 너무 놀란 나머지 온몸에 힘이 불끈 솟아나서 여느 때는 움직일 수조차 없는 무거운 물건을 번쩍 드는 사람이라든가, 또는 모욕을 당하고 격분해서 여러 명을 상대로 싸워서 그들을 때려눕힌 사람들을 의지가 박약한 인간이라고 하겠습니까? 그리고 또 긴장하고 노력하는 것을 강점이라고 하면서, 어째서 지나친 긴장은 그와 반대로 나약하다고 한단 말입니까?"

알베르트는 내 얼굴을 물끄러미 들여다보며 말했네.

"기분 나빠하지 말아요. 방금 당신이 든 예는 이 경우에는 전혀 해당되지 않는 듯하군요."

"그럴지도 모르지요. 나의 연상이나 추측이 때때로 엉뚱한 곳으로 뻗어 나간다고 해서, 여러 차례 비난을 받은 적이 있어요. 그렇다면 다른 논법으로 내 의견을 말해 보겠습니다. 보통의 경우라면 즐거워야 마땅할 삶의 보람을 미련 없이 포기해 버리려고 결심하는 사람의 마음이 어떤 것인지, 그것을 다른 방법으로 생각해 볼 수는 없는지, 우리 한번 돌아봅시다.

요컨대, 우리는 동정심을 가질 수 있는 경우에 한해서만 어떤 사항에 대해 이야기할 수 있는 자격이 있는 것이니까요. 인간의 본성에는 한계가 있는 법입니다. 기쁨이나 슬픔, 고통 등도 어느 일정한 한도까지는 견뎌낼 수 있지만, 그 한도를 넘어서면 파멸하고 맙니다. 이건 사람이 강하다 약하다 하는 문제가 아니라, 자신이 당하고 있는 고통을 어느 정도까지 견뎌낼 수 있는가 하는 문제지요. 정신적인 면에서나 육체적인 면에서나 말입니다.

그런데 나로서는 정말 이해하기 어려운 게 있어요. 나는 자기의 목숨을 스스로 끊는 것을 비겁하다고 하는 것은, 악성 열병으로 죽어가는 사람을 비겁하다고 말하는 것과 마찬가지로 타당하지 않다고 생각합니다" 하고 내가 말했네.

그러자 "그건 궤변입니다! 말도 안 되는 궤변입니다!" 하고 알베르트가 외쳤네.

"당신이 생각하듯이 그렇게 심한 궤변은 아닙니다. 이런 것은 당신도 인정하리라 믿어요. 가령 육체가 몹시 병들고 체력이 소모되어 아무런 기능도 발휘하지 못하게 되었을 때, 어떠한 수단과 방법을 다 동원해도 소생할 가망이 없을 때, 그걸 죽을병이라 부르는 데는 이의가 없겠지요. 그렇다면 이런 현상을 정신에 적용해 봅시다.

인간의 마음이 점점 편협해지는 경우를 생각해 보세요. 갖가지 인상이 그에게 작용하여 관념이 고정되고 점점 격정적으로 변해 냉철한 사고능력을 상실하면, 그는 마침내 파멸하고 마는 겁니다. 냉철하고 이성적인 인간이 이처럼 불행한 인간의 상태를 높은 곳에서 내려다보며, 이래라 저래라 충고한들 무슨 소용이 있겠습니까. 아무리 건강한 사람이 환자의 병상 곁에 있다 하더라도, 자기가 가진 힘을 만 분의 일도 환자에게 주입시켜줄 수 없는 것과 마찬가지 아닙니까" 하고 응수를 했지.

이러한 이야기는 알베르트에게는 너무나 일반적인 것이었네. 그래서 나는 얼마 전에 연못에 투신자살한 한 소녀의 일을 그에게 상기시켜 준 다음, 그 이야기를 그에게 되풀이해 주었지.

"착한 아가씨였지요. 날마다 되풀이되는 집안일을 돌보며, 지극히 좁은 세계에서 자라났답니다. 낙이라고는 부지런히 장만해 둔 나들이옷을 입고, 일요일이면 같은 또래의 친구들과 어울려 교외로 산책을 나간다거나, 큰 축제일에 무도회에 참석한다거나, 이웃집 처녀들과 모여 앉아 남의 흉을 보거나 뒷소문 이야기에 시간 가는 줄도 모르고 하염없이 수다 떠는 따위가 고작이었죠.

그런데 이 아가씨의 열정에 남자들이 불을 붙여놓는 바람에 점점 그 욕심이 늘어갔지요. 그러다 보니 여태까지 재미로 여겨 왔던 일들이 차츰 시들해졌던 겁니다. 그러다가 마침내 한 남자를 알게 되었지요. 전에는 느껴 보지 못했던 이상야릇한 감정에 정신없이 끌려들어서, 자기의 모든 희망을 그 남자에게 걸게 된 겁니다. 그렇게 되니 자연 주변 세상도 다 잊어버리고, 자기에게 유일한 존재인 그 남자 이외에는 아무것도 보이지 않고 아무것도 들리지 않게 된 거죠. 오직 그 남자만을 느끼면서, 오로지 그 남자만을 그리워하게 된 것입니다.

일찍이 부질없는 쾌락을 즐기는 따위의 허영에 물든 적이 없는 아가씨였으므로, 그녀의 소망은 오직 그의 아내가 되는 것이었지요. 지금까지 누려 보지 못했던 모든 행복과 동경해 오던 일체의 기쁨을 그와 결합함으로써 맛보려 한 것입니다. 거듭되는 맹세에 자신의 모든 희망을 그 남자에게 걸고, 다른 일은 까맣게 잊은 채 온통 마음을 빼앗기고 말았지요. 황홀경에 빠져 그녀는 온갖 기쁨을 예감하고 설레는가 하면, 극도로 긴장된 심경으로 마침내 자기의 소망을 품에 안으려고 두 팔을 벌렸답니다.

그때 애인은 그녀를 버린 것입니다. 그러자 넋을 잃은 그녀는 깊은 연못 앞에 멈춰 섭니다. 사방은 온통 암흑이요, 아무런 목적도, 아무런 위안도, 아무런 희망도 없습니다. 오직 그 남자 속에서만 자신의 존재를 느끼고 있었는데, 그 사람에게 버림을 받았으니까요. 자기 눈앞에 있는 넓은 세계도 보이지 않고, 잃어버린 것을 보상해 줄지도 모르는 수많은 사람들도 눈에 들어오지 않는 겁니다. 홀로 이 세상에 버려진 듯한 외로움을 뼈저리게 느끼면서, 눈앞이 캄캄해 오고 짓누르는 마음의 고통을 이기지 못하여 연못에 몸을 내던집니다. 괴로움을 끊어 버리고, 죽음 속에서 모든 고뇌를 잠재워 버리려고 말입니다.

알베르트 씨, 이것이 많은 사람들의 운명입니다. 아까 말한 병자의 경우도 이와 마찬가지 아닐까요? 서로 얽히고설키며 싸우는 갖가지 힘의 미궁 속에서 생명의 탈출구를 찾아내지 못하면, 결국 그 인간은 죽을 수밖에 없는 것입니다. 이것을 곁에서 바라보고 있다가 '어리석은 여자로군! 시간이 흐르면 절망도 가라앉을 것이고, 그녀를 위로해 줄 다른 남자도 나타날 텐데 말이야'라고 말하는 사람이 있다면 그 사람이 오히려 한심하고 딱한 거죠. 그것은 '열병으로 죽는 어리석은 놈이 어디 있나! 체력이 회복되고 원기가 되살아날 때까지 기다리고 있으면 만사가 좋아지고 오래 살 수 있을 텐데' 하는 것이나 다름없겠지요."

알베르트는 이 비유도 납득할 수 없는 모양인지, 다시 이러니저러니 하며 반론을 제기했네. 그러면서 그는 이런 말도 하더군. 즉 내가 말한 것은 한낱 무지한 여자의 얘기로, 만일 그렇게 편협하게 굴지 않고 좀 더 세상을 포괄적으로 볼 수 있는 분별력을 가졌다면 그 지경이 되지는 않았을 거라는 거지.

이 말에 나도 모르게 소리를 지르고 말았네.

"알베르트 씨! 인간은 다 마찬가지랍니다. 얼마쯤 이성을 지니고 있다고 해도, 정열이 걷잡을 수 없이 고조되어 이성의 한계선을 넘어서게 되면 거의, 아니 전혀 문제가 되지 않아요. 이 이야기는 다음 기회에 다시 하기로 합시다."

그렇게 말하면서 나는 모자를 집어 들었네. 아아, 내 가슴이 왜 이렇게 답답한지 모르겠네. 이리하여 우리는 서로를 납득시키지 못한 채 헤어지고 말았지. 남을 이해한다는 것은 참으로 어려운 일인 것 같네.

8월 15일

이 세상에서 사랑만큼 사람에게 없어서는 안 되는 것은 없을걸세. 나는 로테의 태도에서 나를 잃는 것을 두려워하고 있다는 것을 느낄 수가 있네. 아이들도 내가 날마다 와 줄 거라고 생각하고 있네. 오늘 나는 로테의 피아노를 조율해 주러 갔었네. 그러나 아이들이 이야기를 해달라고 졸라댔고, 로테도 아이들의 청을 들어주라고 했기 때문에 조율은 하지 못했네.

나는 아이들에게 저녁 빵을 잘라서 나눠준 다음에 — 아이들은 이제 내가 빵을 잘라 주어도 로테가 주는 것과 마찬가지로 기꺼이 받아먹는다네 — 나는 골방에 갇힌 공주 이야기를 해주었네. 그것은 내가 곧잘 해주는 이야기로, 공주가 굶어죽을 지경이 되었을 때 천장에서 여러 개의 손이 내려와서 먹을 것을 주었다는 내용이라네. 얘기를 하는 동안, 나는 나대로 배우는 게 많다네. 아이들이 내 이야기를 듣고 어찌나 깊이 감명을 받는지 깜짝 놀라지 않을 수 없었네. 이야기 속의 세세한 대목은 창작해서 들려주기도 하는데, 먼저 했던 것을 잊어버리고 좀 다르게 얘기를 하면, 아이들은 대뜸 지난번에는 그렇지 않았다고 지적하는 걸세. 그래서 지금은 조금도 틀리지 않게, 마치 노래라도 부르듯이 정확하게 암송하는 연습을 하고 있다네.

여기서 한 가지 깨달은 점이 있는데, 작가들이 자신의 작품을 수정해서 개정판을 내어놓는 경우, 설령 그것이 문학적으로는 더 나아졌다 하더라도 반드시 그 작품을 손상시키게 된다는 사실을 깨달았네. 대개 첫인상은 독자들이 좋게 받아들여지기 마련이거든. 인간은 아무리 엉뚱한 이야기라도 곧이곧대로 받아들일 수 있게끔 생겨먹었단 말일세.

더구나 일단 받아들여진 인상은 머릿속에 착 달라붙어서 떨어지지 않는 법일세. 그런데 그것을 나중에 수정하거나 지워 버리면 터무니없는 결과를 가져오기 십상이라네.

8월 18일

인간을 행복하게 해주는 것이, 나중에 인간을 불행하게 만드는 화근이 될 수도 있을까? 그것은 과연 피할 길이 없는 것일까?

내 마음속에 충만해 있는 생동하는 자연에 대한 뜨거운 감정은 나를 한없는 기쁨 속으로 인도하면서 나를 둘러싼 세계를 낙원으로 변모시켜 주고 있었는데, 그것이 지금은 가혹한 박해자가 될 뿐 아니라 나를 지독히도 괴롭히는 귀신으로 변하여, 어딜 가든 나를 따라다니면서 떨어지려고 하질 않네.

예전에는 바위 위에서 강 건너 저 언덕까지 이어지는 비옥한 골짜기를 굽어보노라면, 내 주위에 있는 모든 것들이 싹트고 생기 있게 자라나고 있었네. 또한 저 멀리 산기슭에서 봉우리까지는 나무들로 뒤덮이고, 갖가지 모양으로 구불구불 뻗어 있는 저 골짜기들에는 검은 숲이 그윽한 그늘을 던지는가 하면, 조용히 흐르는 시냇물은 속삭이는 갈대 사이를 미끄러지듯 감돌면서 산들거리는 저녁바람이 몰고 온 아름다운 구름의 그림자를 수면에 비추고 있었지. 그리고 새들은 사방의 숲속에서 흥겹게 지저귀고, 풍뎅이들은 태양의 마지막 햇살을 받으며 풀숲에서 해방되어 붕붕거리면서 날아다녔었지.

나를 둘러싼 윙윙대는 소리와 내 주위에서 우글거리는 기척에 이끌려 땅 위를 새삼 눈여겨보면, 내가 서 있는 단단한 바위에는 이끼가 달라붙어 양분을 빨아들이고 있더군. 또한 메마른 모래언덕의 비탈에서 자라고 있는 관목은 자연의 품안에서 피어오르는 거룩한 생명을 드러내 보여 주었네.

그때 나는 이 모든 것들을 내 뜨거운 가슴으로 받아들이고, 넘치는 풍요로움 속에서 나 자신이 신이라도 된 것 같은 느낌에 잠기기도 했었네.

그리고 무한한 세계의 갖가지 장려한 모습들이 내 마음속에서 활기에 넘쳐 약동하고 있었네. 거대한 산들이 주위를 둘러싸고 있었고, 깊은 연못이 내 눈앞에 가로놓여 있었으며, 골짜기를 흐르는 맑은 물은 거세게 쏟아져 내려 발밑으로 흘러갔고, 숲과 산들에는 메아리가 울려 퍼지고 있었네.

그때 나는 이루 헤아릴 수 없는 일체의 힘들이 대지의 밑바닥에서 서로 뒤섞이며 작용하는 것을 보았네. 그렇게 하여 창조된 온갖 생물들이 지금 이 대지 위를 뒤덮고, 하늘 아래서 꿈틀거리고 있는 걸세. 생명을 지닌 것들이 천태만상으로 이 세계에 가득 차 있단 말일세. 그런데 인간은 스스로의 안전을 위하여 조그마한 집에 모여들고, 거기에 보금자리를 마련하고 살면서 이 넓은 세계를 지배하고 있는 줄로 알고 있는 걸세!

오, 가엾고 어리석은 존재여! 스스로가 미약하고 작기 때문에 만물을 하찮게 여기고 있는 걸세. 감히 오를 수도 없는 고산준령에서부터 인적이 끊긴 황야를 지나, 미지의 대양에 이르기까지 영원한 창조자의 입김이 흐르고 있지 않은가. 그 창조자의 소리를 내부에서 듣고 살아가는 사람은 삶을 영위하는 온갖 만물, 심지어는 티끌에서조차도 창조자의 기쁨을 느낄 수 있다네.

아아, 그때 나는 머리 위를 날아가는 학의 날개를 빌어, 망망대해의 저 건너편 기슭으로 얼마나 날아가고 싶어 했는지 모른다네. 거품이 이는 신의 술잔에서 넘쳐나는 생명의 환희를 마시면서, 단 한 순간이나마 만물을 자신의 내부에서 스스로 창조해 내는 그 축복 어린 한 방울의 술이라도 맛보았으면 하고 얼마나 갈망했는지······.

친구여! 그때의 추억만이 내 마음을 즐겁게 해준다네. 형언할 수 없는 그 무렵의 감정을 되새겨 보려는 노력만으로도, 내 영혼은 승화되고 북돋워지는 것 같네. 그러나 동시에 지금 나를 둘러싸고 있는 불안감이 더한층 나를 짓누르는 듯하군.

내 영혼 앞에 드리워져 있던 장막 같은 것이 걷혀 버린 듯싶네.

무한한 생명의 무대는, 이제 내 눈앞에서 영원히 입을 벌리고 있는 깊고 깊은 무덤으로 변해 버린 걸세. 모든 것은 흘러가고, 모든 것은 번개처럼 빠르게 사라져 가네. 그 지극히 짧은 동안에도 온전하게 존재를 유지하는 일은 드물고, 거센 물결에 휩쓸리는가 하면, 물밑에 가라앉기도 하고, 바위에 부딪혀 깨져 버리는 것 아닌가.

그런데 자네는 '이것은 존재한다'고 감히 말할 수 있는가? 한순간 한순간이 자네와 자네 주위 사람들을 좀먹어가고 있는 걸세. 한순간 한순간마다 자네 자신이 파괴자가 되고 있으며, 또 그렇게 되지 않을 수 없는 걸세.

무심코 산책을 할 때만 해도 수많은 벌레들의 생명을 빼앗고 있지 않은가. 한 발자국을 내딛다가 공들여 쌓아올린 개미들의 집을 무너뜨리는가 하면, 그 작은 세계를 참혹한 무덤으로 만들어 버리지 않는가 말이야.

어쩌다가 발생하는 세계적인 대재앙이나 마을들을 휩쓸어 버리는 홍수, 도시를 삼켜 버리는 지진 따위의 일을 내가 두려워하고 있는 것이 아닐세. 대자연 속에 잠재되어 있는 침식력, 그것이 내 마음을 허물어뜨리고 있는 걸세. 그 힘이 만들어낸 것은 우리 이웃과 우리 자신을 파괴하고 말 것이 분명하네.

하늘과 땅 그리고 거기서 작용하는 온갖 힘에 둘러싸여, 나는 불안해하면서 비틀거리고 있네. 거기에는 영원히 집어삼키고 영원히 되새김질하는 괴물밖에는 보이지 않는군.

8월 21일

아침에 가슴 답답한 꿈에서 어렴풋하게 깨어나면, 나는 부질 없이 로테를 향해 두 팔을 내뻗는다네. 그녀와 나란히 풀밭에 앉아서 그녀의 손을 잡고 수없이 키스를 퍼붓는 것이 착각인 줄 알면서도, 나는 밤마다 침대 속에서 안타깝게 그녀를 찾는다네. 아아, 이렇게 꿈속에서 그녀를 찾아 헤매다가 정신이 들면, 가슴이 미어지는 슬픔으로 인해 한없이 눈물이 흐른다네.

마음을 추스를 길이 없는 나는 어두운 내일을 생각하며, 절망 속에서 흐느껴 울고 있네.

8월 22일

비참한 심경일세. 빌헬름! 몸에 맥이 풀려 꼼짝도 하기 싫더니, 그것이 나도 모르게 습관처럼 자리를 잡아 불안스러운 나태로 변해 버렸네. 그렇다고 언제까지나 이런 허탈상태에 빠져 있을 수도 없는 노릇 아닌가. 하지만 일이 손에 잡히지 않아 큰일일세. 상상력도 이미 기능을 상실하고, 자연에 대해서도 별로 감흥이 느껴지지 않네. 이제 책 같은 것은 보기만 해도 진절머리가 나네. 자기 자신을 상실한다는 것은 모든 것을 잃는 거나 마찬가지라는 생각이 드는군.

때때로 나는 날품팔이꾼이 되고 싶은 생각이 드네. 거짓말도 아니고 과장도 아닐세. 그러면 적어도 아침에 눈을 뜰 때마다 그날 하루의 목표를 뚜렷하게 가질 수 있을 뿐 아니라, 자신을 긴장시키는 그 무언가를 기대하는 마음이 생기지 않겠는가.

나는 때때로 알베르트가 부럽다네. 서류 속에 파묻혀 있는 그가 나라면 얼마나 좋을까 하는 상상을 하곤 한다네. 나는 벌써 몇 번이나, 공사관에 자리를 하나 얻어달라고 자네와 장관에게 편지를 할까 하고 생각했었지. 그런 자리라면 거절당하지 않을 것 같았고, 자네 또한 보증해 줄 걸로 믿기 때문이겠지. 그전부터 장관은 나를 아껴 주었고, 어떤 자리에든 앉아서 일을 하라고 권유해 왔거든.

하지만 한 순간 그럴까 하는 마음이 들다가도 이내 생각이 달라지곤 하네. 어떤 말이, 자신이 누리는 자유가 지겨워져 제 몸에 안장과 마구를 등에 얹어달라고 하여 사람을 태우고 다니다가, 마침내 지쳐 쓰러지고 말았다는 그 우화가 생각나더군. 정말 어떻게 해야 좋을지 갈피를 잡지 못하겠네.

친구여! 환경의 변화를 원하는 마음은 초조감에서 비롯된 것이 아닐까? 그리고 그것은 어디를 가나 나를 뒤쫓아 오는 것이 아닐까?

8월 28일

내 병이 고쳐질 수 있는 것이라면, 그것을 고쳐줄 사람은 틀림없이 바로 이들일 걸세. 오늘은 내 생일일세. 아침 일찍 나는 알베르트로부터 소포를 하나 받았네. 포장을 풀자마자 곧바로 눈에 띈 것이 분홍색 리본이었네. 내가 로테를 처음 만났을 때 그녀의 가슴에 달려 있었던 것인데, 그 후 나는 그것을 달라고 몇 번인가 조르곤 했었지. 그리고 소포에는 문고판 책이 두 권 들어 있었네. 베트슈타인 판의 <호머>로, 산책할 때 무거운 에르네스티 판을 들고 다니는 것이 거추장스러워서 벌써부터 갖고 싶었던 책이지.

 참 신기한 일이라는 생각이 드는군. 이런 식으로 이 사람들은 내 소망을 미리 짐작하고서, 이런 사소한 일에까지 우정이 담긴 선물을 보내 주고 있으니 말이야. 이 같은 우정의 표시는, 흔히 선물을 보내는 사람의 허영심으로 인해 받는 쪽에 오히려 부담과 굴욕감을 느끼게 하는 값비싼 선물보다 훨씬 귀한 것이라고 할 수 있지.

 나는 그 리본에 수없이 키스를 퍼부었네. 그리고 숨을 한 번씩 내쉬고 들이쉴 때마다 그 즐거웠던 날들, 다시는 돌아오지 않을 날들의 행복한 추억들을 돌이켜보았다네.

 빌헬름! 그러나 불평은 하지 않겠네. 인생의 꽃이란 한낱 환상에 지나지 않는 거니까. 얼마나 많은 꽃들이 흔적조차 남기지 못하고 지고 말았는가. 열매를 맺는 꽃들은 그 수가 얼마 되지 않으며, 열매를 맺어도 온전히 익게 되는 것은 그중 얼마나 되겠는가. 그렇다고 익은 과일이 전혀 없었던 건 아니지만 말이야. 그런데도……아아, 친구여! 우리가 그 익은 열매를 대수롭지 않게 여기고, 맛도 보지 않은 채 썩혀 버려도 괜찮은 걸까?

  잘 있게. 아주 멋진 여름이군. 나는 곧잘 로테네 과수원에서 과일을 따는 긴 장대를 들고 나무에 올라가서 높은 가지에 매달려 있는 배를 따곤 한다네. 그러면 로테는, 그 아래에 서 있다가 내가 떨어뜨려 주는 배를 받곤 하지.

8월 30일

  불행한 자여! 나는 정말 바보가 아닌가? 나 자신을 속이고 있는 건 아닌가? 끊임없이 미쳐 날뛰는 정열은 도대체 어쩌자는 것인가?

  나는 이제 기도라곤 그녀에게 바치는 기도밖에는 모르게 되어 버렸네. 내 머리 속에 떠오르는 것은 오직 그녀의 모습뿐이네. 나를 에워싼 모든 것을 그녀와 관련시켜서만 바라보게 되네. 그리고 나는 그 시간이 더없이 소중하고 행복하게 여겨지네. 그러나 나는 그녀를 내 마음속에서 지워 버리면 안 된다는 것을 알고 있네.

아아, 빌헬름! 내 마음은 자꾸만 나에게 그녀와의 이별을 강요하는군. 간혹 그녀 곁에서 두 시간이고 세 시간이고 앉아 있을 때가 있네. 그럴 때면 그녀의 모습, 그녀의 거동 그리고 품위 있는 말투에 도취되어 내 모든 감각이 긴장되곤 하지. 눈앞이 캄캄해지는가 하면 귀가 먹먹해지며, 마치 암살자에게 목을 졸리는 것처럼 답답해질 때도 있다네. 급기야 심장이 거칠게 고동치면서 마음이 흔들릴 때면 숨을 가다듬어 보지만, 그럴수록 감각은 더욱 혼란스러워질 뿐이네.

아아, 빌헬름! 나는 가끔 내가 이 세상에 살고 있는지 어떤지도 모를 때가 있다네. 때때로 가늠 길 없는 슬픔에 사로잡혀 있을 때, 로테의 손에 얼굴을 묻고 실컷 울어서라도 가슴속의 괴로움을 풀어 버리고 싶어 하는 나의 딱한 심정을 로테가 받아주지 않으면, 그런 경우 나는 그 자리에서 달아날 수밖에 없네. 그리하여 그 집에서 뛰쳐나와 들길을 헤매고 다닌다네. 길도 없는 숲속을 말일세! 덩굴에 걸리고 가시에 찔리면서 정처 없이 방황하는 것이 그나마 내 마음을 달래 주는 유일한 즐거움이 되곤 한다네. 그러면 얼마간은 기분이 좀 나아지기도 하더군.

그러다가 피로와 갈증 때문에 도중에서 몇 번씩 쓰러진 적도 있었네. 때론 머리 위를 훤히 비춰 주는 보름달을 바라보며, 상처 투성이가 된 발바닥의 아픔을 조금이라도 가라앉히려고 고요한 숲속의 구부러진 나무뿌리 위에 걸터앉기도 한다네. 그런데 너무나 기진맥진한 나머지, 어스름 달빛 속에서 꾸벅꾸벅 졸다가 그만 잠들어 버린 적도 있다네.

　아아, 빌헬름! 참회의 수도복에 가시덤불의 띠 그리고 암자 속에서 혼자 거처하는 일, 그것이 내가 마음속으로 간절히 바라는 위안인 것만 같네. 잘 있게! 이 비참한 상태의 종말은 무덤밖에는 없을 것 같네.

9월 3일

　빌헬름! 나는 여기를 떠나려고 하네! 고맙네. 흔들리는 내 결심을 자네가 굳혀 주었으니 말일세. 벌써 2주일 전부터 그녀 곁에서 떠나야겠다는 생각을 줄곧 해왔으면서도 결단을 내리지 못했는데, 이젠 정말 떠나야겠네. 그녀는 시내의 친구 집에 가 있네. 그리고 알베르트는…… 그리고…… 어쨌든 나는 이곳을 떠나야겠네.

9월 10일

　빌헬름! 정말 견디기 힘든 밤이었네! 나는 모든 것을 참으면서 견뎌냈네. 이제 다시 그녀를 만나는 일은 없을 걸세. 아아, 자네 목을 끌어안고 실컷 울면서, 내 가슴속에서 휘몰아치는 갖가지 감정을 마음껏 하소연할 수 있으면 좋으련만! 나는 지금 마음을 가라앉히려고 애쓰면서 아침이 되기를 기다리고 있다네. 날이 밝으면 마차가 오도록 되어 있기 때문이네.

아아, 그녀는 편안히 잠들어 있네. 다시는 나를 만나지 못하게 되리라는 것은 꿈에도 모르고 있을 걸세. 두 시간 동안이나 이야기하는 사이에도, 나는 마음을 다부지게 먹고 내 계획을 눈치챌 수 없도록 했네. 그렇지만 그건 정말 기가 막힌 대화였네!

알베르트는 저녁 식사가 끝나면 바로 로테와 함께 정원으로 나오겠노라고 나에게 약속을 하더군. 나는 테라스의 밤나무 밑에서 서성거리며, 언제 또 보게 될는지 알 수 없는 정든 골짜기와 조용히 흐르는 강물 저 너머로 지는 해를 바라보고 있었네.

지금까지 벌써 몇 번이나 그녀와 함께 이곳에 서서 이 장엄한 광경을 바라보았는지 모른다네. 그러나 지금은……. 내가 좋아하던 가로수 길을 여기저기 거닐어 보았네. 이곳은 내가 로테를 알기 전부터, 뭐라 형언할 수 없는 신비에 이끌려서 자주 왔던 곳이라네. 그리고 서로를 알게 된 지 얼마 되지 않았을 때, 우리 둘 다 이곳을 좋아하고 있다는 것을 알고는 얼마나 기뻐했던지……. 이곳은 태어나서 내가 보았던 그 어떤 곳보다도 낭만적인 장소일세. 마치 한 폭의 풍경화 같은…….

우선 밤나무들 사이로 확 트인 전망이 얼마나 시원하고 근사한지 모른다네. 여기에 관해서는 자네에게 벌써 꽤 여러 번 이야기한 것 같군. 너도밤나무들이 병풍처럼 둘러싸여 있으며, 그것과 잇닿은 수풀 때문에 가로수 길은 점점 어두워지고, 그 끄트머리에 아늑한 장소가 있지. 그곳은 섬뜩할 정도로 정적이 깃들여 있네. 내가 처음 이곳에 발을 들여놓았을 때, 가슴 뭉클해 하던 기억이 지금도 생생하군. 그때 이미 나는 이곳이 나에게 어떤 행복과 고뇌의 무대가 되리라는 것을 어렴풋이 예감했었던 것 같네.

내가 약 반 시간쯤 이별과 재회의 안타깝고 달콤한 상념에 잠겨 있을 때, 두 사람이 테라스를 올라오는 발소리가 들려왔네. 나는 얼른 달려가서 그들을 맞이했고, 일종의 전율을 느끼면서 그녀의 손등에 키스를 했네.

우리가 맨 위까지 올라갔을 때, 때마침 숲으로 뒤덮인 언덕 너머에서 달이 떠오르기 시작했네. 이런저런 이야기를 주고받으며 걷다 보니, 어느새 어두컴컴한 정자에 이르렀네. 로테는 정자 안으로 들어가서 앉았고, 알베르트와 나는 그녀의 옆에 자리를 잡았네. 그러나 나는 마음이 안정되지 않아서 그대로 앉아 있을 수가 없더군. 나는 자리에서 일어나, 로테의 앞을 팬스레 왔다 갔다 하다가 마지못해 다시 자리에 앉았네. 나는 그때 몹시 불안하고 초조한 기분에 휩싸여 있었네.

로테는 너도밤나무 숲의 꼭대기에 걸려 테라스를 구석구석 비추고 있는 달빛의 아름다운 작용을 지적하며 우리의 주의를 환기시켜 주었네. 아닌 게 아니라 그것은 참으로 아름다운 광경이었네. 짙은 어둠이 우리를 에워싸고 있어서인지 달빛이 더욱 선명하더군. 한동안 침묵이 흐른 후에, 로테가 입을 열었네.

"달밤에 산책을 하면, 저는 언제나 돌아가신 분들이 떠올라요.

그리고 죽음이라
든가 내세에 대해
자꾸만 생각을 하
게 되요. 우리들
역시 언젠가는 저
세상에 갈 게 아
니에요?"

로테는 무어라
표현할 수 없는
감정에 휩싸인 목소리로 말을 이었다네.

"베르테르 씨, 우리는 저 세상에서 다시 만나게 될까요? 서로가 알아볼 수 있을까요? 어떻게 생각하세요?"

나는 로테의 손을 잡고, 눈물이 가득 고인 눈으로 그녀를 바라보며 말했지.

"로테! 우리는 다시 만나게 됩니다! 이 세상에서와 마찬가지로 저 세상에서도 다시 만나게 되고말고요!"

나는 더 이상 말을 계속할 수가 없었네. 빌헬름! 내가 안타까운 이별을 가슴속에 품고 있을 때, 왜 하필 이럴 때 그녀가 나에게 이런 말을 묻는 것일까? 로테는 말을 멈추지 않고 계속하더군.

"돌아가신 분들은 우리들의 일을 알고 있을까요? 우리가 건강하게 잘 있으면서, 변함없이 그분들을 생각하고 있다는 걸 알고 있을까요?

아아! 조용한 저녁나절에 제가 제 동생들과 같이 있을 때, 마치 그 옛날에 돌아가신 어머니 주변에 모두들 모여 있었던 것처럼 제가 동생들에게 둘러싸여 있으면 으레 어머니 모습이 떠오르곤 해요. 그럴 때면 저는 어머니가 그리워 눈물을 흘리면서, 어머니가 임종하실 때 '아이들의 어머니 노릇을 하겠어요' 하고 약속했던 그 말을 제가 제대로 지키고 있는지를 어머니께 보여드리고 싶어져서 저는 이렇게 중얼거리곤 해요.

'어머니, 만일 제가 아이들에게 어머니 노릇을 제대로 못했다면 용서해 주세요. 아아! 그렇지만 저는 제가 할 수 있는 노력을 최대한 다하고 있어요. 아이들에게 옷을 입혀 주고 빵을 먹여 주는 것은 물론이고, 아이들을 잘 다독거려 주며 사랑하고 있어요. 그리운 어머니! 우리가 화목하게 지내는 모습을 한번 보아 주셨으면 해요. 그러면 어머니는 하느님께 뜨거운 감사기도를 드릴 거예요. 어머니께서는 돌아가시는 마지막 순간에도 뜨거운 눈물을 흘리면서, 하느님께 아이들의 행복을 부탁하는 기도를 하셨잖아요'라고요."

아아, 빌헬름! 그녀의 말을 그 누가 되풀이할 수 있겠는가. 생명 없는 차가운 문자로 그 성스럽고 숭고한 정신의 꽃을 어찌 표현할 수 있겠는가! 그때 알베르트가 부드러운 어조로 그녀의 말을 가로막았네.

"로테, 그런 생각을 너무 심각하게 하면 몸에 좋지 않아요. 당신이 곧잘 그런 생각에 사로잡힌다는 것은 잘 알고 있어요.

하지만 제발 부탁이니……."

그러자 로테가 그의 말이 다 끝나기 전에 이렇게 말하더군.

"아아, 알베르트. 설마 잊은 건 아니지요? 아버지께서 멀리 여행을 떠나고 계시지 않는 동안, 저녁마다 아이들을 재워놓은 다음에 작고 둥근 탁자에 앉아 있었던 일 말이에요. 당신은 자주 좋은 책을 갖고 오셨지만, 그것을 읽는 일은 거의 없었지요. 무엇보다도 어머니의 그 기품 있는 영혼과 접촉하는 일이 마음을 사로잡았으니까요. 어머니는 아름답고 상냥하고 쾌활하셨으며, 활동적인 분이었어요. 제가 언제나 잠자리에 들기 전에 하느님 앞에 엎드려 '부디 어머니와 같은 사람이 되게 해주소서' 하고 기도드리는 것을 하느님께서는 알고 계실 거예요. 눈물을 흘리면서 기도한 적이 한두 번이 아니니까요."

"로테!"

나는 소리치면서, 로테 앞에 꿇어앉았네. 하염없이 흐르는 눈물이 내가 잡고 있던 그녀의 손을 적시도록 말이네.

"로테! 하느님의 은총이 당신에게 있고, 또 어머니의 영혼도 결코 당신 곁을 떠나지 않고 지켜 주실 겁니다!"

로테는 내 손을 꼭 잡으며 말했네.

"선생님이 저희 어머니를 아셨더라면, 참 좋아했을 거예요. 어머니는 선생님도 인정하고도 남을 만큼 훌륭한 분이었어요!"

나는 이 말을 듣고 숨이 막히는 것 같았네. 그녀는 일찍이 나에게 이토록 자랑스러운 말을 한 적이 없었네. 로테는 말을 계속이어나갔네.

"하지만 어머니는 한창 나이에 돌아가셨어요. 막내가 태어난 지 채 6개월이 되기 전이었어요. 오랫동안 병석에 계신 것도 아니었어요. 어머니는 모든 것을 하느님께 맡기셨지만, 다만 아이들, 특히 막내 일을 염려하며 가슴아파하셨어요.

마침내 임종이 가까워지자, 저에게 아이들을 모두 데리고 오라고 하셨어요. 저는 아직도 철이 들지 않은 어린애들과 허둥지둥하며 정신을 차리지 못하는 큰 애들을 모두 데리고 들어갔고, 아이들이 침대 주위에 둘러섰어요. 그러자 어머니는 두 손을 들고 아이들을 위해 기도를 하신 다음, 한 아이씩 차례로 입을 맞춰 주고 밖으로 내보냈어요.

그리고 저에게 말씀하셨어요. '저 아이들의 어머니가 되어다오.' 저는 어머니의 손을 잡고 맹세했어요. 그러자 어머니는 이렇게 말씀하셨어요.

'로테, 너는 매우 어려운 약속을 한 거다. 어머니가 된다는 건, 어머니의 마음과 어머니의 눈을 지녀야만 하는 거란다. 그것이 무얼 의미하는지 너는 잘 알고 있다. 네가 곧잘 감사의 눈물을 흘리는 것을 보면서 엄마는 그렇게 생각하고 있었단다. 그러니 그 마음을 오래도록 간직하면서, 네 동생들을 위해서 쏟기 바란다. 그리고 아버지께는 아내처럼 순종하는 마음으로 정성스럽게 시중을 들어드리고, 잘 위로해 드리도록 해라.'

어머니는 아버지를 찾으셨으나, 아버지는 집에 계시지 않았어요. 슬픔을 이기지 못해 괴로워하는 모습을 보이지 않으려고 밖으로 나가셨던 겁니다.

알베르트, 당신은 그때 방 안에 계셨죠? 어머니는 당신 말소리를 듣고 누구냐고 묻고는, 당신을 어머니 곁으로 부르셨어요. 그리고 당신과 저를 번갈아 가며 한참 동안 바라보셨어요. 그리고는 말씀은 하지 않으셨지만, '너희 두 사람은 행복할 거야. 함께 행복하게 잘 살 거야' 하는 평온한 눈길을 보내셨어요……."

이때 알베르트는 로테의 목을 끌어안고 키스를 하면서 외쳤네.

"그래, 우리는 행복해! 앞으로도 행복하게 살아갈 거요!"

그토록 침착하던 알베르트도 완전히 자제력을 잃고 있었으며, 나도 몹시 당황해서 제정신이 아니었네.

로테가 나를 보며, 다시 말을 시작하더군.

"베르테르 씨. 그러셨던 어머니가 돌아가신 거예요. 이 세상에서 가장 사랑하는 사람을 잃는다는 것이 어떤 것인지를 가장 사무치게 느끼는 것은 자식들일 거예요. 아이들은 그 뒤로 '검은 옷을 입은 사람들이 엄마를 데리고 가 버렸어' 하며 오래도록 슬퍼했지요."

로테는 이야기를 하는 중에 일어서더군. 나는 그제야 제정신으로 돌아와 깜짝 놀라면서 로테의 손을 꼭 잡았네.

"그만 돌아가요. 밤이 늦었어요."

로테는 손을 빼려 했으나, 나는 더욱 힘을 주어 그 손을 잡으면서 외쳤네.

"우리는 다시 만나게 될 겁니다. 우리는 어떤 모습을 하고 있더라도 서로 알아볼 수 있을 겁니다. 나는 떠납니다."

그런 다음에 나는 이렇게 덧붙였네.

"나는 기꺼이 떠나겠어요. 하지만 이것이 영원한 이별이라면 도저히 견딜 수 없을 겁니다. 안녕히 계십시오, 로테! 안녕히 계십시오, 알베르트! 언젠가 다시 만날 때가 있겠지요."

"내일 말이지요?" 하고 로테는 내 말을 농담으로 돌리려 하며 말했네.

그 '내일'이 과연 어떠한 것인지 나는 똑똑히 느낄 수 있었다네! 아아, 그녀는 내 손에서 자기 손이 빠져나가는 것도 눈치채지 못하더군.

두 사람은 가로수가 우거진 길을 나란히 걸어갔다네. 나는 그 자리에 우두커니 선 채 달빛 속을 걸어가는 두 사람의 뒷모습을 바라보고 있었지. 그러고는 땅바닥에 엎드려 울음을 터뜨리고 말았네. 그런 다음 나는 벌떡 일어나 테라스 위로 뛰어 올라갔지. 아래를 내려다보니까, 높이 솟은 보리수나무 그늘 속에 로테의 흰 옷이 정원 출입구 쪽을 향해서 움직이는 것이 어렴풋이 보이더군. 나는 그 쪽을 향해 두 팔을 내밀었지. 그러나 그녀의 모습은 이미 사라져 버리고 없었네.

제2부
이루어질 수 없는 사랑

1771년 10월 20일

우리는 어제 이곳에 도착했네. 공사는 몸이 좀 불편해서 2, 3일간 집안에 들어앉아 있을 모양일세. 그분이 그렇게 불친절하고 까다롭지만 않다면, 일이 순조롭게 되어갈 텐데……. 아무래도 운명이 나에게 가혹한 시련을 내리려고 작정한 것만 같네. 그러나 용기를 내야지! 가벼운 기분을 가지고 있으면 무슨 일이든지 견뎌낼 수 있는 걸세.

가벼운 기분? 이런 말을 쓰다니, 스스로 생각해도 우습군. 아아, 좀 더 경쾌한 기질을 지니고 있었더라면, 아마도 나는 이 세상에서 가장 행복한 인간이 되었을 텐데. 내 꼴이 참으로 우습기만 하네.

다른 녀석들이 보잘것없는 힘과 재능을 갖고 가슴을 쫙 펴고는 보란 듯이 으스대며 내 앞을 돌아다니고 있는데, 나는 내 능력과 재능에 절망하고 있으니 말일세! 저에게 모든 것을 베풀어 주신 하느님! 제게 모든 것을 아낌없이 베풀어 주시면서, 어찌하여 저에게 자신감과 만족감을 부여하지 않고 보류하셨나이까? 참고, 기다려야지. 그러면 차츰 나아지지 않겠는가.

  친구여! 사실 자네 말이 맞네. 세상 사람들 틈에 끼여 날마다 일에 쫓기면서, 딴 사람들이 하는 일이며 그들의 행동을 보기 시작한 이후로 나는 나 자신과 훨씬 더 잘 타협할 수 있게 되었네. 확실히 우리네 인간은 모든 것을 자기 자신과, 그리고 자기 자신을 다른 모든 것과 비교하게끔 만들어진 모양이네. 때문에 행복이니 불행이니 하는 것도 우리 자신과 비교하는 대상에 따라서 결정되는 듯싶네.

  그러고 보면 고독처럼 위험한 것도 없구먼. 우리의 상상력은 본질적으로 자꾸만 높은 곳으로 올라가려 하기 때문에, 허구를 일삼는 문학의 영향을 받아서 인간의 서열을 매기곤 하지. 그렇게 되면 자기 자신은 서열의 가장 아래쪽에 놓이게 되어 자기 이외의 사람들은 모두 자기보다 훌륭하고, 누구 할 것 없이 자기보다 완전하다고 생각하기 마련이거든. 우리는 자기 자신이 여러모로 부족하다는 것을 언제나 절실히 느끼고 있으며, 우리가 갖고 있지 못한 것을 남들이 갖고 있는 것처럼 여기곤 하지 않는가. 뿐만 아니라 우리가 갖고 있는 것까지 모조리 그 사람에게 주어 버린 다음, 그 사람에게서 이상적인 인간상을 찾곤 하지. 이리하여 행복한 사람이 한 명 완성되는 것인데, 이처럼 완벽한 사람은 실상 우리 자신이 만든 창조물에 지나지 않는 것 아닌가.

  그와는 반대로, 비록 꾸물거리면서 느릿느릿 걸어간다 하더라도, 우리가 아무리 힘이 없고 힘들어도 있는 힘을 다해 한 곳으로 나아가면, 돛을 올리고 노를 저으면서 나아가는 다른 사람들을 우리도 모르는 새에 앞지를 수 있는 것 아니겠는가.

그리하여 다른 사람들과 어깨를 나란히 하고 나아가거나 혹은 앞질러 가게 되면, 그때 비로소 진정한 자각과 자신이 생겨나는 것이란 생각이 드네.

11월 26일

이곳에서 그럭저럭 지낼 수 있을 것 같네. 무엇보다도 다행한 것은 할 일이 많다는 사실일세. 게다가 갖가지 유형의 새로운 인물들이 내 마음속에서 다채로운 연극을 보여 주고 있다네.

나는 C백작과 알게 되었는데, 날이 갈수록 그분을 존경하지 않을 수가 없네. 박식하고 높은 식견을 가졌으면서도 인정이 많은 분일세. 우정과 사랑이 넘쳐나고 있는 분임을 그분의 태도에서 확실히 알 수 있다네.

그분이 부탁한 일을 내가 무난히 처리해 준 후로 나에게 관심을 갖게 되었다네. 우리가 서로 이해할 수 있다는 사실, 그리고 다른 사람들과는 달리 나와는 흉금을 털어놓을 수 있다는 사실을, 그는 나하고 처음 몇 마디 얘기를 주고받은 다음 알게 된 것 같네. 또한 나에게 보여 주는 그의 허물없는 솔직한 태도를 뭐라고 칭송해야 좋을지 모를 지경이라네.

세상의 많은 즐거움 중에서, 위대한 인격의 소유자가 가슴을 탁 터놓고 대해 줄 때처럼 마음이 따뜻해지면서 기쁜 일이 어디 그리 흔하겠는가.

12월 24일

이미 예상은 하고 있었지만, 공사 때문에 몹시 불쾌하고 속이 상하는군. 나는 일찍이 그렇게 고집 센 사람은 처음 보네. 꼼꼼하고 까다롭기가 꼭 시어머니 같고, 자기 자신에게 만족하는 일이 결코 없을 뿐 아니라 누가 무슨 일을 해주어도 도무지 고마워할 줄 모르는 위인일세. 나는 일을 선뜻 해치우기를 좋아하고, 일단 끝난 일은 다시 들춰 보지 않는 성미 아닌가. 그런데 공사는 내가 써낸 초안을 되돌려주면서 이렇게 말하는 걸세.

"이만하면 괜찮지만, 다시 꼼꼼하게 검토해 보게. 좀 더 좋은 표현, 더욱 적합한 접속사를 찾아내게 될 테니까."

그럴 때마다 나는 속이 부글부글 끓어올라 미칠 지경이라네. '그리고'라든가 그 밖의 대수롭지 않은 접속사 하나라도 빠져서는 안 된다는 걸세. 내가 무심코 도치법이라도 쓰면, 그는 질색을 한다네. 그뿐인가. 의례적인 어법에 맞춰서 쓰지 않으면, 복합문에 담긴 뜻은 전혀 이해하지 못하는 거야. 이런 사람을 상대하며 일을 한다는 것은 그야말로 고행이 아닐 수 없네.

그래도 C백작이 나를 신뢰해 주니, 그것으로 위안을 받고 있다네. 최근에 그분은 공사의 완고하고 까다로운 태도에 대해, 나에게 매우 솔직하게 불만을 털어놓기도 했었네. 그런 사람들은 자기 자신뿐만 아니라 남들까지도 괴롭히는 법이라고 하면서, 이렇게 덧붙이더군.

"그러나 이런 일은 험한 산을 넘는 나그네와 같은 마음으로 체념하고 순응할 수밖에 없지. 물론 산이 없으면 가는 길이 훨씬 편하고 거리도 가깝지만, 산이 엄연히 거기 있으니 넘어가지 않을 수 없거든."

백작이 자기보다는 나에게 더 호감을 갖고 있다는 사실을 공사 영감도 감지하고 있는 모양일세. 그게 몹시 못마땅해서 기회 있을 때마다 내 앞에서 백작의 험담을 늘어놓는다네. 물론 나는 그 말에 반발하며 백작을 적극 옹호하고 나서곤 하지. 그 때문에 사태가 점점 더 악화되지만 말이야. 더구나 어제는 나까지 싸잡아서 빈정거리고 이죽거리는 바람에 몹시 화가 났었네.

"백작은 이런 세속적인 일에도 상당히 능숙해서 일을 해치우는 솜씨가 대단하지. 글도 제법 쓸 줄 알지만, 모든 문장가들이 그런 것처럼 기초적인 학식이 부족하단 말이야."

이렇게 말하면서, 그는 '어때, 좀 뜨끔하지?' 하는 듯한 표정을 짓는 것이 아니겠나.

 그러나 나에게 그런 말이 통할 리가 없지. 나는 그런 사고방식을 갖고 있으면서 그런 태도를 취하는 인간을 누구보다도 경멸하니까……. 나는 조금도 기죽지 않고 격한 말투로 되받아주었네.

 "백작은 인품으로나 학식으로나 존경하지 않을 수 없는 분입니다. 자기의 정신을 넓게 펼쳐서 많은 사람들에게 영향을 줄 뿐 아니라, 그런 정신활동을 일상생활에까지 적용시켜 그처럼 지속적으로 실천해 나가는 분을 저는 일찍이 본 적이 없습니다."

 이렇게 말해 주었으나, 공사에게는 마이동풍에 지나지 않는 듯했네. 나는 더 이상 쓸데없는 일을 가지고 시시하게 옥신각신하고 싶지 않아서 그 자리에서 일찌감치 물러나왔지.

 이렇게 된 것도 모두 자네들 책임일세. 자네들이 마구 떠들어대면서 나에게 이런 굴레를 씌워 놓았고, 또 입을 모아 나를 부추긴 것도 자네들이니까 말일세. 활동이라고! 밭에 나가 감자를 심거나, 말을 몰고 다니면서 도시로 밀을 팔러 다니는 사람이 지금의 나보다 훨씬 더 나은 활동을 하고 있는 걸세. 만일 내 말이 틀렸다면, 나는 아무 말 하지 않고 앞으로 10년 동안 지금 매여 있는 이 노예선 속에서 뼈가 닳도록 일하겠네.

 게다가 이곳에서 서로 곁눈질하며 눈치를 보고 있는 인간들의 추잡한 모습과 비루한 행태는 그야말로 가관이란 생각이 드네. 한 발이라도 남보다 앞서겠다고 쉴 새 없이 눈을 번득이며 출세욕에 대한 서글픈 집념을 노골적으로 드러내고 있는 사람들…….

한 여자의 경우를 예로 들어보겠네. 그녀는 누구한테나 자기네 가문과 고향에 대해 자랑스레 이야기를 하는데, 그녀를 잘 모르는 사람은 그 이야기를 듣고 '어리석은 여자로군. 대단찮은 가문과 고향을 내세우고 다니다니' 하고 혀를 찰 걸세. 그러나 더 심각한 것은, 그녀는 바로 이 근처 출신으로 서기의 딸에 지나지 않는다는 사실이네. 정말이지 나는 이렇게 파렴치한 행위를 뻔뻔스럽게 해치우는 족속들을 도무지 이해할 수가 없네.

  빌헬름! 자기를 기준으로 해서 남을 판단한다는 것이 얼마나 어리석은 일인가를 나는 날이 갈수록 절실하게 느끼고 있네. 물론 나는 내가 해야 되는 일만으로도 힘에 벅차고 가슴이 터질 것 같아서, 다른 사람들이 무슨 짓을 하든 관심 갖고 싶지 않네. 다만 나의 길을 갈 수 있도록 참견하지 말고 내버려 두었으면 하는 바램이네.

  무엇보다도 비위에 거슬리는 것은 숙명적인 그 시민관계일세. 물론 나도 계급의 차별이 필요하다는 사실과, 그것으로 인해 나 자신도 이익을 보고 있다는 사실을 남들만큼은 알고 있네. 다만 내가 이 땅에서 자그마한 기쁨과 행복이나마 누릴 수 있는 이 순간에, 그런 것에 의해 방해받는다는 것은 참을 수가 없네.

  요즘 나는 산책길에서 B라는 아가씨를 알게 되었는데, 격식을 차리는 딱딱한 환경 속에서도 본래의 인간성을 잃지 않고 있는 붙임성 있는 아가씨라네. 대화를 나누는 사이에 우리는 서로의 마음이 통해서, 헤어질 때 내가 '댁으로 한번 찾아가도 괜찮겠습니까?'라고 했더니, 그녀는 아무 거리낌 없이 승낙하더군. 나는 그녀를 찾아갈 적당한 때가 오기를 기다리느라고 조바심이 날 지경이었다네.

그 아가씨는 이 고장 태생이 아니었고, 아주머니뻘 되는 친척 집에서 묵고 있는 중이라네. 그 아주머니라는 나이 많은 부인의 인상은 그다지 좋지 않았지만, 나는 신경을 써서 이야기도 되도록 그 부인과 나누었네. 하지만 반 시간도 채 되기 전에 부인의 인품과 환경 등이 대충 파악되더군.

나중에 B양이 내게 일러준 사실이지만, 그 부인은 늘그막에 이렇다할 만한 재산이나 재능도 없는 형편이므로 오직 조상의 족보에만 의지한다는 걸세. 그래서 대대로 전해 내려오는 지체 또는 가문이라는 울타리 속에 몸을 숨긴 채, 2층 창문에서 거리를 오가는 사람들을 내려다보는 일을 낙으로 삼으며 살고 있다고 하더군.

젊었을 적에는 제법 미인이었다는데, 아름다운 용모 덕분에 마음 내키는 대로 즐기며 지내면서도 변덕스러운 성격 탓에 꽤나 많은 젊은이들을 괴롭혔던 모양이야. 한창때를 지난 후에는 어떤 나이 많은 장교와 동거생활을 했는데, 그때는 그에게 고분고분 굴며 얌전하게 지냈다고 하더군. 그 장교는 상당한 생활비를 부담하며, 그녀의 40대 내내 반려자로 살다가 얼마 후에 죽었다고 하네.

이제 50대에 접어든 그녀는 의지할 사람도 없이 혼자 살고

있는 신세가 되었는데, 마침 상냥한 조카딸이 있어 그녀를 돌보
아주기에 여생을 그럭저럭 보내는 것같이 보였네.

1772년 1월 8일

한심한 인간들이란 생각이 떨쳐지지 않는군. 형식적인 일에만
사로잡혀서, 자나 깨나 '어떻게 하면 식탁에서 한 자리라도 더
상석에 앉을 수 있을까' 하는 생각에만 관심을 갖고 있다네. 달리
할 일이 없는 것도 아니면서 말일세. 할 일이 없기는커녕 태산같
이 쌓여 있는 실정이지. 이처럼 사소한 일에 신경을 쓰느라고
중요한 일이 제대로 진척되지 않는 형편이네.

지난주에는 썰매를 타러 갔었는데, 거기서 또 말썽이 생겨서
모처럼 재미있게 놀아 보자던 계획이 엉망이 되고 말았네.

원래 지위 같은 건 전혀 문제가 되지 않는 것이며, 가장 상석을
차지한다고 해서 가장 중요한 역할을 하게 되는 경우는 좀처럼
없는 법인데, 그런 사실을 깨닫지 못하니 얼마나 어리석은 친구
들인가.

대신들의 뜻에 따라 조종되는 왕이 그 얼마나 많으며, 또 비서
들의 뜻대로 움직이는 대신들이 그 얼마나 많은가! 그런 경우,
상석을 차지한 자가 누구란 말인가?

나더러 말하라면, 다른 사람들의 의중을 꿰뚫어보는 통찰력을
가졌을 뿐 아니라, 자신의 포부를 성취하기 위하여 다른 사람들

의 힘과 정열을 자기에게 집중시키게끔 할 수 있는 역량과 지략을 지니고 있는 사람이라 생각하네.

1월 20일

사랑하는 로테, 지금 나는 당신에게 이 글을 쓰지 않고는 견딜 수가 없습니다. 나는 지금 시골 농가의 조그마한 방에 있습니다. 휘몰아치는 눈보라를 피해 도망치다시피 해서 이리로 온 것입니다. 적막한 D시에서는 나와 인연이 없는 낯선 사람들 틈을 서먹서먹하게 돌아다니느라고, 당신에게 편지를 쓸 만한 마음의 여유를 갖지 못했습니다.

그러나 지금 이 오두막집에 혼자 적막하게 갇혀, 눈보라가 치면서 창문을 세차게 흔드는 것을 보며, 나는 무엇보다도 먼저 당신을 떠올렸습니다. 방에 들어서는 순간, 당신의 모습과 함께 당신과 함께 지냈던 날들이 눈앞에 아른거립니다. 아아, 로테! 처음 만났던 때의 행복한 순간이 되살아납니다.

사랑하는 로테! 허탈한 마음을 안고 허우적거리는 내 모습을 만일 당신이 보시면, 어떤 생각을 할까요? 나의 모든 감각은 메마를 대로 메마르고, 가슴이 벅차오르도록 행복한 시간은 조금도 없습니다. 아무것도, 정말 아무것도 없이, 실로 허무하기 짝이 없습니다.

나는 요지경 속에서 난장이와 조랑말들이 내 눈앞에서 돌아다니는 것을 보고는, 나 자신에게 물어봅니다. 혹시 착각이 아닌가 하고 말입니다. 하긴 나도 이들과 함께 연기를 하고 있으면서, 아니 오히려 꼭두각시처럼 조종을 당하고 있는 듯합니다. 때때로 곁에서 연기를 해 보이는 이웃사람의 나무손을 잡았다가는 소스라치게 놀라서 물러서기도 합니다.

밤이 되면, 내일 아침에는 해가 뜨는 광경을 바라보며 즐기리라 결심하지만, 막상 아침이 되면 자리에서 일어날 엄두가 나지 않아 침대에 그대로 누워 있기 일쑤랍니다.

낮에는 또 낮대로, 밤이 되면 달빛을 감상하며 산책하리라고 마음먹지만, 막상 밤이 되면 방 안에 그대로 틀어박혀 있는 것입니다. 내가 무엇 때문에 아침에 일어나야 하며, 무엇 때문에 밤에 잠자리에 들어야 하는지를 도무지 알 수가 없습니다.

나의 삶을 발효시켜 주던 효모가 없어져 버렸습니다. 전에는 마음을 자극하는 것이 있어서 깊은 밤에도 잠에서 깨어나 있을 뿐 아니라 아침이 되면 퍼뜩 자리에서 일어날 수 있었는데, 지금은 그런 것이 어디론가 사라져 버린 겁니다.

참으로 여성다운 여성을

이 지방에서 한 사람 발견했습니다. B라는 아가씨로, 당신을 닮은 여자입니다. 혹시 누군가가 당신을 조금이라도 닮을 수 있다고 한다면 말입니다.

'어머! 비행기를 잘도 태우시는군요' 하고 당신은 말하겠죠. 아닌 게 아니라 그것도 선혀 틀린 말은 아닙니다. 얼마 전부터 나는 남의 비위를 꽤 잘 맞추게 되었습니다. 또한 재담도 곧잘 한답니다. 그래서 이곳 부인네들은 나만큼 그럴듯하게 사람의 칭찬을 잘하는 사람은 없을 거라고 합니다(당신은 내가 거짓말도 잘한다는 말을 덧붙이겠지요. 아무래도 거짓말을 하지 않고는 그렇게 칭찬을 잘할 수가 없을 테니까요. 그렇지 않습니까).

B양에 대한 이야기를 하려던 참이었는데, 넋두리가 길어졌습니다. 그 아가씨는 풍요로운 영혼의 소유자로, 그녀의 푸른 눈이 그것을 잘 나타내 주고 있습니다. 이 아가씨는 자기의 신분이 자신의 소망을 하나도 이루어 주지 못하기 때문에 그 신분을 짐스럽게 여기고 있습니다. 또한 그녀는 언제나 시끄러운 것으로부터 도피하고 싶어 하므로, 우리는 곧잘 몇 시간씩 순수한 행복으로 충만한 전원생활을 상상하면서 시간을 보내곤 합니다.

아아, 그리고 당신에 대한 생각도 빼놓을 수 없지요! 그녀가 당신을 얼마나 칭찬했는지 모릅니다. 그것은 그녀의 마음에서 스스로 우러나오는 찬사임에 틀림없습니다. 그녀는 언제나 제게서 당신에 대한 이야기를 듣고 싶어 하며, 또한 당신을 존경하고 있습니다.

아아, 나는 그 정답고 그리운 방에서 당신과 마주 앉아 있고 싶습니다. 그러면 귀여운 우리의 아이들이 무척 좋아하며 내 주위를 깡충거리며 돌아다니겠지요. 그러나 아이들이 너무 떠들어서 당신을 귀찮게 하면, 나는 무서운 옛날이야기를 들려주어 아이들을 얌전히 앉아 있게 하겠습니다.

태양은 하얀 눈으로 반짝이는 산과 들 너머로 장엄하게 넘어가고 있습니다. 눈보라도 잠잠해졌습니다. 그리고 나는…… 또다시 돌아가서 새장 속에 갇혀야만 하는 신세입니다.

안녕히 계십시오! 알베르트 씨는 댁에 계시는지요? 어떻게 지내고 있습니까? 이런 질문하는 것, 용서하십시오.

2월 8일

일주일 전부터 아주 고약한 날씨가 계속되고 있네. 그러나 나로서는 오히려 고마운 기분일세.

왜냐하면 내가 이곳에 온 이후로 아무리 날씨가 좋은 날이라도, 다른 사람들로 인해 그런 날씨를 잡쳐 버리거나 기분이 언짢아진 적이 한두 번이 아니기 때문일세. 그래서 비가 내리거나, 눈보라가 치거나, 아니면 길바닥이 얼어붙거나, 눈이 녹아서 진흙탕이 되거나 하면 '잘됐다! 이런 날엔 집에 있는 것이 밖에 나가는 것보다 차라리 낫다. 어쩌면 그 반대일 수도 있겠지만, 아무튼 잘된 거야' 하며 나는 한시름 놓는다네.

아침 해가 떠오르고 날씨가 좋을 듯하면, 나는 언제나 이렇게 외치지 않을 수 없네. '자아, 오늘도 녀석들은 하늘이 내리신 은총을 서로 빼앗으려고 수선을 피우겠군!' 이들은 언제나 무엇이고 간에 빼앗아야만 직성이 풀리는 모양이네. 건강, 명성, 기쁨, 휴식 등 모든 것을 빼앗으려고 하지. 그것은 대체로 어리석음이나 무지, 좁은 도량 등이 그 원인인데, 그들은 그것을 당연하게 여기니 어떻게 하겠나.

때때로 나는 그들 앞에 무릎을 꿇고 부탁하고 싶어진다네. 제발 그렇게 미치광이들처럼 자신의 창자 속을 마구 휘젓는 짓은 하지 말아 달라고 말일세.

2월 17일

나는 더 이상 공사와 타협해 나갈 수 없을 것 같네. 도저히 참을 수 없는 사람일세. 그가 일을 처리하는 방식은 참으로 우습기 짝이 없네. 나는 이의를 제기하기도 하지만, 내 나름대로의 판단에 따라 적당히 처리해 버리기도 한다네. 그것이 그의 비위를 건드리는 모양일세.

그런 일로 해서, 그는 최근에 나에 대한 불만을 궁정에 보고한 모양이더군. 그래서 나는 장관으로부터 가볍긴 하지만 질책을 받았네. 그래서 사표 낼 결심을 했는데, 장관이 개인적인 편지(이 훌륭한 인물에 대한 존경심에서, 여기에서 언급한 편지와 나중에 또다시 언급되는 다른 한 통의 편지는 이 서간집에 수록하지 않기로 했다. 독자들이 아무리 따뜻한 마음으로 받아들여 준다 해도, 이런 지나친 행동은 용납될 수 없다고 생각하기 때문이다)를 보내왔더군. 그 편지를 읽고 나도 모르게 무릎을 꿇었으며, 그 고결하고 깊은 사려에 머리를 숙이지 않을 수 없었네.

장관은 나의 지나치게 예민한 감수성에 대해 훈계한 다음, 활동이라든지 다른 사람들에 대한 영향, 일을 하는 데 있어서의 철저함 등, 내가 지니고 있는 과격한 생각을 청년다운 기개라고 높이 평가하더군. 그러면서 그것을 아무쪼록 잘 살려서 진가를 발휘할 수 있도록 힘차게 일해 나가라고 권고해 주었네.

덕택에 일주일쯤은 용기를 얻고 마음을 진정시킬 수 있었네. 마음의 평화라는 것은 참으로 값진 것으로, 그것 자체가 하나의 기쁨이라고 할 수 있지. 친구여! 다만 이 아름답고 귀중한 보석이 쉽게 부서지지만 않으면 얼마나 좋겠는가.

2월 20일

사랑하는 그대들이여! 하느님의 축복이 그대들 두 사람 위에 내리시기를! 그리고 나에게는 베풀어 주시지 않았던 좋은 날들을 모두 당신들에게 베풀어 주기를 빕니다.

알베르트! 당신이 나를 감쪽같이 속인 것에 대하여 오히려 나는 감사하게 생각합니다. 나는 당신들이 결혼날짜를 알려줄 것을 기다리고 있었습니다. 그날 나는 로테의 실루엣을 벽에서 떼어내어, 그것을 다른 서류들 속에다 넣어둘 생각이었지요. 그런데 당신들이 하나로 맺어졌는데도, 실루엣은 여전히 벽에 걸려 있습니다.

이제 그 실루엣을 벽에서 떼지 않고 그냥 놓아두렵니다. 이대로 두어서 안 된다는 법은 없으니까요. 그렇습니다, 나는 당신들과 함께 있는 것입니다. 당신에게는 누를 끼치는 일 없이, 로테의 마음속에 있는 셈입니다. 말하자면 나는 로테의 마음속에서 두 번째 자리를 차지하고 있다고 할 수 있겠지요. 나는 언제까지나 그 자리를 간직해 나갈 것이며, 그렇게 하지 않고서는 견딜 수가 없을 것 같습니다. 만일 로테가 나를 잊어버린다면, 나는 미치고 말 것입니다.

알베르트! 이런 생각 속에는 지옥이 숨어 있습니다. 알베르트! 잘 있으시오! 그리고 그대 천사여! 안녕!

3월 15일

불쾌하기 짝이 없는 일을 당했네. 이제 더 이상 이곳에 머물 수가 없네. 나는 원통해서 이가 갈릴 지경이라네. 제기랄! 좀처럼 사라지지 않는 이 불쾌감을 추스르기가 쉽지 않군.

이렇게 된 것도 모두 자네들 책임일세. 나를 부추기고, 재촉하고, 귀찮을 만큼 졸라대서, 마음 내켜하지 않는 이 자리에 억지로 앉힌 것은 바로 자네들이니까 말일세. 이런 파국을 초래한 원인이 모두 나의 극단적인 사고방식에 있다고 말하지는 말게. 자네들은 이번에도 그렇게 말하고 싶을 테지만, 나는 여기에 사건의 자초지종을 솔직하고도 간결하게 적겠네. 마치 연대기를 기록하는 필자들이 쓴 것처럼 명확한 이야기를 말일세.

C백작이 나를 아껴 주고 돌보아 주고 있다는 사실은 누구나가 아는 사실이고, 자네에게도 벌써 몇 번인가 이야기했었지. 어제는 저녁 식사에 초대를 받아서 그 C백작 댁에 갔었는데, 저녁에는 상류사회 신사 숙녀들이 그 집에서 파티를 열기로 했었던 모양이네. 나는 그것을 알지 못했고, 나와 같은 아랫사람은 그런 모임에 낄 수 없다는 것을 꿈에도 생각지 못했었네.

아무튼 나는 백작과 식사를 같이하였고, 식후에 홀 안을 왔다 갔다 하면서 백작과 이야기를 주고받았네. 마침 그곳에 왔던 B대령과도 대화를 나누었는데, 그러는 사이에 파티 시간이 다가오더군. 그러나 나는 그걸 전혀 눈치채지 못하고 있었네.

거기에 지나치게 점잔을 빼는 근엄한 S부인이 그녀의 남편과 함께 들어왔네. 또한 그들은 거위 같은 딸도 데리고 왔었는데, 그녀는 납작한 가슴에 값비싼 코르셋으로 허리를 꽉 죄어 붙였더군. 이 세 사람은 조용히 걸어 들어가면서, 조상 대대로 내려오는 거만한 귀족적인 눈짓을 해가면서 코를 벌름거리더군.

나는 이런 족속들을 보면 그야말로 속이 메스꺼워지는 터라, 그만 물러나야겠다고 생각하면서 C백작이 그들과의 시시한 잡담에서 빠져 나오기를 기다리고 있었지.

마침 그때 그 B양이 들어왔네. 이 아가씨를 만나면 언제나 조금은 기분이 밝아지므로, 나는 그대로 머물러 있기로 하고 그녀의 의자 뒤로 다가갔지. 그런데 조금 지난 연후에야 비로소 깨달았는데, B양은 나하고 이야기를 하면서도 여느 때와는 달리 뭔가 서먹하면서 난처해하는 듯한 태도를 보이더군. 나로서는 참으로 뜻밖이었네. '이 여자도 다른 사람들과 마찬가지로구나' 하는 생각을 하니 화가 치밀어서 그만 뛰쳐나오고 싶어졌네.

그러나 나는 한동안 주춤한 채 거기에 눌러 있었네. 그녀의 그런 태도가 나의 잘못된 느낌에 지나지 않는다는 것을 확인하고 싶었고, 또 조금 있으면 그녀가 다정한 말 한마디쯤은 해주리라는 기대를 했기 때문이었네.

그러고 있는 사이에 손님들이 꾸역꾸역 모여들었네. 프란츠 1세의 대관식 때부터 전해 내려온 고풍스런 예복을 입은 F남작, 직책상 귀족 칭호를 받고 있는 궁중 고문관 R과, 귀가 어두운 그의 부인, 시대에 뒤떨어진 의상의 헐어서 해진 부분을 요즘 유행하는 천으로 기운 초라한 옷차림의 J씨도 빠뜨릴 수 없지. 이런 사람들이 떼 지어 몰려왔네.

나는 안면이 있는 한두 사람에게 말을 건네었는데, 이상하게도 모두들 말수가 적었네. '왜들 이러는 거지' 하면서, 나는 B양 쪽에만 신경을 쓰고 있었네. 그래서 나는 알아채지 못하고 있었는데, 그 사이에 여자들이 홀 한구석에서 숙덕거리자 그것이 남

자들에게로 전해졌으며, 이윽고 S부인이 백작에게 이야기를 하더군(이것은 모두 나중에 B양이 나에게 이야기해 줘서 알았지만). 그러자 백작이 나에게로 다가와서는, 나를 창가로 데리고 가서 이렇게 말하는 것이 아니겠나.

"자네도 알고 있겠지만, 우리 모임의 관습은 아주 미묘하거든. 자네가 이 자리에 있는 것이 모두를 못마땅한 모양일세. 나야 아무렇지도 않지만……."

나는 그의 이야기를 가로막으며 "각하, 대단히 죄송하게 되었습니다. 벌써 알아챘어야만 했는데, 그만 실례했습니다. 각하께서는 저의 이러한 결례를 용서해 주실 줄 믿습니다. 아까부터 그만 물러가려고 했으면서도, 미련스럽게 어물어물하다가 이렇게 됐습니다"라고 미소를 지으며 말한 후, 허리 굽혀 인사를 했네.

백작은 나의 두 손을 덥석 잡았는데, 거기에는 어떤 감회가 어려 있는 듯했네. 어쩌면 그것으로 모든 말을 대신하고 싶었던 모양인지도 모르지.

나는 그 고귀한 족속들 사이를 슬며시 빠져나와서, 2륜 마차를 타고 M이란 곳으로 갔네. 그리하여 그 언덕 위에서 넘어가는 해를 바라보며, <호머>를 펼쳐들고 오디세우스가 돼지를 기르는 일꾼들에게 대접을 받는 감동적인 대목을 읽어 내려갔지. 그 구절은 모두 훌륭했고, 그 멋진 장면은 내 마음에 흡족하게 다가왔네.

해가 진 뒤에, 식사를 하러 시내로 돌아왔네. 레스토랑에는 아직 손님이 별로 없었네. 몇 사람의 단골들이 구석자리에서 테이블보를 뒤집어놓고 주사위를 굴리고 있더군. 그때 아델린이라는 솔직하다 못해 고지식해 보이는 친구가 들어오더니, 모자를 벗고 나에게로 다가와서는 나직한 목소리로 말을 건네었네.

"당신 화가 났겠군요?"

"뭐가요?" 하고 내가 되물었지.

"백작이 당신을 파티에서 내쫓았다면서요?"

"나는 파티 따위에는 별 관심 없어요. 밖에 나와서 시원한 바람을 쐬니까 가슴이 후련해졌어요."

"그렇다면 다행이군요. 무엇보다도 당신이 대수롭지 않게 생각해서 다행이에요. 그렇지만 벌써 어디를 가나 그 소문이 퍼져 있다는 사실은 정말 불쾌하기 짝이 없어요."

그 소리를 들으니까, 비로소 오늘 있었던 일이 충격으로 되살아나는 것이 아니겠나.

'그렇다면 식사하러 왔다가 내 얼굴을 흘끔흘끔 보고 있던 녀석들은 모두 그 때문이었단 말인가!' 하고 생각하니 분노가 치밀면서 피가 끓어오르더군.

오늘은 어디를 가나 동정 받는 신세가 되었네. 더구나 나를 시기하고 있던 녀석들이 의기양양해져서, '머리가 남보다 좀 뛰어나다고 해서 신분이나 관습 같은 걸 무시해도 좋은 것처럼 건방지게 굴더니, 결국 저런 꼴을 당하는 것 아니겠어' 하는 등의 온갖 험담을 늘어놓는 소리가 귀에 들려오는 것 같아, 내 심장에 칼을 꽂고 싶은 심정일세.

'남들이 뭐라고 하든, 무시해 버리면 그만 아닌가'라고 사람들은 말하지만, 하찮은 건달들이 남의 약점을 잡고 이러쿵저러쿵 지껄여대는 소리를 꾹 참으면서 얌전히 듣는 인간이 얼마나 있겠나. 만약 있다면, 꼭 한 번 만나보고 싶다네.

아아, 그 험담들이 전혀 근거 없는 소리라면 못 들은 체하며 흘려버릴 수도 있겠지만, 그럴 수도 없고…….

3월 16일

모든 것이 나를 화나게 하고 있네. 오늘 가로수 길에서 B양을 만났는데, 나는 그만 화가 치밀어서 먼저 말을 걸었네. 우리가 일행에게서 조금 떨어지게 되자, 나는 저번에 그녀가 보인 태도에 대해 공박하기 시작했지.

"어머나, 베르테르 씨. 선생님은 제 마음을 알고 계시면서 그런 식으로 해석하셨어요? 저는 몹시 당황했어요. 그런데 그걸 그렇게 오해하시다니……. 저는 홀에 들어섰을 때부터 선생님 때문에 얼마나 조마조마했는지 몰라요. 어떻게 되리라는 것을 뻔히 알 수 있었거든요. 선생님께 귀띔을 할까 하고 몇 번이나 망설였는지 모른답니다. S부인과 T부인은 선생님과 동석할 바에야 남편과 함께 퇴장하겠다고까지 했거든요. 그리고 백작도 그분들의 의견을 존중하지 않을 수 없는 처지이고요. 그래서 일이 그 지경에 이른 거예요"라고 그녀는 진정 어린 목소리로 말했네.

"그랬었나요?" 하고 나는 충격을 감추며 반문했네. 그저께 아델린이 나에게 한 말이 그 순간에 부글부글 끓어오르면서 내 혈관 속을 소용돌이쳤네.

"저도 그때부터 얼마나 가슴이 쓰라렸는지 몰라요" 하고 B양은 다정스럽게 말하면서 눈물을 글썽거리더군.

나는 자제력을 잃고, 그녀의 발아래 꿇어 엎드릴 듯이 몸을 굽히면서 외쳤네.

"속 시원히 말해 주십시오!"

그러자 그녀의 볼을 타고 눈물이 흘러내리더군. 나는 제정신이 아니었네. 그녀는 눈물을 감추려고도 하지 않고, 손으로 닦으면서 이야기를 시작했네.

"저의 아주머니를 아시지요? 그분도 그 자리에 계셨는데, 어떤 눈초리로 그 광경을 바라보고 있었는지 아세요? 당장 선생님과 교제를 끊으라지 뭐예요. 베르테르 씨, 아주머니는 엊저녁에도 또 오늘 아침에도, 제가 선생님과 교제하는 것에 대한 설교를 늘어놓으셨어요. 하지만 꾹 참으면서 듣고 있을 수밖에 없었어요. 선생님을 변호하려 했지만, 제가 생각한 것의 절반도 말을 할 수가 없었어요. 아주머니가 말도 못하게 하는 걸요."

그 한마디 한마디가 칼끝처럼 내 가슴을 찔렀네. 그녀는 그런 소리를 아예 하지 않는 것이 훨씬 더 관대한 태도라는 것을 알지 못했던 거지. 그녀는 이러한 내 심정을 알아차리지 못하더군.

뿐만 아니라, 그녀는 이런 말까지 덧붙여서 말을 했네. '소문이 퍼질 것이라느니, 전부터 나를 비난하고 있던 사람들은 남들을 대할 때의 내 거만한 태도와 사람을 업신여기는 듯한 언동에 벌이 내렸다면서 고소하게 여기고 기뻐할 것이라느니' 하는 소리들을 말이야.

빌헬름! 그녀가 진심으로 동정 어린 목소리로 들려주는 모든 이야기를 다 듣고, 나는 허탈 상태에 빠졌네. 지금도 미칠 것만 같네. 차라리 누구든지 대담하게 나를 맞대놓고 비난한다면, 그놈의 가슴에다 칼을 꽂아줄 수도 있으련만. 피를 보면 얼마쯤 마음이 진정되고 후련해질 것 같네.

아아, 나는 몇 번이나 칼을 손에 쥐었다가 놓았는지 모르네. 이 답답한 가슴에 바람구멍을 내고 싶었던 걸세. 좋은 혈통을 이어받은 말은 지나치게 흥분했을 때 스스로 혈관을 물어뜯어 호흡을 진정시킨다고 하더군.

나 역시도 그러고 싶어지네. 혈관을 끊어서 영원한 자유를 얻고 싶다는 생각이 간절하다네.

3월 24일

나는 궁정에 사표를 제출했네. 아마도 수리될 걸세. 미리 자네들의 허락을 받지 않은 점은 아무쪼록 용서하게나. 어차피 나는 이 지방을 떠날 수밖에 없으니까. 나를 만류하기 위해 자네들이 충고할 말도 알고 있네.

그리고 이 사실을 우리 어머니께 넌지시 좀 전해 주기 바라네. 나는 스스로의 일조차 처리하지 못하는 형편이라 어쩔 도리가 없네. 물론 어머니는 슬퍼하시겠지. 모처럼 아들이 추밀원 고문관이나 공사가 되는 것을 목표로 삼아 발걸음을 내디뎠는데, 이렇게 중도에 포기한 채 말을 몰고 마구간으로 되돌아가게 된 셈이니까!

아무튼 이 문제에 대해선 자네들 좋을 대로 생각하게나. 내가 유임할 수 있었을 것이라든지, 유임했어야만 했었을 것이라든지 마음대로 말해도 괜찮네. 하지만 나는 떠날 걸세. 어디로 갈 거냐고 묻겠지? 이곳에 ○○공작이라는 분이 있는데, 나와 교제해 보고 싶은 생각이 있는 모양일세. 내 결심을 전해 듣고는, 함께 자기의 영지로 가서 거기서 아름다운 봄을 같이 지내자고 나를 초대해 주었네.

모든 것을 내가 하고 싶은 대로 하도록 내버려 두겠다는 약속도 해주었고, 어느 정도 서로 이해하고 있는 터이기도 해서, 하늘에 운을 맡기고 그와 동행할 작정일세.

4월 19일

자네가 보낸 두 통의 편지는 고맙게 받았네. 답장을 하지 않은 것은, 궁정에서 사표가 수리될 때까지는 잠자코 있고 싶어서,

동봉한 편지도 써놓기만 하고 보류해 두었기 때문일세. 어머니께서 장관께 부탁하여 내 계획을 방해할지도 모른다는 우려가 있어서였지. 그러나 이젠 처리되었고, 나의 사직원에 대한 허가가 떨어졌으므로 나는 곧 떠날 생각이네.

궁정 당국에서 사표를 수리하기까지 얼마나 우여곡절이 많았는지, 장관이 나에게 어떤 편지를 써 보냈는지, 그런 것들은 이야기하지 않기로 하겠네. 이야기를 하면, 그대들은 새삼 슬픔과 낙담 속에서 넋두리를 늘어놓을 테니까 말이네.

황태자께서 전별금조로 25두카텐을 하사해 주셨네. 나는 보내주신 글을 읽고 감격의 눈물을 흘렸네. 따라서 내가 저번에 어머니께 전해 달라고 부탁했던 돈은 필요가 없게 되었네.

5월 5일

내일 이곳을 떠날 작정이네. 내가 태어난 곳이, 마침 지나가는 길목에서 6마일 정도밖에 떨어져 있지 않아 오래간만에 잠깐 들러볼 생각일세. 꿈결처럼 행복하게 지냈던 지난날들을 회상해 보고 싶기 때문이네.

아버지가 돌아가시고 나서 우리가 정든 그 고장을 등지고 도시로 떠날 때, 어머니가 나를 데리고 나온 바로 그 성문을 거쳐서 들어갈 생각이라네.

잘 있게. 빌헬름! 가는 도중에 또 소식 전하겠네.

5월 9일

성지 순례자 같은 경건한 마음가짐으로 고향 방문을 마쳤네. 뜻하지 않은 갖가지 감회가 나를 사로잡더군.

시내에서 S쪽을 향해 15분 정도 나간 곳에 커다란 보리수가 한 그루 있었어. 그 근처에서 마차를 세운 다음 내렸지. 천천히 걸어가면서 새로운 기분으로 지난 추억을 하나하나 생생하게 되새겨 보고 싶었던 걸세.

그런데 그 보리수 아래에서 걸음을 멈추고 보니, 아아, 어쩌면 이렇게도 달라졌을까! ……그곳은 옛날 소년시절에 내 산책의 목적지요 또한 종점이기도 했는데, 그 무렵에는 아무것도 모른 채 행복 속에 잠겨 미지의 세계를 동경하곤 했었지. 그 넓은 세계로 나가면, 갈망하고 동경해 마지않는 이 가슴을 채워줄 풍부한 양식과 기쁨을 얻을 수 있으리라고 믿었던 걸세.

그런데 지금, 나는 그 넓은 세계로부터 돌아왔네. 아아, 친구여! 그 많은 희망은 헛되이 사라지고, 다채롭던 계획은 여지없이 허물어져 버렸네. 눈앞에 보이는 저 산들을 향해 나는 얼마나 많은 소원을 빌었었는지 모른다네.

그 당시의 나는, 몇 시간 동안이나 이곳에 앉아 먼 곳을 동경했고, 내 눈앞에 정다운 모습으로 다가드는 수풀과 골짜기들을 넋을 잃은 채 절실한 마음으로 바라보곤 했었네. 이윽고 날이 저물어 집으로 돌아가야 할 때가 되어도, 나는 이곳을 떠나기가 한없이 아쉽기만 했었네.

시내가 가까워지면서, 아직도 기억에 남아 있는 낡은 별장들을 바라보며 일일이 인사를 보냈네. 그러나 새로 생긴 집은 마음에 들지 않더군. 집뿐 아니라, 그밖에 여기저기 보이는 모든 변화가 마음에 들지 않았네. 시내로 들어가는 성문을 지나면서부터는, 내가 완전히 옛날의 나로 되돌아가는 것을 느낄 수 있었네.

친구여! 너무 장황하게 늘어놓지는 말아야지. 그것이 나에게 있어서 그리운 것이면 그리운 것일수록, 말로 하면 단조로운 것이 되어 버릴 테니까 말일세. 나는 시장 맞은편, 옛날 우리 집 바로 옆에 있는 여관에 묵기로 했네.

그리로 가는 도중에 발견한 것인데, 지나치게 엄격한 노부인이 우리들 개구쟁이의 어린 시절을 곧잘 가두어 놓았던 그 교실이 잡화점으로 변해 있었네. 그 속에 갇혀서 겪어야 했던 불안과 눈물, 그리고 지루함과 애달픔이 떠오르더군.

발걸음을 한 발자국씩 옮길 때마다 뭔가 다른 추억이 되살아나곤 했네. 성지를 찾은 순례자라 해도, 이처럼 숱한 종교적인 추억이 서려 있는 장소를 직면하는 일은 없을 걸세. 그리고 또 그 마음이 이토록 신성한 감동으로 넘쳐흐르는 일도 드물 걸세. 이 밖에도 이야기하고 싶은 것은 수없이 많지만, 한 가지만 더 이야기하겠네.

나는 강을 따라서 어떤 저택이 있는 곳까지 걸어 내려갔네. 이곳 역시 옛날에 내가 곧잘 다녔던 길로, 우리가 어렸을 때 납작한 돌멩이를 물위에 던져서 물수제비뜨기 시합을 했던 곳이었지.

 나는 때때로 이곳에 서서 흘러가는 물길을 바라보며, 이상한 예감에 사로잡혀 흐르는 물살을 뒤따르곤 했었네. 그때 나는 그 물줄기가 닿을 머나먼 고장, 신비에 가득 찬 세계를 머릿속에 그리고 있었지. 그러다 보면 내 상상력은 한계에 도달하여 더 상상할 밑천이 없어져 버리는데, 그래도 여전히 생각은 앞으로 앞으로 자꾸만 나아가서 마침내 눈에 보이지 않는 먼 세계 속으로 들어가 망연해지곤 했다네.
 친구여, 우리의 훌륭한 조상들은 한정된 세계 속에 살면서도 그토록 행복해 하지 않았던가! 그들의 생활 감정이나 시(詩)들은 또 얼마나 천진난만했던가! 오디세우스가 무한한 바다와 무한한 대지에 대해 이야기했을 때, 그 말은 진실하고 인간적이며 마음으로부터 우러나온 절실하고 신비로운 것이었네.

내가 지금 지구는 둥글다고 초등학교 학생들도 다 알고 있는 사실을 말해 본들 그런 지식이 무슨 소용이 있겠나. 인간은 지상에서 살기 위해 약간의 흙덩이만 있으면 되며, 지하에 잠들기 위해서라면 더욱 적은 흙만으로 충분하지 않은가.

지금 나는 공작의 사냥 별장에 와 있네. 공작과는 그럭저럭 기분 좋게 지낼 수 있을 것 같네. 그는 직선적이고 꾸밈이 없는 사람일세. 그런데 그를 둘러싼 기묘한 사람들의 정체는 나로서는 가늠할 수가 없네. 악인들 같지는 않은데, 그렇다고 진실한 인간들처럼 보이지도 않네. 더러 진실해 보이는 경우도 있지만, 어쩐지 미덥지는 않아. 그 밖에 유감이라면, 공작이 딴 사람에게 들었거나 책에서 읽은 바를 곧잘 이야기하는 점일세. 더구나 그것을 딴 사람들에게서 들은 그대로 그 관점에서 전달하더군.

게다가 공작은 나의 지성과 재능을 나의 영혼보다 높이 평가하고 있네. 영혼이야말로 나의 유일한 자랑거리인데 말일세. 그것만이 모든 힘, 모든 기쁨, 모든 불행의 원천이 아닌가. 아아, 내가 지니고 있는 지식은 누구나 익힐 수 있는 것이지만, 나의 영혼은 오직 나만의 것이 아니겠는가.

5월 25일

나는 한 가지 계획을 세우고 있었는데, 그것이 이루어지기 전에는 자네들에게 말하지 않을 생각이었네. 하지만 그것이 무산되어 버린 지금에 와서야 얘기한들 무슨 상관이 있겠는가.

나는 전쟁터에 나갈 생각이었네. 이 계획을 나는 오랫동안 마음속에 간직하고 있었지. 공작을 따라 여기까지 온 것도 실은 그 때문이었네. 공작은 ○○에 근무하는 장군이거든.

같이 산책을 하는 도중에 이 계획을 공작에게 털어놓았더니, 그분은 나를 타이르며 한사코 만류하더군.

따지고 보면, 내 가슴속에서 요동하고 있었던 것은 정열이라기보다 오히려 변덕에 불과했다는 생각이 드네. 나를 움직인 것이 정열이었다면, 그분이 내세우는 이유에 귀를 기울이진 않았을 테니까.

6월 11일

자네가 뭐라고 하든 난 더 이상 이곳에 머무를 수가 없네. 공작은 나를 매우 극진하게 대접해 주고 있지만, 여긴 오래 안주할 곳이 못 되네. 따지고 보면, 우리 두 사람 사이에는 아무런 공통점이 없네. 공작은 극히 세속적인 지성인일세. 그와의 교제는 나에게 좋은 책을 읽는 것 이상의 즐거움을 주지는 못하네.

앞으로 일주일만 더 있다가, 다시 정처 없는 여행을 떠날 생각이야. 내가 여기 와서 한 일 가운데 그나마 보람 있는 일은 그림을 몇 장 그린 것이었네.

공작은 예술에 대해 어느 정도의 감각은 갖고 있네. 만일 그가 현학적인 학문 취향이나 틀에 박힌 상투적인 술어에 얽매이지 않았다면, 더욱 날카로운 감수성을 지닐 수 있었을 걸세.

내가 상상력을 동원하여 자연과 예술의 세계에 대해 여러 가지로 설명해 주어도, 그는 진부한 학술 용어를 들고 나와서는 그 한 마디로 문제가 해결된 듯이 여긴다네. 그럴 때의 안타까움이란 이루 말할 수가 없네.

6월 16일

그렇다네. 나는 다만 한 사람의 나그네에 지나지 않네. 이 지상에서의 일개 순례자일세. 자네들은 어떤가? 그 이상의 존재라고 할 수 있는가?

6월 18일

어디로 갈 작정이냐고? 자네에게만 살짝 알려 주지. 앞으로 두 주일은 여기 그대로 머물려고 하네.

그 뒤엔 ○○광산을 찾아가려고 마음먹고 있지만, 그것은 단지 구실에 지나지 않네. 나는 다만 로테 곁으로 다시 가고 싶은 걸세. 그게 내 마음의 전부라네. 나는 그런 나 자신의 마음을 맘껏 비웃으면서도, 결국은 내 마음이 원하는 대로 해주는 수밖에 없지 않겠는가.

7월 29일

그것으로 족하지 않겠는가. 모든 것이 그것으로 괜찮아! 내가 그녀의 남편이라면! 아, 저를 만드신 하느님, 당신께서 그런 기쁨을 제게 내려 주셨더라면 저는 평생토록 쉬지 않고 기도를 올렸을 것입니다. 당신께 항의하려는 것이 아닙니다. 저의 이 눈물을 용서하소서. 이 부질없는 소원을 용서하소서.

그녀가 나의 아내라면! 이 세상에서 가장 사랑스러운 그녀를 내 품에 껴안을 수 있다면……. 알베르트가 그녀의 날씬한 몸을 껴안고 있다고 생각하면, 빌헬름, 나는 온몸이 오싹해지는 것 같네.

내가 이런 말을 해도 괜찮을까? 아무렴, 괜찮겠지. 아아, 빌헬름! 그녀는 알베르트와 결혼하는 것보다 나와 결혼하는 것이 더 행복해질 수 있다고 생각하네. 알베르트는 그녀의 마음속의 소망을 충족시켜 줄 수 있는 인물이 못 되네. 우선 감수성에 일종의 결함 — 이건 자네 좋을 대로 해석하게나 — 이 있네. 똑같은 느낌으로 가슴이 설레는 그런 마음의 공감이라는 것이 알베르트에게는 없단 말이네.

예를 들면, 마음에 드는 책을 같이 읽고 있다가 내 마음과 로테의 마음이 서로 공감하여 하나로 합쳐지는 그런 대목에서도 그의 심장은 끄떡도 하지 않네.

로테와 내가 약속이라도 한 듯 절로 감탄의 소리를 내는 경우에도 역시 마찬가지라네.

사랑하는 빌헬름! 그러나 그는 로테를 진심으로 사랑하고 있네. 그만한 사랑이라면 어떠한 보답이라도 받을 만한 가치가 있겠지!

반갑지 않은 손님이 와서 방해를 하더군. 눈물은 말라 버렸고, 마음도 몹시 심란하다네. 잘 있게나, 빌헬름.

8월 4일

나 혼자만이 이런 꼴을 당하는 것은 아닐 걸세. 인간은 누구나 희망에 속고 기대에 배반당하기 마련이지. 보리수 아래에 살고 있는 그 마음씨 고운 부인을 찾아가 보았네. 맏아들이 환호성을 지르며 달려 나왔네. 녀석이 소리치는 바람에 그 아이의 어머니도 나왔는데, 전과는 달리 기운이 없어 보였네. 그녀는 나를 보자마자 이렇게 첫마디를 시작하더군.

"아이구, 선생님이시군요. 우리 한스가 죽었어요."

그 막내둥이 얘기였네. 나는 그만 말문이 막혔네.

"그리고 바깥양반도" 하면서 그녀는 말을 이었네.

"스위스에서 돌아오긴 했지만, 빈털터리였어요. 오는 도중에 열병에 걸렸는데, 친절하신 분들이 돌봐 주지 않았더라면 구걸까지 할 뻔했대요."

나는 할말을 잃고, 아이의 손에 돈 몇 푼을 쥐어 주었을 뿐이네. 그러자 부인은 사과 몇 개를 내놓으며 들라고 권하더군. 나는 그것을 받아들고, 슬픈 추억의 장소를 떠났네.

8월 21일

내 마음은 손바닥을 뒤집듯이 돌변하기 일쑤라네. 어떤 때는 인생의 즐거움이 다시 찾아올 것 같은 서광이 비치기도 하지만 말일세. 아아! 그러나 그것은 다만 한 순간에 지나지 않네.

아련한 꿈속 같은 기분에 잠겨 있을 때 '만일 알베르트가 죽는다면?' 하는 생각이 떠오르는 것을 억제할 수가 없다네. 그렇게 되면, 아마도 내가…… 그리고 그녀가…… 그리고…… 이런 공상을 끝없이 뒤쫓아서 마침내 심연의 언저리까지 가는 걸세. 그랬다가는 몸서리를 치면서 뒤로 물러선다네.

성문을 지나, 로테를 무도회에 데리고 가기 위하여 처음으로 마차로 지나간 그 길을 걸어가 보니 참으로 많이 변했더군! 모든 것이 다 사라져 버렸어! 지난날의 그 모습은 흔적도 없고, 그때의 그 감정은 자취조차 남아 있지 않았네. 마치 전성기를 자랑하던 영주가 임종하면서 사랑하는 아들에게 호화롭고 견고한 성곽을 물려주었는데, 망령이 되어 그 성터에 다시 돌아와서 보니 옛 자취는 온데간데없이 사라지고 완전히 잿더미가 되어 버린 폐허만 남아 있는 것을 마주친 기분일세.

9월 3일

때때로 나는 이해할 수가 없어지네. 내가 그녀를 이토록 깊이, 이토록 진심으로 사랑하고 있는데, 어떻게 다른 사람이 그녀를 사랑할 수 있으며, 그 사랑이 용납될 수 있는가 하는 것을 말일세.

나는 그녀 이외에는 아무것도, 아무것도 모르네. 또한 그녀 이외에는 아무것도 갖고 있지 않단 말일세.

9월 4일

정말 그렇다네. 계절이 가을로 접어들자, 내 마음도 또 내 주변도 가을을 닮아가는 것 같군.

내 마음의 나뭇잎은 누렇게 물들고, 내 주변의 나뭇잎들은 벌써 떨어져 버렸네. 언젠가 내가 이곳에 왔을 때 어떤 농가의 머슴에 대한 이야기를 자네에게 써서 보낸 적이 있지 않나.

이번에 나는 발하임에서 그 사람에 대해 수소문해 보았지. 모두들 그가 일하던 집에서 쫓겨났다고만 할 뿐, 그 이상은 모른다고 하더군. 그런데 어제 다른 마을로 가는 도중에 우연히 그 친구를 만났네. 내가 말을 걸자, 그가 자기 신상에 대한 이야기를 하더군. 나는 그것을 듣고 거듭거듭 감동하고 있네.

자네에게 그 이야기를 하면, 자네도 곧 '과연 그럴 만하구나' 하고 납득이 될 것일세.

그런데 내가 무엇 때문에 그러한 이야기를 자네에게 하려는 건지 잘 모르겠네. 어째서 나는 나를 불안하게 하거나 괴롭히는 일을 꾹 참고 내 가슴속에 간직해 두지 못하는 걸까? 어째서 자네 마음까지 어둡게 만드는 걸까? 어째서 항상 자네가 나를 측은하게 여기고 책망하도록 기회를 주는 걸까? 아마 이것도 내가 타고난 운명이 아닌가 싶네.

처음에 그는 잔잔한 슬픔을 드러내 보이며 내 물음에 대답했네. 처음에는 약간 머뭇거리는 기색을 보이더군. 그러나 이내 나라는 사람이 어떤 인간인지 깨닫기라도 한 듯 솔직하게 자신의 잘못을 털어놓고는 자신의 불행한 신세를 하소연하는 것이었네. 그의 말 한마디 한마디를 그대로 자네에게 들려주고, 자네의 판단을 들었으면 싶네.

그는 이렇게 고백했네. 아니, 고백했다기보다는 일종의 행복감과 쾌감에 젖은 듯한 어조로, 마치 추억을 회상하듯이 이야기를 하더군.

여주인에 대한 정열이 날이 갈수록 더해 가서, 나중에는 자기가 무엇을 하고 있는지도 알지 못할 지경에 이르렀다는 걸세. 그의 말을 빌리면, 어느 쪽으로 머리를 어디로 돌려야 할지도 모를 정도였다고 하더군. 먹을 수도 마실 수도 잠을 잘 수도 없게 되었으며, 목구멍도 꽉 막혀 버리고 말았다네. 나중에는 해서는 안 될 짓을 하게 되고, 해야 할 일은 잊어버린 채 마치 도깨비에 홀린 것같이 하루하루를 보냈다고 하면서 말이야.

그러던 어느 날, 그 여주인이 2층 방에 있는 것을 알고 뒤따라

올라갔다고 하더군. 자기도 모르게 그리로 이끌려 올라간 셈이지. 그녀가 그의 청을 들어주지 않자, 그는 폭력으로 그녀를 정복하려 했는데…… 어째서 그렇게 되었는지는 자신도 알 수가 없다고 하는 걸세. 그녀에 대한 자기의 소망은 언제나 진지한 것이었으며, 진심으로 바랐던 것은 다만 그녀와 결혼해서 한평생 같이 살아가는 일이었다고 하면서 하느님을 증인으로 내세울 수도 있다고 하더군.

그는 이런 이야기를 한참 동안 하더니, 갑자기 말문이 막힌 듯 말을 더듬거리기 시작했네. 아직 말하고 싶은 것이 더 있기는 한데, 시원스럽게 털어놓기가 난감한 듯한 기색이었네. 그러나 그는 수줍은 듯한 표정을 지으며 다음과 같은 사실을 고백했네.

여주인은 자기가 얼마쯤 허물없이 대하는 것을 용납해 주었으며, 어느 정도의 접근은 인정해 주었다는 걸세. 그 이야기를 하는 중에 두세 번 말을 멈추더니, 이윽고 열심히 변명을 늘어놓기 시작하더군. '이런 소리를 하는 것은 여주인을 나쁜 여자로 몰기 위해서가 아니다, 자기는 그녀를 전과 다름없이 사랑하며 존경하고 있다, 이런 소리는 여태껏 한 번도 입 밖에 낸 적이 없다, 당신에게 이런 이야기를 한 건 내가 도리를 모르는 인간이 아니라는 걸 알아주기 바라서이다'라고 하는 것이었네.

친구여! 여기서 나는 또다시 입버릇처럼 하는 소리를 되풀이하겠네. 나는 자네에게 그가 내 앞에 서 있던 모습을 보여 주고 싶네! 그가 내 앞에 서 있었던 꼭 그대로, 그리고 지금도 내 눈앞에 서 있는 모습 그대로 말일세. 자네에게 모든 것을 제대로 전달할 수 있으면 좋으련만! 그리하여 내가 얼마나 그의 운명에 동정하고 있으며, 또 동정하지 않을 수 없는지를 자네가 알아주었으면 싶네.

하지만 그럴 필요까지는 없겠지. 자네는 내 운명도 알고 있으며, 나라는 인간 자체도 잘 알고 있지 않은가. 내가 모든 불행한 인간, 그중에서도 특히 이 불행한 남자에게 이끌리게 되었는지를 자넨 너무나 잘 알고 있을 테니까 말일세.

이 편지를 다시 읽어 보고, 이야기의 결론을 내리지 않고 있다는 걸 깨달았네. 하긴 결말을 말하지 않더라도 자네라면 쉬 짐작할 수 있을 테지만…….

여주인은 자기 몸을 지키기 위해 반항하면서 그 머슴을 밀쳐냈다고 하더군. 그런데 그때 마침 오빠가 찾아왔다는 거야. 오빠라는 사람은 전부터 그 남자를 미워하고 있었으며, 그를 그 집에서 쫓아내려 하고 있었다네. 누이동생이 재혼이라도 하면 자기 아이들에게 돌아올 유산이 없어질 것을 두려워했던 거지. 누이동생에게는 아이가 없었으므로, 유산은 당연히 자기 아이들에게 넘어올 것이라고 기대하고 있었는데 말이야.

그리하여 그 오빠는 그 자리에서 머슴을 내쫓고는 와자하게 소문을 퍼뜨린 모양이야. 때문에 여주인으로서는 이 남자를 용서할 생각이 있었다 하더라도 집에 둘 수가 없게 되어 버린 거지.

지금은 다른 머슴을 두었는데, 그 머슴과 오빠가 또 다퉈서 사이가 틀어졌다는군. 게다가 여주인이 틀림없이 이 남자와 결혼할 거라고 소문이 나돌자, 그녀의 오빠는 목숨을 걸고라도 그걸 막을 결심이라고 공공연하게 말하고 돌아다닌다네.

지금까지 내가 자네에게 이야기한 것은 과장이 아니네. 또한 미화해서 말한 것도 아니네. 오히려 가능한 한 덤덤하게 이야기한 셈일세. 게다가 도덕적인 용어들을 씀으로써 딱딱하게 된 느낌이 없지 않네.

다시 말해 이 사랑, 이 진실, 이 정열은 결코 문학적 창작이 아니란 말일세. 이건 살아 있는 걸세. 우리가 교양이 없다느니 상스럽다느니 하고 말하는 계층의 사람들 속에서 그야말로 순수한 모습으로 살아 있단 말이지. 그런데 우리네 소위 교양 있는 인간들은, 오히려 교양으로 인해 자신들을 스스로 왜곡시켜 쓸모없는 인간이 되어 버리지 않았는가.

제발 이 이야기는 진지한 마음으로 읽어 주길 바라네. 이 이야기를 쓰다 보니, 오늘은 왠지 마음이 차분하게 가라앉는군. 글씨만 보아도 알 수 있겠지? 황망하게 휘갈긴 여느 때의 글씨와는 다르지 않은가.

읽은 다음에 생각해 주게. 이건 자네 친구의 이야기이기도 하다는 것을 말이야. 정말 그렇군. 나의 과거도 그랬고, 또 나의 장래도 그럴 것이란 생각이 드는 걸 어쩌겠나. 나는 이 가엾고 불행한 남자가 지닌 결단성을 절반도 갖고 있지 못하다네. 비교하는 것이 부끄럽다는 생각이 들 정도로 말이야.

9월 5일

로테는 일 관계로 시골에 가 있는 남편 앞으로 편지를 썼네. 그 편지는 이렇게 시작하고 있더군.

'사랑하는 당신에게! 될 수 있는 대로 빨리 돌아와 주세요. 저는 무한한 기쁨을 안고 오직 당신이 오실 날만을 기다리고 있습니다.'

그때 한 친구가 찾아와서, 알베르트는 일의 형편상 빨리 돌아올 수 없게 되었다는 소식을 전해 주었네. 로테가 남편에게 보낼 편지를 써놓은 채 그대로 두었기 때문에 오늘 저녁때 내가 그것을 보게 되었네. 나는 그걸 읽고 미소를 지었네. 왜 웃느냐고 로테가 묻더군.

나는 큰 소리로 말했네.

"상상력이란 하느님이 내려 주신 선물이군요. 나는 잠시, 이것이 나에게 보내지는 편지라고 상상해 봤거든요."

로테는 입을 다물어 버렸네. 기분이 언짢은 모양이더군. 나도 입을 다물고 잠자코 있을 수밖에 없었네.

9월 6일

결단을 내리기가 무척 힘들었지만 마침내 결심을 하고, 나는 로테와 처음 만나서 춤출 때 입었던 푸른 연미복을 벗어 버리기로 했네. 이젠 아주 낡아서 추레해졌거든. 그래서 깃이며 소매를 그것과 똑같이 해서 새로 한 벌 맞췄네. 그리고 곁들여서 노란 조끼와 바지도 같이 주문했네.

그런데 어쩐지 아직도 옷이 몸에 붙지를 않네. 하지만 시간이 흐르면, 차차 마음에 들게 되리라 생각하네.

9월 12일

알베르트를 마중하기 위해 로테는 며칠간 여행을 떠났네. 그런데 오늘 찾아가니, 로테가 여행에서 돌아와 나를 맞이해 주었네. 나는 기쁨에 넘쳐서 그녀의 손에 입을 맞췄지.

그때 카나리아 한 마리가 경대 위에서 날아와 로테의 어깨에 앉았다네. "새로운 친구예요" 하고 말하면서, 그녀는 새를 자기 손바닥 위에 앉혔네.

"아이들에게 선물로 주려고 해요. 무척 귀엽죠? 이것 보세요! 빵을 주면 날개를 파닥거리면서 얌전히 쪼아 먹어요. 저에게 키스도 해요. 이것 보세요!"

그녀가 입술을 내밀자, 새는 아주 귀엽게 고개를 갸우뚱거리며 그녀의 감미로운 입술에 부리를 갖다대더군. 자신이 누리고 있는 행복을 알기라도 하는 듯이 말일세.

로테는 "선생님께도 입을 맞추도록 시켜볼게요" 하고 말하면서 카나리아를 나에게 넘겨주었네.

그 조그만 부리가 로테의 입에서부터 내 입술로 옮겨왔네. 그

때 내 입술을 쪼아대던 그 감촉은 사랑이 넘쳐흐르는 환희의 입김과도 같았고, 또 어떤 예감과도 같은 것이었네.

"이 키스에는, 뭔가를 달라고 요구하는 듯한 느낌이 있군요. 먹이를 찾는 것 같아요. 응석을 부려도 아무것도 주지를 않으니까, 불만을 품고 그냥 뒤돌아서는 느낌이라고 할까……" 하고 내가 말했네.

로테는 "제 입으로 주는 모이를 잘 받아먹는답니다" 하고 말하면서, 빵 조각을 입에 물고 새에게 먹여 주었네. 천진난만한 사랑의 기쁨이 넘쳐흐르는 그 입술에 미소가 살짝 내려앉더군.

나는 그 모습을 보며 그만 외면하고 말았네. 그녀는 그런 짓을 하지 말았어야 했네! 그런 그림과 같은 모습, 천국의 순결함과 행복이 깃든 광경을 보면 내 상상력은 자극을 받지 않을 수 없거든. 생활에 대한 무관심으로 기껏 잠재운 내 마음을 다시금 흔들어 깨워놓는 일은 없어야 했는데 말이야.

그렇다고 로테가 못할 짓을 한 건 아닐세. 그녀는 그만큼 나를 신뢰하고 있는 거지! 내가 그녀를 얼마나 사랑하고 있는가를 잘 알고 있으면서 말일세!

9월 15일

빌헬름! 이 지상에서 값진 것을 분별하는 지각이나 감각을 갖지 못한 사람들이 있다는 생각을 하면 미칠 것만 같네.

성(聖) ○○의 독실한 목사를 찾아갔을 때, 내가 로테와 함께 호두나무 그늘에 앉아 있었던 일을 자네도 기억하고 있겠지? 그것은 참으로 근사한 나무였네! 언제나 그 나무는 내 마음을 기쁨으로 가득 채워 주곤 했었네! 그 나무가 있음으로 해서 목사관이 얼마나 친근하게 느껴졌는지 모른다네! 그 시원스러운 나무 그늘! 그 무성하고 멋들어진 가지들! 지난 일을 돌이켜 보면, 먼 옛날에 나무를 심었던 성실한 목사님들의 얘기까지 거슬러 올라가지 않을 수가 없네.

학교 선생님은 할아버지에게서 전해들은 어떤 목사님의 이름을 자주 우리에게 들려주곤 했네. 매우 훌륭한 분이었다고 하는데, 이 나무 아래에서 그 목사님을 생각할 때마다 나는 성스러운 기분에 사로잡히곤 했었네.

어제 이 나무들이 베어져 나갔다는 이야기가 화제가 되었을 때, 학교 선생님의 눈에는 눈물이 그득하였네. 베어 버리다니! 나는 미칠 것만 같네. 맨 처음에 도끼로 내려찍은 녀석을 죽여 버리고 싶을 정도라네. 가령 그중에서 한두 그루가 늙어서 말라 죽기만 해도 슬퍼서 견디지 못하는 내가, 이 일을 잠자코 보고 있어야만 하다니…….

친구여! 그런데 여기에 한 가지 재미있는 일이 있다네! 인간의 감정이란 참 묘한 걸세. 온 마을사람들이 불평을 하기 시작한 거야. 목사 부인이 버터나 달걀을 비롯한 그 밖의 진상품이 눈에 띄게 줄어든 것을 보고, 자기가 마을사람들에게 얼마나 큰 상처

를 주었는지를 깨달았으면 좋겠네. 나무를 베도록 한 장본인이 바로 그 여자거든.

새로 부임한 목사(예전의 노목사는 돌아가셨네)의 부인은 마르고 병약한 여잔데, 아무도 그녀에게 관심을 가져 주지 않아서인지 그녀 또한 세상을 차가운 시선으로 바라보았던 모양이더군. 게다가 그녀는 주제넘게도 학자가 되겠다고 성경 연구에 몰두하는가 하면, 한창 유행하는 도덕적·비판적 기독교 개혁에도 참여하고, 라파터(1741~1901, 취리히 태생의 열광적인 신학자)의 광신적인 신앙에 대해서는 어깨를 으쓱거리며 멸시하는 태도를 보였네. 그런데 건강이 몹시 나빠져, 하느님이 창조하신 이 지상에서 아무런 즐거움도 느낄 수 없게 되어 버린 거지. 참으로 어리석은 여잘세. 그런 여자니까 그 호두나무를 베어 버리게 할 수 있었던 것이 아니었겠나.

정말 어처구니없는 얘기지만, 그녀의 주장은 이렇다네. 낙엽이 지면 뜰이 지저분해지고, 잎이 무성할 때는 햇빛을 가리고, 호두가 열리면 아이들이 돌을 던지기 때문에 신경에 거슬려서 케니코트(1718~1821, 영국의 신학자)와 젬러(1725~1791, 종교 연구의 자유를 주장한 신학자) 그리고 미하엘리스(1717~1791, 신학자이며 동양학자)의 비교 연구를 할 수 없다는 걸세.

  마을 사람들, 그중에서도 특히 노인들이 무척 불만스러운 듯 보이기에 "할아버지들은 어째서 보고만 계셨나요?" 하고 내가 물어보았지. 그러자 "이 고장에선 촌장이 일단 하기로 마음먹으면 우리로서는 어쩔 도리가 없다네" 하고 대답하더군.

  그런데 한 가지 재미있는 사건이 생겼네. 촌장과 목사가 짜고 그 나무 판 돈을 둘이서 반반씩 나누어 갖기로 합의를 보았다고 하더군. 목사는 평소에 늘 묽은 수프만 끓여 주는 그 부인에게 넌더리가 날 지경이었는데, 이번에는 그녀의 변덕스러운 심술을 이용하여 한몫 챙기려고 했던 거지. 그런데 그런 내막이 소득 관리소에 알려지자, 관리소에서는 나무 판 돈을 납입하라고 통고를 한 모양일세.

  그럴 수밖에 없는 것이 호두나무가 서 있는 목사관 대지는 소유권이 아직까지도 관리소에 있었다고 하더군. 결국 그 호두나무는 관리소에 의해 경매에 붙여지고 말았다네.

  어쨌든 호두나무는 땅바닥에 쓰러져 있네. 아아, 내가 정말 영주(領主)라면……, 목사 부인이며 촌장이며 관리소를 모조리……. 영주라! 영주라면 영토 안에 있는 나무 따위에 신경 쓰고 있을 턱이 없겠지만…….

10월 10일

로테의 검은 눈을 바라보기만 해도 나는 행복해지네! 그런데 은근히 못마땅한 것은 알베르트가 그다지 행복해 보이지 않은 일일세 — 만일 — 나라면 — 이러하리라 — 생각했던 만큼은 말일세 — 이런 줄표 따위를 함부로 죽죽 긋는 짓을 하고 싶지는 않네. 하지만 달리 표현할 방법이 없지 않은가. 그러나 이것으로 충분히 의사 표시는 되었겠지.

10월 12일

오시안이 내 마음속에서 <호머>를 밀어내고 말았네. 이 영웅이 나를 끌어들이는 세계가 얼마나 굉장한지……! 나는 피어나는 안개와 어스름한 달빛 속에 싸여, 조상들의 혼령을 꾀어내는 비바람에 휘말리면서 끝없이 황야를 헤매며 돌아다녔네. 저 멀리 치닫는 산 너머에서 흘러내리는 시냇물 소리에 섞여, 동굴에서 새어나오는 망령들의 신음소리가 끊어질 듯 끊어질 듯 들려오더군. 그런가 하면 싸움터에서 용감하게 싸우다 죽어간 고결하고 용감한 애인을 애도하는 처녀의 통곡소리도 들려온다네. 그녀는 가장 사랑하는 사람이 고이 잠들어 있는, 잡초가 무성하게 덮이고 이끼가 낀 네 개의 묘석 언저리에서 구슬프게 울부짖고 있는 걸세.

이윽고 나는 유랑하는 백발의 음유시인의 모습을 눈앞에 떠올려본다네. 광막한 황야를 헤매면서 조상들의 발자취를 찾다가, 마침내 이곳에서 그 묘석을 찾아낸 그는 비탄에 잠긴 채 사납게 물결치는 바다 저 너머로 사라져가는 저녁별을 바라보네. 그의 가슴속에서는 용사들의 고난을 위로해 주듯이 햇볕이 따스하게 내리쬐고, 화환으로 장식된 배를 타고 개선하는 배를 달이 훤히 비춰 주던 지난날이 생생하게 되살아나고 있다네.

노인의 이마에는 깊은 고뇌의 자국이 아로새겨져 있네. 최후에 홀로 남은 이 영웅도 이제는 지칠 대로 지쳐서, 무덤을 향해 비틀거리며 걸어간다네. 그러나 이미 사라진 사람들의 떠도는 망령들 앞에서 새삼스럽게 걷잡을 수 없는 기쁨이 밀려오자, 차디찬 대지에서 바람에 나부끼는 무성한 풀밭을 내려다보며 이렇게 외친다네.

"나의 아름다웠던 시절을 아는 나그네들은 와서 물으리라. '그 노래하던, 핑갈의 훌륭한 아들은 지금 어디 있는가?' 하고. 그의 발자국은 나의 무덤 위를 지나갈 것이고, 이 땅에서 헛되게 나를 찾아 헤매고 다닐 것이다."

아아, 친구여! 나는 마치 충성스러운 무사처럼 칼을 빼어들고, 서서히 숨을 거두는 단말마의 고통에서 나의 영주 오시안을 벗어나게 해주고 싶네. 그리하여 자유를 얻은 신과 같은 이 사람의 뒤를 따라가고 싶네!

10월 19일

아아, 이 공허! 무서운 공허, 그것을 나는 이 가슴 깊이 느끼고 있네. '단 한 번, 단 한 번만이라도 그녀를 내 가슴에 안아볼 수 있다면…… 이 공허는 완전히 메워질 수 있을 텐데……' 하고 나는 가끔 생각하곤 하네.

10월 26일

친구여! 그렇다네. 한 인간의 존재란 참으로 보잘것없는 것이란 걸 나는 점점 더 확실히 느끼게 되네. 정말 보잘것없단 말이네. 여자친구 한 사람이 로테를 찾아왔었네. 나는 그 옆방으로 책을 가지러 갔었는데, 책읽기가 시들해져서 펜을 들고 긁적거리기 시작했네. 두 사람이 나직한 목소리로 주고받는 이야기가 들려오더군. 누가 결혼을 한다느니, 누구는 병이 들었는데 심상치 않다느니 하는 따위의 자질구레한 이야기였지.

"그분은 마른기침을 심하게 하고, 얼굴에는 뼈만 앙상하게 남은 데다 때때로 까무러치기까지 한대. 거의 가망이 없는 모양이야" 하고 친구가 말했네. 그러자 로테가 "N씨도 많이 아프다면서?" 하고 묻더군. 이어서 "부종이 심하다나 봐" 하고 친구가 대답하는 소리 등…….

이런 이야기를 듣고 있자, 나의 상상력이 활발하게 움직이기 시작했네. 나는 그 불행한 사람들의 병상을 머릿속에서 생생하게 떠올려 볼 수가 있었네. 그들은 이 세상을 등지게 되는 것을 얼마나 싫어하고 있는지 모른다네. 그들은 얼마나…….

빌헬름! 그러나 여자들은 아무렇지도 않게 이야기를 하고 있더군. 마치 전혀 얼굴도 모르는 사람이 죽었을 때처럼 그렇게 태연한 어조로 말일세.

나는 그 방을 둘러보았네. 로테의 옷가지며 알베르트의 서류 그리고 눈에 익은 가구 등을 바라보며 깊은 생각에 잠겨 보았네. 그것들은 모두가 나에게는 정든 물건들일세. 잉크병까지도……. 나는 생각에 잠겼네.

'잘 생각해 보아라. 너는 도대체 이 집에서 뭐란 말이냐? 두 사람 다 너의 친구이고, 너를 존경하고 있다. 너는 때때로 그들을 기쁘게 해준다. 그리고 너는 마음속으로 그들 없이는 살아갈 수 없을 것처럼 생각하고 있다. 그러나 막상 네가 그들 곁에서 떠나버린다면, 네가 없음으로 해서 오는 공허감을 언제까지 느낄 것인가? 과연 얼마나 오랫동안 그것을 느끼겠는가.'

아아, 인간이란 그지없이 덧없는 존재라네. 자기의 존재가 정말 확고한 것으로 여겨지는 곳에서도, 자기의 존재를 정말 확고하게 새겨놓을 수 있는 유일한 장소에서도, 또한 연인에 대한 추억이나 그 영혼 속에서조차도 인간은 흔적도 없이 사라져 버리고 마는 존재가 아니겠는가. 그것도 눈 깜짝할 사이에······.

10월 27일

어째서 사람들이 서로 이토록 냉랭할 수 있을까 하는 생각을 하면, 내 가슴을 찢어 버리고 머리통을 부숴 버리고 싶어지네. 아아, 사랑도 기쁨도 우정도 즐거움도, 내가 남들에게 베풀지 않으면 아무도 나에게 주지 않는 법이네. 그리고 진심으로 남을 행복하게 해주려 해도, 그림자처럼 냉담한 얼굴을 하고 힘없이 내 앞에 서 있는 사람에게는 별 도리가 없네.

(10월 27일) 저녁

내가 참으로 많은 것들을 가지고 있으나, 그녀를 그리워하는 마음이 모든 것을 집어 삼켜 버리네. 아무리 가진 것이 많더라도 그녀가 없으면 모든 것이 무(無)로 돌아간다네.

10월 30일

나는 벌써 수백 번은 더 그녀의 목을 끌어안고 싶었었네! 이토록 사랑스러운 사람이 눈앞에 어른거리고 있는데, 손을 뻗쳐 잡

아서는 안 된다니……. 안타까운 이 마음은 하느님만이 알걸세. 그것은 인간이 가진 가장 자연스런 충동이 아닌가. 아이들은 갖고 싶은 것이 눈에 띄면 붙잡으려고 얼른 손을 내밀지 않는가. 그런데 나는?

11월 3일

정말이지 다시는 깨어나지 않게 되기를 바라면서, 아니, 때로는 그렇게 되리라 믿으면서 잠자리에 들곤 하네. 그러나 아침이 되면 나는 다시 눈을 뜨고 햇빛을 보게 되고, 비참한 심정으로 낙심하곤 한다네. 아아, 차라리 마음이 삐딱해져서 모든 것을 날씨 탓으로, 제3자의 탓으로, 잘못된 계획 탓으로 돌릴 수 있다면 이 견딜 수 없는 울분의 짐이 절반으로 줄어들련만!

하지만 안타깝게도 모든 죄가 나 자신에게 있다는 것을 나는 너무나 똑똑히 알고 있네. 아니, 그건 죄라고 할 수는 없지. 하지만 모든 불행의 근원이 내 마음속에 숨어 있는 것은 사실 아닌가. 예전에 모든 행복의 원천이 내 마음속에 있었던 것처럼 말일세.

넘쳐흐르는 감정의 소용돌이 속에서 한 발짝 내디딜 때마다 천국이 뒤따르고, 온 세계를 넘치는 사랑으로 껴안을 수 있는 마음을 지니고 있던 나와 지금의 나는 같은 사람이 아니겠나? 그러나 이런 마음은 이제 죽어 버렸고, 내 마음에서는 어떤 감동도 솟아나지 않으며, 이미 눈물마저 말라 버렸네. 내 감각은 상쾌한 눈물로 오관을 소생시키는 일도 없을 뿐 아니라, 불안으로 말미암아 이마에 주름살만 나날이 늘어간다네.

내가 괴로워하는 것은 내 삶의 유일한 기쁨을 잃었기 때문일세. 내 주위의 온갖 세계를 창조해 내었던 그 힘, 성스러운 생명력이 사라져 버렸기 때문이 아니겠는가! 창문 밖으로 멀리 언덕을 바라보면, 아침 햇살이 언덕 너머로부터 안개 속을 뚫고 초원을 비추고 있네. 조용히 흐르는 시냇물은 잎이 다 져 버린 버드나무 사이를 누비며 나에게 다가오고 있네.

아아, 이렇게 아름다운 자연도 내 눈에는 마치 니스를 칠한 유화처럼 딱딱하게 엉겨 붙은 것으로 보일 따름이네. 그리하여 당연히 맛볼 수 있는 한 방울의 기쁨마저도 내 심장에서 뇌수로 전할 수가 없네.

그러다 보니 사내대장부가 말라 버린 샘, 물이 담기지 않은 물통처럼 하느님 앞에 서 있을 따름일세. 나는 몇 번이나 땅바닥에 엎드려, 내게 눈물을 내려달라고 하느님께 빌었는지 모르네. 마치 머리 위에서 태양이 쨍쨍 내리쬐어 대지가 메말라갈 때 농부들이 비를 갈구하듯이……. 아아, 그러나 나는 알고 있네. 우리들이 애타게 갈구한다고 해서 하느님이 비나 햇빛을 내려주시지는 않으리라는 것을.

되돌아보면, 괴롭기만 했던 그 시절이 어째서 그토록 행복하게 느껴지는 것일까! 그것은 내가 참을성 있게 하느님이 내려주시는 성령을 기다리고, 충심으로 감사하며 받아들였기 때문이 아닐까…….

11월 8일

로테가 나의 무절제한 생활을 충고해 주었네. 그러나 나무라는 그녀의 태도가 얼마나 사랑스러웠는지 모른다네. 포도주 한 잔에서 시작하여, 마침내는 한 병을 몽땅 비워 버리곤 하는 나의 무절제한 버릇을 그녀가 지적한 걸세.

"그렇게 하지 마세요. 제 생각도 좀 해주셔야죠!" 하고 그녀는 말했네.

"당신을 생각하라고요?" 하고 나는 반문하면서, 다음과 같이 덧붙였네.

"그런 말을 할 필요가 있을까요? 나는 생각하고 있습니다! 생각하고 있다 뿐이겠습니까? 아니, 생각하지 않습니다. 당신은 언제나 내 마음속에 있으니까요. 오늘도 나는 그때 당신이 마차에서 내렸던 바로 그곳에 앉아 있었답니다."

로테는 내가 더 이상 그런 소리를 하지 못하도록 화제를 다른 데로 돌리더군. 친구여! 이제 나는 내가 아닌 것이나 다름없네. 그녀는 나를 마음대로 할 수가 있다네.

11월 15일

빌헬름! 고맙네. 자네의 그 염려와 친절한 충고에 고마움을 표하네. 그러나 제발 걱정하지 말게나. 나는 끝내 버티어낼 테니까. 지치기는 했지만 아직 그만한 힘은 지니고 있다네.

자네도 알다시피, 나는 종교를 숭상하고 있네. 종교가 지쳐 있는 많은 사람들에게 지팡이가 되어 주며, 병들어 쇠약해져 있는 사람들에게 소생의 힘이 되어 준다는 사실을 나는 잘 알고 있네. 그러나 종교가 누구에게나 다 그런 작용을 할 수 있을까? 그리고 그렇게 해야만 되는 것일까? 이 세상에는 설교를 들었건 듣지 않았건 간에, 그런 작용을 받지 않은 사람이나 앞으로도 받지 못할 사람이 얼마든지 있을 걸세.

그런데 나에게 있어서는 종교가 어떤 역할을 하고 있을까? 하느님의 아들조차도 '내 아버지께서 보내 주지 아니하시면 누구든지 내게 올 수 없다'고 하지 않았던가. 그런데 만일 내가 하느님이 보낸 사람이 아니라면? 아버지이신 하느님께서 나를 자신의 곁에 매어 두시려 한다면?

부디 이 말을 오해하지는 말아 주게. 아무런 사심 없이 하고 있는 내 말 속에 조소가 깃들여 있는 것으로 생각하지는 말란 말일세. 나는 내 심경을 있는 그대로 자네에게 내보였을 뿐이니까. 그렇지 않다면 차라리 잠자코 있었을 걸세. 나 자신은 물론이고 남들도 알지 못하는 일에 대해 이렇다 저렇다 말하고 싶지 않다네.

결국 자기 분수를 견뎌내고, 자기 잔의 술을 남김없이 마셔 버리는 것이 인간의 운명이 아니겠는가? 이 잔은 인간의 모습으로 나타나신 하느님 아들의 입술에도 쓰디쓴 것이었는데, 내가 어찌 허세를 부리면서 그것이 달콤하다는 듯한 표정을 지을 수 있겠는가.

나라는 존재 자체가 삶과 죽음의 갈림길에 서서 전율하고, 과거가 번갯불처럼 어두운 미래의 심연 위에서 번쩍이고, 나를 둘러싼 온갖 것이 소멸되어 가면서 나와 더불어 몰락해 가는 이 두려운 순간에 내 어찌 부끄러워할 필요가 있겠는가.

'나의 하느님, 나의 하느님! 어찌하여 나를 버리시나이까?'라고 몸부림치며 안타깝게 외친 부르짖음이야말로 자기 자신밖에는 의지할 수가 없는 막다른 지경에까지 몰려서, 힘이 다하여 어찌하지도 못하고 몰락해 가는 인간의 목소리가 아니겠는가.

그런데 내가 그런 부르짖음을 부끄러워하면서 두려워할 필요는 없지 않은가. 하늘을 한 필의 옷감처럼 두르르 말아서 거둘 수 있는 하느님의 아들조차도 피할 수 없었던 순간이 아닌가.

11월 21일

로테는 그녀 스스로가 나와 그녀 자신을 파멸시키는 독약을 조제하고 있다는 것을 깨닫지도 못하고, 느끼지도 못하고 있다네. 그리고 나는 내 몸을 파멸로 이끄는 술잔을 입맛을 다시며 기꺼이 들이마시네. 다정스러운 그녀의 그 눈매, 나를 자주 — 자주라고? — 아니 자주라고는 할 수 없으나 어쩌다가 나를 빤히 쳐다보는 그 다정스러운 눈매와 무심결에 나타내는 내 마음을 받아들여 주는 그 호의, 그리고 나의 인고(忍苦)를 애처롭게 바라보는 마음이 그녀의 이마에 새겨지곤 하네. 이것들은 도대체 무엇을 의미하는 걸까?

어제 내가 돌아오려 할 때, 그녀는 나에게 손을 내밀며 이렇게 말했네.

"안녕히 가세요, 사랑하는 베르테르 씨."

사랑하는 베르테르! 그녀가 나를 '사랑하는'이란 수식어를 붙여서 부른 것은 처음일세. 골수에까지 스며드는 말이었네. 나는 그 말을 입 속으로 수백 번도 더 되풀이했지.

밤에 잠자리에 들면서도 중얼중얼 혼잣말을 지껄이고 있던 중에 "잘 자요, 사랑하는 베르테르 씨" 하는 말이 나도 모르게 튀어나왔네. 그러고는 혼자 웃고 말았네.

11월 22일

나는 '로테를 저에게 맡겨 주소서!' 하고 기도할 수는 없네. 그러나 가끔 그녀가 내 사람인 듯한 생각이 드는 걸 어쩌겠나. 그렇다고 '그녀를 제게 돌려주소서' 하고 기도할 수도 없지 않은가. 그녀는 이미 다른 남자의 사람이니까.

나는 지금 너무도 가슴이 쓰라린 나머지 궤변을 늘어놓고 있는 거라네. 이러다간, 명제와 대립명제의 끝없는 기도가 되풀이될 걸세.

11월 24일

그녀는 내가 얼마나 괴로워하고 있는지 알고 있네. 오늘따라 그녀의 눈매가 내 가슴속 밑바닥까지 꿰뚫어보고 있더군. 내가 그녀를 찾아갔을 때, 그녀는 혼자 있었네. 내가 아무 말도 하지 않자, 그녀가 물끄러미 나를 보았네.

나는 이제 여느 때처럼 그녀의 사랑스러운 아름다움이라든지 뛰어난 정신의 내면적인 광채를 보지 않네. 그런 것들은 모두 내 눈앞에서 자취를 감추었네. 그런 것보다도 훨씬 더 숭고한 그녀의 눈초리가 내 심혼을 꿰뚫고 있었으니까. 그 눈초리에는 깊은 동정과, 괴로움에 대한 안타깝고도 절실한 공감이 깃들여 있었네.

그때 나는 왜 그 발아래 꿇어 엎드리지 않았을까! 어째서 그녀의 목을 끌어안고 끝없는 키스를 퍼붓지 못했을까! 로테는 몸을 피하듯이 피아노 앞으로 가더니, 피아노를 치면서 나직하고 아름다운 목소리로 속삭이듯이 노래를 불렀네.

나는 그때처럼 매혹적인 그녀의 입술을 보았던 적이 없었네. 그 입술은 악기에서 흘러나오는 감미로운 멜로디를 들이마시는 듯 열려 있었으며, 그 나직한 반향만이 그 순결한 입술에서 메아리치는 것만 같았네. 그 모습을 그대로 자네에게 전해 줄 수 있으면 좋으련만!

나는 그만 견딜 수 없는 심정이 되어, 머리를 숙이고 이렇게 맹세했네.

'성스러운 입술이여, 하늘의 정령이 어려 있는 그 입술에 나는 결코 키스할 생각을 하지 않으리라.'

그러면서도 나는 결코 단념할 수가 없었네. 내 마음, 알겠는가? 아아, 이런 생각이 마치 장벽처럼 내 마음을 가로막고 있네. 더 이상 어찌할 수 없는 행복을 얻을 수만

있다면, 속죄하기 위해 파멸하는 것도 감내할 수 있을 텐데. 그런데 이것을 어찌 죄라고 할 수 있단 말인가?

11월 26일

때때로 나는 나 자신에게 이렇게 말한다네.
'너의 운명은 비참하기 이를 데 없다. 그러므로 다른 사람이 아무리 불행하다고 하더라도, 너보다는 행복하다고 할 수 있다. 너만큼 괴로움을 당한 사람은 일찍이 아무도 없었다.'

그리고 나서 옛 시인의 시 한 구절을 읽으면, 마치 내 마음속을 들여다보고 있는 듯한 느낌이 든다네. 나는 수많은 고난을 참고 견뎌야 하네! 아아, 나보다 더 비참한 인간이 예전에도 과연 있었을까?

11월 30일

나는 아무래도 평정을 되찾을 수가 없네. 어디를 가나 어처구니없는 사건에 맞닥뜨리게 되니 말일세. 오늘도! 아아, 운명이여! 인간이여!

점심때 물가를 따라 강기슭을 산책했네. 나는 요즘 입맛을 완전히 잃었네. 그리고 모든 것이 처량하게 느껴지기만 한다네. 산에서 습하고 차가운 서풍이 불고, 잿빛 비구름이 골짜기로 몰려들고 있었지. 멀리서 초록색의 허름한 옷을 입은 한 사나이가 바위 사이를 기어 다니는 것이 보였네. 약초라도 찾고 있는 것 같았네.

내가 다가가자 발소리를 듣고 뒤를 돌아다보았는데, 사람의 마음을 끄는 생김새였네. 얼굴에 깊은 슬픔이 어려 있었지만, 선량하고 정직한 인간미도 엿보이더군. 검은머리는 두 가닥으로 말아서 핀을 꽂았고, 나머지 머리는 굵게 땋아 등 뒤로 늘어뜨리고 있었네.

옷차림으로 미루어보아 신분이 낮아 보였으므로, 그가 하고 있는 일에 내가 관심을 보여도 언짢게 여기지 않을 듯싶어서 무엇을 찾고 있느냐고 물어보았지.

"꽃을 찾고 있습니다. 그런데 한 송이도 보이지 않는군요" 하고 대답하면서 한숨을 후우 내쉬더군.

"꽃이 있을 철이 아니니까요" 하고, 나는 웃으면서 말했지.

"꽃에는 여러 가지가 있답니다. 우리 집 뜰에는 장미와 인동덩굴 두 종류가 있죠. 그중 하나는 아버지가 주신 것인데, 둘 다 잡초처럼 우거졌습니다. 벌써 이틀째 그걸 찾고 있는데, 보이질 않는군요. 이 근처에는 언제나 꽃이 있었습니다. 노란 꽃, 파란 꽃, 빨간 꽃들이 말입니다. 그것 말고도 용담초에는 예쁜 꽃이 핀답니다. 그런데 하나도 보이지 않는군요" 하고 말하면서, 그는 내가 서 있는 쪽으로 내려왔네.

나는 그의 말투에서 약간 비정상적인 느낌이 들어서 슬쩍 돌려서 물어보았네.

"꽃을 따서 뭘 하려고 그러죠?"

그러자 얼굴을 일그러뜨리며 야릇하게 실룩거리는 듯한 미소를 짓더군.

"이건 아무에게도 이야기하면 안 되는데……. 저는 애인한테 꽃다발을 선물하기로 약속했거든요" 하고 말하면서, 그는 손가락을 입에 갖다대는 것이었어.

"그거 근사하군요" 하고 나는 말했지.

"제 애인은 다른 것은 얼마든지 갖고 있어요. 부자거든요."

"그래도 당신의 꽃다발은 기쁘게 받겠지요."

"아아! 그녀는 보석을 많이 갖고 있어요. 왕관도 갖고 있지요."

"그분의 이름은 뭡니까?"

"네덜란드 정부가 나에게 월급을 주었더라면, 저도 이렇게 되진 않았을 겁니다. 그래요, 옛날엔 좋았지요. 그땐 저도 행복했습니다! 이젠 글렀어요. 이제 저는……" 하고 그는 엉뚱한 말을 하더니, 하늘을 우러러보며 눈물을 짓는 모양이 모든 것을 말해 주고 있었네.

"그러면 그 전에는 행복했었군요?" 하고 나는 물었지.

"아아! 다시 그런 날이 오면 좋겠어요. 그 무렵엔 참으로 행복했었지요. 즐겁고 기뻤어요. 마치 물 속을 헤엄쳐 다니는 물고기처럼!"

마침 그때 "하인리히!" 하고 부르는 소리가 들리더니, 한 노파가 우리가 있는 쪽으로 다가왔네.

"하인리히, 여기 있었구나. 사방으로 찾아다녔다. 자, 가자. 밥 먹어야지."

"아드님인가요?" 하고, 나는 노파에게 다가서며 물었네.

"네, 제 불쌍한 자식이랍니다. 하느님께서 저에게 무거운 십자가를 지우신 거지요" 하고 할머니는 대답했네.

"이렇게 된 지가 얼마나 됐습니까?" 하고 나는 물었지.

"이렇게 얌전해진 지는 반년쯤 되었어요. 그 전에는 꼬박 1년 동안 어찌나 날뛰고 행패를 부렸는지, 정신병원에 가두어 사슬에 묶어놓았었지요. 지금은 행패를 부리지 않습니다. 다만 언제나 왕이 어떠니 황제가 어떠니 하는 소리만 한답니다. 원래는 온순하고 얌전한 아이였죠. 집안 살림도 도와주고 글씨도 잘 썼는데, 갑자기 생각이 많아지는 것 같더니 고열이 나면서 이상해지기 시작하더군요. 그랬다가 지금은 보시는 것처럼 이 모양이랍니다. 그 이야기를 하자면……."

나는 좀처럼 멈출 기미가 보이지 않는 그녀의 말을 가로막고 물었네.

"그렇게도 행복했었다, 즐거웠었다고 아드님이 자랑하던데, 그건 언제 얘긴가요?"

"실없는 소릴 또 했군요!" 하고 말하면서, 노파는 민망한 듯이 미소를 짓더군.

"완전히 정신이 돌았던 때의 얘기를 하고 있는 거랍니다. 언제나 그걸 자랑삼아 떠든답니다. 정신병원에서, 자기 자신이 어떻게 되었는지조차 전혀 알지 못하던 때의 이야기지요."

그 말은 벼락처럼 내 가슴에 충격을 주더군. 나는 노파의 손에 지폐를 한 장 쥐어 주고 얼른 그곳을 떠났다네.

'내가 행복했던 시절!' 하고 입 속으로 중얼거리면서 시내를 향해 황망히 걸음을 재촉했어.

'내가 물 속을 헤엄쳐 다니는 물고기처럼 행복하고 즐거웠던 시절!' — 하느님! 당신은 인간의 운명을 이성을 지니기 이전과 또 이성을 잃어버린 이후를 제외하고는 행복해질 수 없도록, 이렇게 정하여 놓으셨습니까?

가엾은 사나이여! 그래도 나는 그대의 슬픔과, 그대를 괴롭히는 정신착란이 부럽구나! 그대는 희망에 부풀어, 그대의 여왕을 위하여 한겨울에도 꽃을 따기 위해 헤매고 다니지 않는가. 그러고는 꽃이 하나도 보이지 않는다면서 한탄을 하지만, 어째서 꽃이 보이지 않는지는 모르고 있지 않은가.

그런데 나는 희망도 목적도 없이 훌쩍 떠났다가, 집을 나섰을 때와 똑같은 모습으로 돌아온단다. 그대는 네덜란드 정부에서 월급만 주었더라면 훌륭한 사람이 될 수 있었다고 상상하고 있는데 말이다.

행복한 사나이여! 그대는 행복해질 수 없는 까닭을 이 세상의 현실적인 장애 탓으로 돌릴 수 있지 않느냐. 그대는 깨닫지 못하고 있는 것이다. 그대가 비참하게 된 원인이 산산이 파괴된 그대

의 마음속에 있으며, 그대를 미치게 한 머릿속에 있음을……. 그리고 지상의 어떤 권력으로도 그대를 거기서 구해 낼 수 없음을 깨닫지 못하고 있지 않느냐.

몸의 병을 고치기 위하여 약효가 있다는 먼 온천장으로 여행을 갔다가 도리어 병이 악화되어 괴로워하는 사람을 비웃는 인간이나, 양심의 가책에서 벗어나고 마음의 고뇌를 없애려고 그리스도의 무덤을 찾아 순례의 길을 떠나는 사람을 멸시할 수 있는 인간은 위안도 받지 못한 채 죽어 마땅하다고 생각하네.

길도 없는 길을 걷다가 발바닥에 상처를 입을지라도, 그 한 발짝 한 발짝이 괴로워하는 영혼에게 있어서는 한 방울의 진통제가 되는 걸세. 고달픈 여행의 하루하루를 참고 견뎌낼 때마다 가슴속의 무거운 짐은 그만큼 가벼워지고, 마음은 그만큼 평온해지네.

푹신한 소파에 앉아서 공론을 일삼는 자들이여! 과연 그대들은 이것을 망상이라 부를 권리가 있는가? 망상! 아아, 하느님! 저의 눈물을 보소서! 당신은 인간을 이토록 가난하게 만드셨으면서, 어찌하여 이 보잘것없는 인간이 당신에게 품고 있는 쥐꼬리만한 신뢰마저도 앗아가려는 동포들을 우리에게 덤으로 주셨나이까?

만물을 사랑하시는 하느님! 병을 고쳐 주는 약초를 믿으며, 뚝뚝 떨어져 내리는 포도즙의 효험을 믿는 그 마음이야말로 당신께로 향한 믿음이 아니고 무엇이겠습니까. 우리를 둘러싸고 있는 만물 속에, 우리가 시시때때로 필요로 하는 병을 낫게 하는 힘이 감춰져 있다는 것을 믿는 것이 아니고 무엇이겠습니까?

정체를 알 수 없는 하느님 아버지시여! 한때는 당신께서 제 영혼을 온통 충만케 해주시더니, 지금은 저를 철저하게 외면해 버리셨습니다. 부디 저를 당신 곁으로 불러 주십시오. 이 이상 더 침묵하지 마십시오! 당신의 침묵은 갈망하는 이 영혼을 견딜 수 없게 합니다.

그리고 생각지도 않던 아들이 뜻밖에 여행에서 돌아와 아버지의 목에 매달렸을 때 인간으로서, 더욱이 아버지로서 화를 낼 수가 있겠습니까? 그 아들은 이렇게 외칩니다.

"아버지, 제가 돌아왔습니다. 노여워하지 말아 주십시오. 아버지의 뜻을 받들어 좀 더 오래 참고 견디면서 계속했어야 할 여행을 중도에서 그만두고 돌아왔습니다. 세상은 어디를 가나 마찬가지입니다. 고생을 하고 일을 하면 보수와 기쁨을 얻을 수 있습니다. 하지만 그것이 저에게 무슨 의미가 있겠습니까? 저는 아버지가 계시는 곳이 가장 좋습니다. 아버지가 보시는 곳에서 괴로워도 하고 즐거움도 맛보고 싶습니다."

아버지시여, 하늘에 계신 아버지시여! 당신께서는 이 아들을 물리치시겠습니까?

12월 1일

빌헬름! 내가 얼마 전에 편지로 이야기했던 그 남자, 그 행복하고도 불행한 그 남자는 로테의 아버지 밑에서 일하던 서기였다네. 로테를 사모하며 그것을 남몰래 가슴속에 간직하고 있었는데, 마침내 그것을 고백했다가 그 때문에 해고당했다는 걸세. 가슴속에서 불타던 정열이 이 사나이를 미치게 한 거지.

그 이야기를 듣고 내가 얼마나 심한 충격을 받았겠는가를, 이 덤덤한 편지를 읽고 헤아려 주기 바라네. 알베르트는 태연스럽게 이 이야기를 나에게 들려주었네. 아마 자네도 그렇게 태연스레 이 글을 읽어나갈 테지……

12월 4일

부디 이 심정을 헤아려 주게. 나는 이제 글렀어. 이 이상 더 견딜 수가 없네! 오늘 나는 그녀 곁에 앉아 있었네. 그녀는 피아노를 치고 있었지. 다양한 멜로디에 온갖 감정이 담겨서 넘쳐흘렀네! 정말 온갖 감정이 다 담겼었네!

자네는 어떻게 생각하는가? 그녀의 어린 여동생이 내 무릎 위에 앉아서 인형에게 옷을 입히고 있었네. 나는 눈물이 날 것만 같았네. 고개를 숙였더니 로테의 결혼반지가 눈에 띄더군. 눈물이 왈칵 솟구쳐 올랐네.

그때 그녀가 그 그리운, 황홀한 멜로디를 치기 시작했네. 그것은 참으로 돌발적인 일이었지. 어떤 위로의 손길이 내 마음을 구석구석 어루만져 주는 듯했네. 그와 동시에 지나간 날들의 추억이 내 마음속에서 마구 소용돌이치더군.

예전에 이 곡을 들었을 무렵의 일이며, 로테 곁을 떠나 있으면서 우울하게 지냈던 생각들, 울화가 치밀었던 일, 수포로 돌아가 버린 희망에 대한 추억에 사로잡혀 나는 방 안을 이리저리 걸어 다녔네. 복받쳐 오르는 감회에 숨이 막힐 지경이었네.

나는 격렬한 감정을 견디지 못하고 로테 곁으로 다가가서 말했지.

"제발 그만두십시오!"

로테는 피아노를 치던 손을 멈추고 나를 빤히 쳐다보았네. "베르테르 씨" 하고 그녀는 미소를 지으며 나직한 목소리로 나에게 말했다네. 그 아름다운 미소는 내 마음속에 고스란히 스며들었지.

"베르테르 씨, 몸이 편찮으신 모양이군요. 그렇게 좋아하시던 곡이 귀에 거슬리는 걸 보면……. 그만 돌아가시도록 하세요. 그리고 제발 마음을 진정시키세요."

나는 그 자리를 뿌리치고 밖으로 나와 버렸네. 오오, 하느님! 당신께서는 제 비참한 모습을 보고 계시겠죠. 어서 이 불행이 끝나게 해주십시오.

12월 6일

어디를 가나 그녀의 모습이 나를 따라다니네! 자나 깨나 그 모습이 내 마음속을 온통 차지하고 있네! 눈을 감으면, 마음의 눈길이 쏠리는 머릿속에 그녀의 검은 눈동자가 나타나네. 바로 여기에! 딱 들어맞는 표현을 할 수가 없군. 어쨌든 눈을 감으면 나타나는 걸세. 바다와도 같이, 혹은 심연과도 같이 그것은 내 앞에, 아니, 내 속에 조용히 깃들어서 내 마음을 충만케 해준다네.

반신(半神)이라 일컬어지는 인간의 모습을 보게나! 가장 힘을 필요로 하는 바로 그 순간에 힘이 빠져 버리니 말일세. 기쁨에 겨워 날뛸 때도, 슬픔의 구렁텅이에 빠져들 때도, 바야흐로 절대자의 넓은 품속으로 녹아 들어가 버리고 싶어지는 그 순간에, 언제나 덜미를 잡혀 둔하고 차가운 의식 속으로 다시 끌려오고 말지 않는가?

제3부
엮은이가 독자에게

우리의 친구 베르테르가 세상을 떠나기 전 며칠 동안 겪은 특기할 만한 일에 대해서, 될 수 있는 대로 자필 기록이 많이 남아 있었으면 하고 간절히 바랐습니다. 그것은 편자(編者)인 본인의 서술에 의해 그의 편지가 중단되는 일을 피하고 싶었기 때문입니다.

 나는 그의 신상에 관해서 잘 알 만한 사람들을 통해 상세한 이야기를 모아 보려고 애썼습니다. 신상에 관한 것은 매우 간단하여, 사소한 몇 가지 점을 제외하고는 모두가 이구동성으로 일치했습니다. 다만 관계자의 심리 상태에 대해서는 의견이 분분했습니다.

 이에 우리가 취한 태도는, 되도록 얻어들은 이야기를 그대로 전하고, 고인(故人)이 남기고 간 편지를 사이사이에 삽입하고, 또 아무리 몇 줄 안 되는 쪽지라도 소홀히 다루지 않는 것이었습니다. 대수롭지 않은 행위라 할지라도 비범한 사람의 경우에는 그 진정한 동기를 찾아내기가 매우 어려운 만큼, 더욱 그렇게 할 수밖에 없었습니다.

　베르테르의 가슴속에는 많은 불만과 이에 따르는 불쾌감이 점점 깊이 뿌리를 박고, 서로 얽히고설켜서 차츰 그의 존재 전체를 사로잡고 말았습니다. 때문에 그의 정신은 조화를 잃고, 흥분과 격정은 타고난 천성을 혼란에 빠뜨려 뒤죽박죽됨으로써 마침내는 일종의 허탈 상태에 빠져들었습니다.

　그는 이러한 허탈 상태에서 벗어나려고 무척 애를 썼지만, 가슴 깊이 자리한 불안감은 그의 정신력과 예민한 감수성까지도 좀먹어 들어갔던 것입니다. 그리하여 다른 사람들과 어울리면서도 곧잘 쓸쓸한 표정을 지었고, 자기가 불행한 신세라고 생각함에 따라 지나치게 고집을 부리거나 부당하게 행동하는 일도 많았다고 합니다. 알베르트의 친구들은 한결같이 그렇게 말하고 있습니다.

　그들의 말에 따르면, 알베르트는 고결하고 조용한 성품의 소유자로서 오랫동안 갈구해 오던 행복을 손에 넣은 다음에도 그 행복을 오래도록 고이 간직해 나아가기를 원했는데, 베르테르는 그의 인격과 태도를 정당하게 평가하지 못했다고 합니다. 베르테르는 자기의 전 재산을 탕진해 버리고 저녁때가 되면 궁색해 하면서 괴로워했다는 것입니다.

　반면, 알베르트는 단시일 내에 성격이 변하는 사람이 아니라, 언제나 베르테르가 존경해 마지않던 한결같은 사람이었다고 합니다. 또한 누구보다도 로테를 사랑했으며, 그녀를 자랑스럽게 여겨 누구에게나 훌륭한 여성으로 인정받기를 원했다는 것입니다. 그러한 사실을 상기해 볼 때, 조금이라도 아내가 미심쩍어하면 해명하려 했다 해서, 또 지극히 단순한 방법이긴 하지만 그 소중한 보물을 누구하고도 나눠 갖기를 꺼려했다 해서, 그것을 탓할 수는 없을 것입니다.

뿐만 아니라 그들은, 베르테르가 로테와 함께 있으면 알베르트가 곧 아내의 방에서 나오곤 했다는 사실을 인정합니다. 그것은 어디까지나 친구인 베르테르에 대한 반감이나 미움 때문이 아니라, 자기가 그 자리에 있으면 베르테르가 조금이라도 불편해할까 봐 취한 태도라는 것입니다.

로테의 아버지가 병석에 누워 있었기 때문에, 어느 날 로테를 데려오라고 그녀의 집으로 마차를 보냈습니다. 로테는 그 마차를 타고 아버지께 갔습니다. 아름다운 겨울날이었는데, 눈이 많이 내려서 그 일대가 눈에 뒤덮여 있었습니다.

베르테르는 이튿날 아침에 로테를 뒤쫓아 갔습니다. 만일 알베르트가 그녀를 데리러오지 않으면 자기가 로테를 그녀의 집까지 데려다 줄 생각이었습니다.

하지만 활짝 개인 날씨도 베르테르의 가라앉은 기분을 바꾸지는 못했습니다. 그는 일종의 압박감에 시달렸으며, 슬픈 그림자 같은 것이 그의 마음속에서 항상 떠나지 않고 있었습니다. 그의 마음은 비통한 상념을 떨쳐내지 못한 채 끊임없이 괴로움에 시달렸습니다.

베르테르는 언제나 끝없는 불만 속에서 지내왔기 때문인지, 다른 사람들의 삶도 혼란스럽고 위태로운 상태에 놓여 있다고 생각하는 경향이 있었습니다. 또한 그는 알베르트와 로테의 원만한 부부 사이를 자기가 파괴했다고 생각했기 때문에 자책하며 괴로워했습니다. 한편 이러한 자책 속에는 알베르트에 대한 어렴풋한 반감도 섞여 있었던 것입니다.

그는 이번에도 길을 가면서, 이에 대한 생각을 잊지 않았습니다. '그래, 그렇지' 하고, 그는 몰래 이를 갈며 입 속으로 중얼거렸습니다.

'아무렴, 그렇지. 그것을 정답고 친절하며, 어떤 일이라도 터놓고 지내는 사이라고 할 수 있을까? 따뜻한 분위기 속에서 신의를 지키는 영속적인 관계라고 할 수 있을까?

천만에! 그것은 권태감과 무관심일 뿐이다. 그는 그 훌륭하고 소중한 아내보다는 보잘것없는 일들에 더 마음을 쏟고 있지 않은가? 그는 자기가 누리고 있는 행복을 정당하게 평가하고 있을까? 그는 그녀가 지닌 값어치에 합당하게 그녀를 존경하고 있는가? 그런데도 그는 그녀를 차지하고 있다. 그래, 그는 그녀를 소유하고 있는 것이다. 그것은 더 말할 필요도 없는 사실이다. 그럼에도 불구하고 그런 생각을 하면 미칠 것만 같다.

또한 그는 나에게 아직도 우정을 느끼고 있을까? 내가 그녀를 좋아한다고 해서, 자기 권리가 침해당한 것으로 생각하는 것은 아닐까? 그녀에 대한 나의 관심을, 자기에 대한 무언의 공격이라고 여기지는 않을까? 나는 잘 알고 있다. 나는 그것을 분명히 느끼고 있다. 그는 나와 만나기를 꺼려한다. 나라는 존재가 눈에 거슬리는 것이다.'

베르테르는 길을 걸으면서도 몇 번이나 걸음을 멈추는가 하면, 때로는 오던 길을 되돌아가려고도 하는 것 같았습니다. 그러나 그는 그럴 때마다 발걸음을 앞으로 내딛고는 깊은 생각에 잠기기도 하고 혼잣말을 중얼거리기도 하면서, 어느덧 로테의 아버지가 묵고 있는 수렵 별장에 도착한 것입니다.

집안에 들어선 그는 노인과 로테의 안부를 물었습니다. 그런데 웬일인지 집안 분위기가 어수선해 보였습니다. 큰아들의 말에 의하면, 발하임에서 농부 한 사람이 타살을 당한 불상사가 일어났다는 것이었습니다.

그러나 그 소식은 베르테르에게 별로 큰 자극을 주지 못했습니다. 그가 방문을 열고 들어서자, 로테는 노인을 열심히 설득하고 있었습니다. 노인은 몸이 불편한데도 불구하고 범행을 조사하기 위해 현장에 가보겠다는 것이었습니다. 범인은 아직 밝혀지지 않았지만, 피살자는 어느 미망인의 머슴이라는 것이 밝혀졌습니다. 그녀는 전에 다른 머슴을 데리고 있었는데, 그 사람이 해고당했을 때 불만을 품고 집을 나갔다는 등의 소문이 무성했습니다.

이런 이야기를 들은 베르테르는 그 자리에서 펄쩍 뛰면서 큰 소리로 외쳤습니다.

"정말입니까? 곧 가봐야겠군요. 한시도 머뭇거릴 수 없는 일입니다."

그는 발하임을 향해 급히 발길을 재촉했습니다. 도중에 그는 옛 추억이 하나하나 되살아났습니다. 그는 자기가 전에 자주 이야기를 나누면서 친근하게 느꼈던 그 머슴이 일을 저질렀다고 단정했던 것입니다.

시체가 놓여 있는 주막으로 가려면 보리수 사이를 지나가야 하는데, 예전에는 그렇게 정답게 느껴지던 그곳이 어쩐지 서먹하면서 무섭기까지 했습니다. 근처에 사는 어린애들이 곧잘 놀던 그 문지방도 피로 물들어 있었습니다. 인간의 가장 아름다운 감정이라고 할 수 있는 사랑과 성실이 폭력과 살인으로 돌변한 것입니다.

커다란 보리수는 잎이 다 떨어지고, 서리가 내려앉아 있었습니다. 묘지의 야트막한 담을 에워싸서 무성한 울타리를 이루고 있던 아름다운 나무들이 잎사귀가 떨어져 벌거숭이가 되었기 때문에 그 사이로 눈 덮인 비석이 내다보였습니다.

주막 앞에는 마을사람들이 모여 웅성거리고 있었는데, 베르테르가 다가가자 갑자기 고함 소리가 들렸습니다. 무장한 경관의 무리가 오고 있는 것이 멀찌감치 보였던 것입니다. 범인이 잡힌 것을 보고 모두들 야단법석이었습니다.

베르테르는 그리로 머리를 돌렸습니다. 역시 예측이 들어맞았습니다. 범인은 바로 그 과부를 남모르게 끔찍이 사랑하던 머슴이었던 것입니다. 베르테르는 얼마 전에도 가슴속에 쌓인 분노와 절망을 어찌하지 못하고 여기저기 헤매고 다니던 그를 만난 적이 있었습니다.

베르테르는 "이 사람아, 왜 그런 짓을 저질렀나! 정말 딱한 사람이군" 하고 소리치면서 붙잡혀 온 머슴에게로 달려갔습니다. 그 머슴은 베르테르를 잠자코 바라보더니, 침착한 어조로 이렇게 말했습니다.

"아무도 그 여자를 차지하지 못할 겁니다. 절대로 아무도 차지하지 못합니다."

머슴이 주막 안으로 끌려 들어가자, 베르테르는 곧 그곳을 떠나고 말았습니다. 충격으로 말미암아 그의 마음이 송두리째 흔들리면서 뒤죽박죽되었습니다. 그리하여 한동안이나마 자신의 슬픔과 불만, 자포자기에서 벗어날 수 있었습니다.

이어서 그 남자가 참을 수 없을 정도로 불쌍하게 느껴져서, 그 남자를 구해 주어야겠다고 마음먹었습니다. 베르테르는 그 남자가 가엾기도 하지만, 혹시 그가 범인이라고 하더라도 죄가 없다고 생각되었습니다. 그리고 입장을 바꿔서 자기의 처지를 생각해 봤기 때문에 다른 사람들에게도 그렇게 설득할 수 있다고 믿었습니다.

 그는 이 남자를 변호하고 싶었습니다. 열렬한 변론이 입에서 이미 맴돌고 있었습니다. 그는 수렵 별장을 향해 급히 걸어가면서도, 법무관 앞에서 할 이야기를 입 속으로 되뇌고 있었던 것입니다.

 방에 들어가 보니 알베르트가 와 있었습니다. 그를 보자 베르테르는 불쾌하기 짝이 없었지만, 마음을 가라앉히고 법무관에게 자기 의견을 말했습니다. 베르테르의 이야기를 한참 듣고 있던 법무관은 머리를 옆으로 두서너 번 흔들었습니다. 베르테르가 그 남자를 옹호하는 데 필요한 온갖 어휘를 총동원하여 소신을 피력하였지만, 결코 법무관을 설득시킬 수는 없었습니다.

 설득은커녕, 법무관은 베르테르의 말이 끝나기도 전에 반박하기 시작했습니다. 그렇게 살인자를 옹호하다니 될 말이냐고 책망까지 하면서, 베르테르의 말을 인정한다면 모든 법률은 무효가 되고 말 것이며 국가의 질서는 완전히 파괴되어 버린다고 덧붙였습니다. 또한 이런 일에 대해 어떤 조치를 취하든지 간에, 자기는 최고 책임자로서 모든 일을 규칙대로 질서정연하게 처리하는 것을 명심해야 된다고 했습니다.

 베르테르는 굽히지 않고, 혹시 그 남자가 도망치도록 도와주는 사람이 있더라도 너그럽게 봐달라고 법무관에게 거듭 간청했습니다. 그러나 법무관은 그 간청마저 거절했습니다. 마침내 알베르트마저 나서면서 법무관의 편을 들기 시작했습니다.

베르테르는 결국 두 사람의 완강함에 밀려 주저앉아야만 했습니다. 법무관이 "안 될 말이야. 그런 사람을 살려둘 수는 없어" 하고 잘라 말하자, 베르테르는 말할 수 없이 괴로운 표정을 지으며 그곳을 떠났습니다.

법무관의 이 말이 베르테르에게 얼마나 큰 충격을 주었는지 모릅니다. 그것은 그의 서류 속에 들어 있는 쪽지 한 장을 통해서도 충분히 짐작할 수 있습니다. 이 쪽지는 분명히 그날 쓴 것으로 보입니다.

'불쌍한 인간이여! 그대는 끝내 구원받을 수 없다. 나는 알고 있다. 우리는 똑같이 구원받지 못한다는 것을······.'

알베르트가 법무관 앞에서 범인에 대해 진술한 말은 베르테르를 몹시 불쾌하게 만들었습니다. 그 말 가운데는 자신에 대한 반감이 담겨 있다고 느껴졌기 때문입니다.

물론, 명석한 베르테르가 곰곰이 생각해 보았다면, 법무관과 알베르트의 말이 틀리지 않았음을 모르지 않았을 것입니다. 하지만 그들의 견해를 인정한다면, 자신의 존재는 물론이고 자신이 중요하다고 여기는 모든 가치를 송두리째 부정해야만 된다고 여겼던 것입니다.

이와 관련된 쪽지도 그가 남겨놓은 서류 속에서 발견되었는데, 그것을 보면 베르테르와 알베르트와의 관계가 어떠했는지를 짐작할 수 있습니다.

'그는 훌륭하고 착한 사람이다. 그러나 이런 말을 새삼 되풀이해봤자 무슨 소용이 있겠는가! 다만 나의 오장육부를 쥐어뜯을 따름이다. 나는 결코 공정한 입장에 설 수도 없다.'

어느 겨울날 저녁, 눈이 녹기 시작한 포근한 날씨라 로테는 남편과 함께 걸어서 집에 돌아왔습니다. 도중에 그녀는 가끔 뒤를 돌아보았는데, 아마 베르테르가 동행하지 않는 것을 서운해하는 것 같았습니다.

남편은 베르테르의 이야기를 끄집어내고는, 공평한 태도를 보이기는 했지만 그를 비난했습니다. 베르테르의 불행한 정열에 대해서 언급하면서, 되도록 그와 멀리하고 싶다고 말했습니다.

"나는 우리 두 사람을 위해서도 그렇게 되기를 바라오" 하고 입을 뗀 그는 "제발 부탁이오. 당신에 대한 그의 태도가 바뀌도록 주의를 줘요. 집으로 너무 자주 찾아오지 않도록 말이오. 남들의 눈도 있지 않소? 벌써 여기저기 소문이 파다하게 나돌기 시작했더군"이라고 말했습니다.

로테는 잠자코 듣고만 있었습니다. 알베르트는 이런 아내의 침묵이 마음에 걸렸던지, 그 후로는 아내에게 베르테르의 이야기를 하는 일이 없었습니다. 그리고 간혹 아내가 베르테르의 이야기를 하게 되면, 애써 침묵을 지키거나 화제를 슬그머니 다른 데로 돌려 버리곤 했습니다.

베르테르가 그 불쌍한 남자를 구해 보려고 기울인 온갖 노력은 마치 꺼져가는 등불의 마지막 불꽃과도 같았습니다. 그는 날로 고뇌와 절망 속에 빠져 들어갈 따름이었습니다. 게다가 범인 자신이 범행을 완강하게 부인하고 있었기 때문에, 경우에 따라서는 베르테르 자신이 범인을 옹호하는 증인으로 소환될지도 모른다는 말을 듣고서는 거의 실신할 지경이었습니다.

여태까지 베르테르가 외부에서 활동하면서 겪었던 많은 불쾌한 일들 — 공사관에서 공사와의 불화로 인해 화가 났던 일, 지금까지 저지른 많은 과오, 마음을 상하게 했던 여러 가지 모욕 등이 그의 머릿속을 스쳐 지나갔습니다.

그는 이 모든 일들을 겪었기 때문에 자신이 마음을 잡지 못하고 세월만 허송한 것이라고 생각했습니다. 앞날에 대해 희망을 가질 수 없었고, 무엇인가 일을 하려 해도 좀처럼 실마리가 풀리지 않았습니다. 때문에 그는 자기의 변덕스런 감정이나 사고방식 그리고 끝없는 정열에 몸을 맡긴 채, 사랑하는 여자와의 슬픈 관계를 무기력하게 지속시켰습니다.

그러다가 드디어는 그녀의 안정된 생활마저 해치는가 하면, 희망도 목적도 없는 일에 무리하게 정력을 소모함으로써 날로 비참한 종말을 향해 한 걸음씩 다가가고 있었던 것입니다.

그의 정신적 혼란과 정열, 그칠 줄 모르는 몸부림과 끈질긴 노력, 삶에 대한 권태, 이 모든 것에 대해서는 그가 남긴 몇 통의 편지가 가장 유력한 증거가 될 터이므로 여기에서 그것을 소개하려고 합니다.

12월 12일

 사랑하는 빌헬름! 나는 지금, 악령이 씌었다고 여겨졌던 그 불행한 사람들과 똑같은 위기에 놓여 있다네. 때때로 뭔가가 나를 강하게 엄습해 오는데, 그것은 불안도 아니고 욕망도 아닐세. 그것은 내 가슴을 쥐어뜯고, 내 목을 조르면서 나를 위협하는 내적 광란이라네. 아아, 너무나 괴롭다네! 정말이지 견딜 수가 없을 지경이라네. 나는 인간에게 적의를 품고 있는 무서운 암흑 속을 정처 없이 헤매고 있다네.

 어젯밤에도 나는 밖으로 나가지 않고는 견딜 수가 없었네. 갑자기 눈이 녹아내리는 온화한 날씨로 바뀐 탓인지, 강물이 범람했다는 소리를 들었거든. 강마다 물이 넘치고, 발하임의 아래쪽에 있는 내가 좋아했던 골짜기가 물에 잠겼다는 거야.

 밤 열한 시가 지나서 나는 집을 뛰쳐나왔네. 눈앞에는 어마어마한 광경이 펼쳐져 있었네. 바위 위에 서서 내려다보니까, 달빛 속에서 사나운 물줄기가 쏟아져 내렸네. 밭도 목장도 산울타리도 그 모습을 감추었고, 넓은 골짜기는 마구 몰아치는 폭풍 속에서 거세게 물결치는 바다로 변해 있었네! 이윽고 검은 구름 속에 숨었던 달이 다시 얼굴을 내밀자, 물결은 섬뜩할 정도로 아름답

게 빛을 반사하면서 저 먼 곳을 향해 요란한 소리를 내며 흘러가더군. 그 순간 알 수 없는 전율이 나는 휘감는가 싶더니 억제할 수 없는 그리움이 나를 엄습했네.

아아! 나는 두 팔을 벌리고 심연을 향해 선 채 깊이깊이 숨을 들이쉬었네. 그리고 이 괴로움, 이 번뇌를 저 아래로 집어던지고, 성난 파도처럼 휩쓸려 내려가는 환희에 잠겨 나는 넋을 잃고 있었네.

아아, 그러나 나는 땅에서 발을 뗌으로써 모든 고통을 한 순간에 끝내 버릴 수는 없었네. 내 운명의 시계는 아직도 돌아가고 있네. 나는 그것을 절실히 느끼고 있네. 아아, 빌헬름! 저 폭풍우로 구름을 갈기갈기 찢어 대홍수를 일으킬 수만 있다면, 나는 나의 인간으로서의 내 생명을 기꺼이 내던지고 싶었네. 아, 그런 큰 환희는 얽매인 몸에는 결코 주어지지 않는 것인가?

어느 무더운 날 산책을 나갔다가, 로테와 함께 쉬었던 그 그리운 버드나무 아래를 내려다보았네. 그곳도 물에 잠겨서 버드나무조차도 알아볼 수 없을 정도였네.

'로테네 목장, 로테의 집 주위는 어떻게 되었을까. 우리의 정자는 격류에 휩쓸려 볼품없이 허물어져 버렸겠지' 하는 생각들을 했었네. 마치 감옥에 갇힌 죄수들이 자기 집의 가축 떼와 목장, 영달하는 꿈을 꾸는 것처럼, 지나간 날들의 햇살이 내 마음속에 비쳐들었네. 나는 한동안을 그 자리에 그대로 서 있었네!

나는 이제 나 자신을 탓하지 않네. 죽을 각오가 되어 있기 때문이네. 나는 이를테면…… 지금 나는 여기 이렇게 — 기쁨도 즐거움도 없는 인생이지만, 한순간이라도 더 연장시켜 편히 지내보려고 남의 집 울타리에서 땔나무를 긁어모으고 집집마다 돌아다니며 빵을 구걸하는 노파처럼 — 이 자리에 앉아 있네.

12월 14일

친구여! 이게 도대체 어떻게 된 일일까. 나는 나 자신에 대해 놀라고 있네. 로테에 대한 나의 사랑은 더없이 성스럽고 순수한, 남매간의 우애 같은 것이 아니었던가? 일찍이 단 한 번이라도 내 가슴에 죄가 될 만한 소망을 품은 적이 있었던가? 단언하지는 않겠네.

그런데 지난밤에 꿈을 꾸었어. 아아, 이토록 모순된 갖가지 작용을 불가사의한 힘의 조화로 돌려 버린 사람들의 느낌은 얼마나 올바른 것이었던가! 어젯밤의 꿈을 이야기하려고만 해도 몸이 떨리네.

나는 그녀를 내 가슴에 꽉 껴안은 채, 사랑을 속삭이는 그녀의 입술에 끝없는 키스를 퍼부었네. 나의 눈은 그녀의 황홀해진 눈 속에 어리어 있었네.

하느님! 지금도 내가 그 벅찬 환희를 설레는 마음으로 되살리면서 형언할 수 없는 행복에 잠겨 있다면, 벌을 받아야 합니까? 로테! 로테, 나는 이제 막바지에 다다른 것 같소.

감각이 혼란에 빠져 갈팡질팡하는 상태에서 벌써 일주일 동안이나 사고력을 상실하고 있네. 눈에는 언제나 눈물이 가득 고여 있고, 어디를 가도 즐겁지가 않네. 그래서 어디에 있어도 상관이 없네. 아무것도 바라는 것이 없으니, 이제 나는 떠나는 것이 좋을 듯싶네.

이런 상황 속에서, 이 세상을 하직하려는 베르테르의 결심이 가슴속에서 점점 더 굳어져 갔습니다. 로테의 곁으로 돌아온 이후로, 죽음은 언제나 그의 최후의 기대이자 희망이었습니다. 그러나 그는 스스로를 타이르고 있었습니다. '지나치게 성급하게 굴거나 경솔한 행동은 삼가야 한다. 확신을 갖고 냉철하게 결정을 내려 결행해야 한다'고 말입니다.

그의 회의나 마음의 갈등은 빌헬름에게 보내는 편지의 서두라고 보이는 한 장의 쪽지에서 찾아볼 수 있습니다. 역시 다른 글들과 함께 발견된 것인데, 날짜는 없습니다.

'그녀가 살아 있다는 사실, 그녀의 운명, 내 운명에 대한 그녀의 동정은 잿더미가 되어 버린 내 머릿속에서 아직도 최후의 눈물을 짜내고 있네. 죽음이란 장막을 걷어 올리고 그 안으로 들어간다네. 단지 그뿐이지 않은가! 그런데 어찌하여 나는 이처럼 망설이고 겁을 내는 것일까? 그 속이 어떤 곳인지 모르기 때문일까? 한번 들어가면 다시는 돌아오지 못하기 때문일까? 확실한 것을

알지 못할 때, 우리는 혼란과 암흑을 예상하곤 하지. 그것이 우리네 인간정신의 특성이 아닐까 싶네!'

베르테르는 이런 슬픈 생각에 점점 더 깊이 잠겨들었고, 그 결의는 이제 돌이킬 수 없이 굳어졌습니다. 그에 대해서는 빌헬름 앞으로 보낸, 애매한 내용의 편지가 그 증거가 되어 주고 있습니다.

12월 20일

빌헬름, 그 말을 그렇게 해석해 준 자네의 우정을 진심으로 고맙게 생각하네. 물론 자네 말은 옳네. 나는 떠나는 편이 나을 걸세. 그러나 자네들 곁으로 돌아오라는 제안에는 따를 수가 없네. 나는 먼 곳으로 떠나고 싶네. 이제부터 추위가 시작되면 길을 떠나기에 수월할 테니까…….

자네가 나를 데리러 와주겠다는 말, 정말 고맙네. 하지만 앞으로 두 주일 정도만 더 미루어 주게나. 자세한 것은 나중에 편지로 알려줄 테니까, 그때까지만 기다려 주게. 무엇이든 무르익기 전에는 따지 말아야 하는 법이거든. 두 주일 동안 더 있고 덜 있는 것의 차이는 대단한 것일세.

어머니께 아들을 위해 기도해 달라고 말씀 좀 전해 주게. 그리고 여러 가지로 걱정을 끼쳐드려서 죄송하게 생각한다는 말도 전해 주게. 기쁘게 해주어야 할 사람들을 슬프게 하고 말았는데, 이것도 어쩔 수 없는 나의 운명이 아닌가 싶네.

잘 있게, 내가 너무도 사랑한 친구여! 하늘의 모든 축복이 자네에게 내리기를! 부디 잘 있게!

이 무렵, 남편에 대해서 그리고 그녀의 불행한 친구에 대해서 로테의 마음속에 어떤 생각이 오갔는지, 그녀의 심경을 말로 표현하기는 어렵습니다. 다만 로테의 성격을 알고 있으므로 대충 미루어 짐작할 뿐이고, 또 섬세하고 상냥한 마음씨를 지닌 여성이라면 로테의 심정을 추측할 수 있기 때문에 그녀에게 공감할 수 있을 것이라고 여겨집니다.

이것만은 분명한 사실입니다. 즉 로테는 베르테르를 멀리하기 위해서 가능한 모든 수단을 다 강구하려고 굳게 마음먹고 있었습니다. 로테가 그 결심의 실행을 망설였다면, 그것은 진정으로 베르테르를 아끼는 마음에서일 겁니다.

그러한 일이 베르테르에게 얼마나 쓰라린 희생을 요구하는 것인지, 아니, 거의 불가능한 일이라는 것을 그녀는 너무도 잘 알고 있었기 때문입니다. 그러나 시간이 흐름에 따라, 정말 단호하게 그 결심을 실행해야만 할 처지에 놓이게 되었습니다.

베르테르와의 관계에 대해서 그녀는 언제나 침묵을 지켜왔는데, 그녀의 남편 역시 전혀 입을 열지 않았습니다. 그런 만큼 남편의 이런 심정에 못지않게 굳은 결심을 하고 있다는 표시를 남편에게 보여 주는 것이 필요하다고 생각했던 것입니다.

　여기 마지막에 실린 편지를, 베르테르가 친구 앞으로 쓴 것은 크리스마스를 앞둔 일요일이었습니다. 그날 저녁때 그는 로테를 찾아갔습니다. 로테는 혼자 있었습니다. 그녀는 마침 어린 동생들에게 크리스마스 선물로 줄 장난감을 정리하고 있는 중이었습니다. 베르테르는 아이들의 기쁨에 대해 얘기하면서, 이어서 자기의 유년시절 이야기를 했습니다. 갑자기 문이 열리면서 촛불과 과자와 사과 등으로 장식된 크리스마스트리가 눈앞에 나타나, 천국에라도 간 것처럼 황홀해 했던 어린 시절 이야기 말입니다.

　"선생님도……"라고 하면서, 로테는 당황한 듯한 표정을 아름다운 미소 속에 감추며 말했습니다.

　"선생님도 얌전하게 계시면 선물이 있을 거예요. 조그만 양초라든가, 그밖에……."

　베르테르는 큰 소리로 반문했습니다.

　"얌전하게 있다는 것이 무슨 뜻인가요? 어떻게 하면 되는 겁니까, 로테?"

　"목요일 저녁이 크리스마스이브예요. 그날 저녁에 아이들도 오고, 아버지께서도 오십니다. 그때 모두들 선물을 받게 되지요. 그때 당신도 오세요. 그렇지만 그 전에는 오시지 마세요."

　그 말에 베르테르는 가슴이 철렁했습니다.

　"정말 부탁이에요. 어쩔 도리가 없어요. 제 마음을 안심시켜 주시려거든 제발 그렇게 해주세요. 이대로 가다간 아무래도 안 되겠어요."

베르테르는 그녀에게서 눈길을 돌린 다음, 방 안을 오락가락 하면서 입 속으로 중얼거렸습니다.

'이대로 가다간 안 된다······.'

로테는 그 말 한 마디가 베르테르를 얼마나 난감하게 만들었나를 알아채고, 이런 얘기 저런 얘기들을 두서없이 늘어놓으며 그의 마음을 풀어 주려 했으나 아무 소용이 없었습니다.

"좋아요, 로테. 이제 다시는 당신을 만나지 않겠습니다" 하고 베르테르는 큰 소리로 대답했습니다.

"어째서 그런 말씀을 하세요? 선생님은 저희 집에 오실 수 있고, 또 오셔야만 해요. 다만 지나치지만 않게 해달라는 말이에요. 아아, 어째서 선생님은 무엇이든 한 번 손에 잡으면 그것을 끝까지 고집하고, 뿌리를 뽑으려고 하시나요? 제발 부탁이에요"

로테는 베르테르의 손을 잡고 말을 이었습니다.

"체통을 지켜 주세요! 선생님의 인격이나 학식, 그리고 그만한 재능이면 얼마든지 즐겁게 지내실 수 있을 거예요. 남자다워지도록 애쓰세요. 저 같은 여자를 향해 갖는 슬픈 애착일랑 그만 버리세요. 선생님을 측은하게 바라보는 일 이외에는 아무엇도 해드릴 수가 없는걸요."

베르테르는 이를 악물고 어두운 표정으로 로테를 물끄러미 바라보았고, 로테는 그의 손을 잡은 채로 있었습니다.

"잠깐만 차분히 생각해 봐 주세요! 선생님은 자신을 속이고 있는 거예요. 일부러 자신을 파멸로 이끌고 있다는 사실을 모르시나요? 어째서 저를? 저는 남편이 있는 사람인데, 어째서 나 같은 사람을……. 저는 이런 생각이 들더군요. 저를 소유할 수 없다는 바로 그 사실이, 선생님에게 그런 생각을 갖도록 한 것은 아닐까 하는……. 그래서 더욱 두려워지는 거예요."

베르테르는 로테에게 잡혀 있던 손을 빼내고는, 불쾌한 듯이 시선을 고정시켜 로테를 물끄러미 바라보았습니다. 그러더니 이렇게 외쳤습니다.

"훌륭하십니다! 정말 훌륭하십니다! 알베르트가 그런 대사를 꾸며낸 모양이지요. 전략가야, 훌륭한 전략가!"

로테는 "그 정도 말이야 아무라도 할 수 있어요"라고 응수하면서 말을 이었습니다.

"이 넓은 세상에 선생님의 소망을 채워줄 만한 여자가 한 사람도 없을까요? 한번 마음먹고 찾아보세요. 틀림없이 그런 사람이 눈에

띨 거예요. 이런 말씀을 드리는 건, 벌써 오래 전부터 선생님을 위해서나 저희들을 위해서나 염려가 되었기 때문이에요. 선생님은 요즘, 일부러 자신을 좁은 곳으로 몰아넣은 채 스스로를 묶고 있는 것 같아요. 용단을 내리세요! 여행을 하면 틀림없이 기분도 풀릴 거예요! 부디 선생님에게 어울리는 좋은 분을 찾아내도록 하세요. 그리하여 우리 다 함께 진정한 우정을 나누면 얼마나 좋겠어요."

베르테르는 차갑게 웃으며 말했습니다.

"그 말을 인쇄해서 온 세상의 가정교사들에게 나눠 주면 좋겠습니다. 로테, 제발 저를 조금만 더 이대로 내버려 두십시오. 그러면 모든 일이 다 잘될 테니까요!"

"아무튼 베르테르 씨! 크리스마스이브 전에는 오지 마세요, 네?"

베르테르가 뭐라고 대답하려 하는데, 알베르트가 방 안으로 들어왔습니다. 두 사람은 어색한 저녁 인사를 나눈 다음 나란히 서서 방 안을 서성거렸습니다. 베르테르는 내용도 없는 잡담을 꺼냈지만, 그것도 곧 바닥이 나고 말았습니다. 알베르트도 마찬가지였습니다.

그러다가 알베르트는 아내에게 자기가 부탁했던 일이 어떻게 됐느냐고 물었는데, 아직 하지 못했다고 대답하자 잔소리 비슷하게 두세 마디를 했습니다. 베르테르에게는 그 말투가 매우 차갑게 들렸습니다.

베르테르는 돌아가려고 했으나 뜻대로 하지 못하고 여덟 시가 될 때까지 우물쭈물하고 있었습니다. 그러자 불만과 불쾌감이 점점 커져갔습니다.

저녁 식사 준비가 다 되었을 때에야 베르테르는 모자와 단장을 집어 들었습니다. 알베르트가 같이 식사를 하고 천천히 가라고 권했으나, 속이 들여다보이는 소리 같아서 '고맙다'고 퉁명스레 사양하며 밖으로 나왔습니다.

그는 바로 집으로 돌아왔습니다. 하인이 등불을 들고 나오자, 그것을 받아들고 혼자 자기 방으로 들어갔습니다. 그러고는 큰 소리로 울음을 터뜨렸습니다. 그는 너무 흥분한 나머지 뭐라고 혼잣말을 중얼거렸으며, 방 안을 조급하게 오락가락하더니 마침내 옷을 입은 채로 침대에 쓰러지고 말았습니다.

열한 시경에 하인이 조심스레 들어가 보니, 그는 그대로 누워 있었습니다. '장화를 벗길까요?' 하고 하인이 묻자 그는 순순히 그렇게 하라고 한 다음, 내일 아침엔 부를 때까지 방에 들어오지 말라고 일렀습니다.

12월 21일, 월요일 아침에 베르테르는 로테 앞으로 다음과 같은 편지를 썼습니다. 이 편지는 그가 죽은 후에 그의 책상 위에서 봉해진 채 발견되었고, 그대로 로테에게 전해졌습니다. 여러 가지 사정으로 미루어볼 때 그가 이 편지를 단편적으로 썼다는 것이 분명하므로, 그 순서에 따라 일부분씩 끊어서 삽입하려고 합니다.

'결심했습니다. 로테, 나는 죽으려고 합니다. 낭만적인 과장도 없이, 아주 냉정한 심정으로 당신을 마지막으로 만나게 될 날 아침에 이 글을 쓰고 있습니다.

내가 가장 사랑하는 사람이여, 당신이 이 글을 읽을 때는 나는 이미 차가운 무덤에 들어가 있을 것입니다. 삶의 마지막 순간까지도 당신과 이야기를 나누는 것보다 더 큰 행복을 알지 못했습니다.

간밤에는 무서운 시간을 보냈습니다만, 아아, 그것은 감사해야만 될 밤이기도 했습니다. 죽으려는 결심을 확실하게 굳혀준 밤이었으니까요.

어제 몹시 흥분하여 당신을 뿌리치다시피 하고 돌아왔을 때, 조금 전에 있었던 일이 한꺼번에 내 마음속에서 고개를 추켜들었습니다. 희망도 없고 기쁨도 없는 존재인 내가 당신 곁에 붙어 있었다는 사실을 생각하니 소름이 끼칩니다. 간신히 내 방으로 돌아와서 정신없이 꿇어앉았습니다.

아아, 하느님! 당신은 더없이 쓰디쓴 눈물을 최후의 위안으로 나에게 내려 주었습니다. 수많은 계획과 기대가 내 마음속에서 어지럽게 날뛰었으나, 마침내 죽어 버리자는 단 한 가지 계획만이 확고하게 나를 사로잡고 말았습니다.

그대로 자리에 누웠습니다. 아침에 눈을 떴을 때, 마음이 가라앉은 가운데서도 죽어 버리고 싶은 생각은 확고하게, 조금도 동요됨이 없이 마음에 뿌리를 내리고 있었습니다. 이것은 결코 절망이 아닙니다. 내가 끝까지 참고 견디다가 당신을 위해서 스스로 몸을 바쳐 희생하겠다는 확신입니다.

그렇습니다. 로테! 내가 이 사실을 말하지 않고 있어야만 할까요? 우리 세 사람 가운데 누군가 한 사람은 떠나야만 합니다. 내가 그 한 사람이 되려는 것입니다.

아아, 사랑하는 이여! 갈가리 찢어진 이 가슴속에서는 몇 번이나 어떤 생각 — 당신 남편을 죽일까? 당신을, 아니, 나를? — 이 미친 듯이 떠올랐습니다. 그러나 그것도 이미 지난 일입니다.

아름다운 여름날 저녁, 언덕 위에 올라가거든 부디 나를 생각해주십시오. 그 골짜기 길을 내가 자주 올라갔었던 일을 되새기며, 건너편에 있는 내 무덤께로 눈길을 보내 주십시오. 넘어가는 저녁 햇살 속에 무심하게 자란 풀이 쓸쓸하게 부는 바람에 흔들리고 있을 것입니다.

이 글을 쓰기 시작했을 때는 마음이 차분했었는데, 지금은 그런 정경이 너무나도 생생하게 눈앞에 떠올라서 어린애처럼 울고 있습니다.'

열 시경에 베르테르는 하인을 불렀습니다. 그리고 2, 3일 안으로 여행을 떠날 테니, 옷가지에 손질을 하고 짐을 꾸릴 준비를 해두라고 일렀습니다. 또 지불할 것이 있는 곳에는 빠짐없이 계산서를 청구하고, 빌려준 몇 권의 책도 찾아오도록 했습니다. 그리고 매주 얼마씩 원조해 주고 있는 몇몇 가난한 사람들에게는 두 달 치를 미리 주도록 일렀습니다.

그는 식사를 방으로 가져오게 했으며, 식사를 마친 다음 말을 타고 법무관의 집으로 갔습니다.

법무관은 부재중이었습니다. 그는 깊은 상념에 잠긴 채 정원을 이리저리 왔다 갔다 했습니다. 죽기 전에 모든 추억들을 자기 마음속에 차곡차곡 간직해 두려고 하는 것처럼 보였습니다.

어린애들이 베르테르를 조용히 내버려둘 리 없었습니다. 그를 뒤쫓아 와서 달라붙으며, 내일 그리고 그 다음 내일 그리고 또 하루가 더 지나면, 크리스마스 선물을 받으러 로테 누나 집에 간다고 떠들어댔습니다. 그러면서 그들의 어린 상상력이 기대할 수 있는 여러 가지 놀라운 장면에 대해 연신 재잘거리는 것이었습니다.

베르테르는 "내일 그리고 그 다음 내일, 그리고 또 하루가 지나면!" 하고 외친 다음, 아이들 모두에게 다정하게 키스를 했습니다. 그가 떠나려고 했을 때 막내둥이가 그의 귀에다 대고 속삭였습니다. 형들이 예쁜 연하장을 썼다는 것이었습니다. "아주 커다란 거예요! 한 장은 아빠에게, 또 한 장은 알베르트하고 로테 누나에게, 그리고 베르테르 아저씨에게도 한 장을 썼어요. 그걸 설날 아침에 드린댔어요."

베르테르는 이 이야기를 듣자 가슴이 찡해졌습니다. 그는 아이들 모두에게 몇 푼씩 돈을 나눠준 다음 아버지께 안부 전해 달라고 부탁하고는, 눈에 눈물을 가득 담은 채 말을 타고 그곳을 떠났습니다.

다섯 시경에 집에 당도하자, 그는 하녀에게 난롯불을 잘 살펴서 밤늦게까지 꺼지지 않도록 하라고 일렀습니다. 하인에게는, 아래층에 있는 책을 트렁크에 넣고, 옷가지들은 여행가방 속에다 챙겨 두라고 일렀습니다. 그러고 나서 얼마 후에, 로테 앞으로 보내는 마지막 편지 중에서 다음 부분을 쓴 것 같습니다.

'당신은 내가 찾아가리라고는 생각지 못했을 것입니다. 당신 말대로 크리스마스이브 때나 되어야 다시 만나리라고 생각하고 있겠지요. 아아, 로테! 그러나 오늘이 아니면 영원히 만날 기회가 없습니다. 크리스마스이브에 당신은 이 편지를 손에 들고 온몸을 부들부들 떨면서, 뜨거운 눈물로 이것을 적실 것입니다.

나는 단행해야만 합니다. 그렇게 하지 않을 수 없습니다. 아아, 결심을 하고 나니 얼마나 마음이 후련한지 모르겠습니다.'

한편 로테는 이상한 마음 상태에 빠져 있었습니다. 베르테르와 마지막 이야기를 나누고 나서, 그녀 자신에게 베르테르와 헤어지는 일이 얼마나 쓰라린 일이며, 동시에 베르테르도 자기와 헤어지는 것이 얼마나 가슴 아픈 일인가를 사무치게 느끼고 있었습니다.

그녀는 베르테르가 크리스마스이브 전에는 찾아오지 않으리라는 것을 알베르트에게 넌지시 이야기해 두었습니다. 그런데 알베르트는 이웃마을에 사는 어느 관리를 찾아갔는데, 처리해야 할 일이 남아서 그날 밤은 거기서 묵고 와야 했습니다.

그래서 로테는 혼자 있었습니다. 곁에 동생들도 없었습니다. 그녀는 조용히 자신의 처지를 생각해 보았습니다.

그녀는 자기가 남편과 영원히 결합되어 있음을 새삼스럽게 느꼈습니다. 그녀는 남편을 사랑하고 있었습니다. 남편의 사랑과 성실성 그리고 온순하고 믿음직스러운 인품은 그녀가 좋은 아내가 되기 위해 평생의 행복을 쌓는 데 부족함이 없었습니다. 그것은 하늘에서 정해 준 인연이라고 생각되었습니다. 남편이 자기 자신은 물론이고, 아이들에게도 언제까지나 더없이 소중한 존재라는 사실을 절실히 느꼈던 것입니다.

그러나 한편으로는 베르테르도 대단히 소중한 존재가 아닐 수 없었습니다. 서로 알게 된 최초의 순간부터 두 사람의 마음은 서로 일치하면서 조화를 이루었고, 오래 계속된 교제와 지금까지 겪어온 갖가지 일들은 그녀의 마음속에 지울 수 없는 인상으로 남아 있었습니다.

그녀가 흥미롭게 느꼈던 모든 일들은 무엇이든 그와 함께 나누었기 때문에, 만일 그가 자기에게서 영원히 떠나 버린다면 그녀의 마음속에는 메울 수 없는 공백이 생길 것 같았습니다.

아아, 이럴 때 베르테르와 그녀가 오누이간이라면 얼마나 행복할까? 누군가 그녀의 친구 가운데 한 사람과 결혼시킬 수는 없을까? 그러면 베르테르와 알베르트의 관계도 다시 전처럼 원만해질 수 있을 텐데!

로테는 자기의 여자친구들을 한 사람씩 차례차례 생각해 보았습니다. 그러나 어느 친구나 저마다 갖고 있는 문제가 있어서, 베르테르와 짝이 될 만한 친구는 찾을 수가 없었습니다.

이것저것 생각하고 있는 동안에, 그녀의 의식 속에 분명하게 떠오른 것은 아니지만, 베르테르를 곁에 붙들어 두고 싶어 하는 것이 자기의 은밀한 소망이라는 사실을 비로소 깨달았습니다. 그와 동시에, 베르테르를 붙들어 두는 것은 가능하지 않은 일일 뿐만 아니라 그것은 용납될 수 없는 일이라고 자기 자신을 타일렀습니다.

순결하고 아름다운 마음씨를 지니고 있는 로테는 언제나 밝고 거리낌 없이 행동했는데, 지금은 행복에 대한 기대를 잃고 비애에 젖어서인지 가슴이 짓눌리는 듯한 답답함을 느꼈습니다.

어느덧 여섯 시 반쯤 되었을 무렵, 베르테르가 계단을 올라오는 소

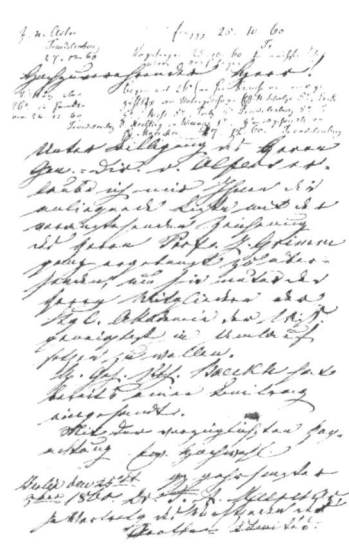

〈젊은 베르테르의 슬픔〉 친필 원고의 일부

리가 들렸습니다. 그 발소리, 자기를 찾고 있는 그의 목소리를 그녀는 곧 알 수 있었습니다.

로테의 가슴은 세차게 고동쳤습니다. 베르테르가 찾아왔을 때 이렇게 가슴이 두근거린 것은 처음이었습니다! 만날 수 없다고 거절해 돌려보내고 싶었습니다. 그래서 베르테르가 방에 들어왔을 때, 그녀는 갈피를 잡지 못한 채 당황한 어조로 외쳤습니다.

"약속을 어기셨군요!"

"나는 아무 약속도 하지 않았는데요" 하고 베르테르가 대꾸했습니다.

"약속은 하지 않았어도 제 부탁을 좀 들어주시면 안 되나요? 서로의 평화를 위해 부탁드렸던 건데……"

그녀는 자기가 무슨 소리를 하고 있는지도 제대로 의식하지도 못한 채, 베르테르와 단 둘이 있게 되는 상황을 피하기 위해 두어 사람의 여자친구를 불러오도록 하녀를 보냈습니다.

베르테르는 갖고 온 두어 권의 책을 내려놓고서, 다른 책은 없느냐고 물었습니다. 로테는 친구들이 와주었으면 하면서도, 한편으로는 오지 않았으면 좋겠다는 생각도 했습니다. 이윽고 하녀가 돌아와서, 두 친구가 모두 사정이 있어서 못 오신다고 전했습니다.

로테는 하녀에게 옆방에서 일을 하고 있도록 이르려다가, 이내 또 생각이 달라졌습니다. 베르테르는 방 안을 이리저리 왔다 갔다 하고 있었습니다. 로테는 피아노 앞으로 걸어가서 미뉴에트를 치기 시작했습니다. 그러나 제대로 쳐지지 않았습니다. 그래서 그녀는 마음을 가다듬고, 베르테르 곁에 가서 앉았습니다. 베르테르는 여느 때처럼 소파에 앉아 있었습니다.

"뭐 적당한 읽을거리가 없을까요?" 하고 로테가 물었습니다. 베르테르는 아무것도 갖고 있지 않았습니다.

"그 서랍 속에 선생님이 번역하신 오시안의 시가 몇 편 들어 있어요. 저는 아직 읽어 보지 못했어요. 기회 봐서 선생님께 읽어 달라고 부탁하려고 했었는데, 여태껏 그런 기회가 없었어요. 그렇다고 일부러 기회를 만들 수도 없었어요."

베르테르는 미소를 지으며, 자신이 번역한 그 원고를 꺼냈습니다. 그것을 손에 들었을 때 전율이 그를 엄습했습니다. 원고를 펼쳐 든 그의 눈에는 눈물이 그득 고여 있었습니다. 그는 자리에 앉아서 읽기 시작했습니다.

『저물어 가는 밤하늘의 별이여, 그대 아름답게 서쪽 하늘에서 반짝이며, 빛나는 얼굴을 구름 사이로 쳐들고 그대의 언덕을 엄숙하게 걸어가고 있구나. 그대는 무엇을 구하고자 이 황야를 내려다보는가?

폭풍우는 멈추고, 멀리 골짜기 개울에서 흐르는 시냇물 소리가 들린다. 출렁이는 파도는 바위를 희롱하고, 저녁 파리 떼는 윙윙거리며 들판을 날아간다. 아름다운 빛이여, 그대는 무엇을 찾는가?

그러나 그대는 미소 지으며 즐거운 듯 머리카락을 나부끼고 있노라. 잘 있거라, 조용한 빛이여. 나타나라, 그대 오시안의 혼이 깃든 빛이여!

그리하여 힘찬 오시안의 빛은 나타나고, 세상을 떠난 친구들의 모습이 내 눈에 어리노라. 지난날처럼 로라 들판에 다시 모였노라. 핑갈은 안개에 젖은 기둥이 되어 나타났고, 용사들이 그를 에워싸고 있노라. 그리고 보라! 노래하는 시인들을……. 오오, 백발이 성성한 울린, 체구가 당당한 리노, 목소리 아름다운 알핀, 그리고 조용히 탄식하는 미노나도 있구나! 친구들이여, 셀마의 축제일 이후 그대들은 얼마나 변했는가? 살며시 속삭이는 풀잎을 스치듯이 언덕 위에 산들거리는 봄바람이 불고 지나간 그때, 우리는 서로 다투어 노래를 하지 않았는가.

아름다운 미노나는 눈물 젖은 눈을 지그시 감고 걸어오노라. 그녀의 머리칼은 언덕에서 불어 내리는 바람에 흩날리고, 그녀가 애처롭게 부르는 노랫소리에 용사들의 마음은 슬픔으로 물들었구나. 그들은 몇 번이나 살가르의 무덤을 바라보았으며, 또한 불 켜지지 않은 콜마의 집을 때때로 돌아보노라.

슬프다, 아름다운 노래를 부르던 콜마는 돌아올 것을 기약한 살가르를 기다렸건만, 사방은 이미 어둠에 덮였노라. 사람들이여, 들으라. 언덕 위에서 홀로 탄식하는 콜마의 목소리를…….

콜마.

날이 저물었노라! 폭풍우 몰아치는 이 언덕에 나는 혼자 서 있노라. 산에서 바람은 윙윙거리며 울고, 골짜기의 물은 바위에 철썩이면서 울부짖고 있노라. 버림받은 나에게는 비를 피할 오두막조차도 없구나.

아아, 달이여! 구름을 헤치고 나오라! 밤하늘의 별들이여, 너의 빛으로 나를 인도하라! 사랑하는 이가 있는 곳으로. 이제 그는 줄을 푼 활을 옆에 뉘고, 사냥개들에게 에워싸여 쉬고 있으리라. 그러나 나는 여기 개울가 바위 위에 홀로 앉아 있노라. 물결 소리 바람 소리는 요란한데, 내가 사랑하는 사람의 목소리는 전혀 들려오지 않는구나.

무엇 때문에 나의 살가르는 망설이고 있는가? 약속의 말을 잊었는가? 바위와 나무는 여기 그대로 서 있고 여전히 물결도 출렁이고 있나니, 밤이 되면 이곳으로 오겠다고 약속하지 않았는가? 아아, 그대는 어디서 길을 잃고 헤매고 있는가? 그대가 오면 아버지와 오라버니를 뿌리치고서 함께 달아날 작정을 했건만……. 그대와 우리 집안은 오랜 세월 동안 서로 원수로 지냈지만, 우리 두 사람은 결코 원수가 아니로다. 오오, 살가르!

바람이여, 잠잠해다오. 잠깐만이라도 멎어다오. 물소리

여, 잠시 동안만! 그러면 내 목소리가 골짜기에 울려 퍼져서, 헤매고 다닐 그의 귀에 들리게 되리니. 살가르, 나요! 이렇게 외치는 사람은 나요! 이곳에 나무와 바위가 있소! 내 사랑, 살가르! 나 여기 있소! 어찌하여 그대는 망설이고 있는 것인가?

보라! 저기 달이 나타나노라. 골짜기는 물에 잠겨 빛나고, 바위는 회색으로 우뚝 솟아 있노라. 그러나 그대의 모습은 끝내 보이지 않는구나. 도착을 알리기 위해 달려올 개들도 보이지 않으니, 나 홀로 여기 앉아 있어야 하는가.

그런데 저 아래, 저것은 누구인가? 황야에 누워 있는 저 사람은? 그분인가? 오라버니인가? 오오, 벗들이여! 말해다오! 그대들은 대답이 없구나. 내 가슴은 어찌 이리 설레는가! 아아, 역시 그대들은 죽어 있노라! 두 사람의 칼은 피에 붉게 물들었노라!

아아, 오라버니! 어찌하여 나의 살가르를 죽였나이까? 아아, 살가르! 어찌하여 나의 오라버니를 죽였나이까? 두 분은 다 내가 사랑하는 사람들인데! 그대들은 이 언덕 위 수많은 용사들 가운데서도 유난히 뛰어났건만! 싸움터에서는 얼마나 용감했던가! 내 목소리를 들어다오, 사랑하는 이들이여! 아아, 그러나 그들은 대답이 없노라. 영원히 대답이 없으리라! 그들의 가슴은 흙덩이처럼 차갑노라!

우뚝 솟은 바위 위에서, 바람 휘몰아치는 산꼭대기에서,

로테의 모델이 된 샤르로테 부프의 모습. 젊은 시절 괴테는, 친구인 케슈트너의 약혼녀였던 그녀를 두고 이루어질 수 없는 사랑의 열병을 앓았다.

죽은 자들의 영혼이여, 말을 하라! 나는 조금도 두렵지 않으니 말을 해다오! 그대들은 어디로 쉬러 갔는가? 어느 산 어느 동굴에서 그대들을 찾아야만 하는가? 바람 속에 귀 기울여도 가냘픈 목소리 하나 들리지 않는구나. 언덕에 폭풍우가 몰아쳐 와도 아무런 대답도 실려 오지 않는구나.

나는 비탄에 잠겨 이곳에 주저앉아, 눈물을 흘리며 아침을 기다리노라. 무덤을 파는 죽은 자의 친구들이여, 그러나 내가 갈 때까지는 파묻지 말아다오! 나의 목숨도 꿈처럼 사라지리니, 어찌 내가 살아남을 것인가……. 나는 죽은 두 사람과 함께 바위에 부딪쳐 울려 퍼지는 이 냇가에서 살리라. 그리하여 언덕에 밤이 찾아오고 바람이 황야를 가로지를 때, 내 영혼은 그 바람을 타고 두 사람의 죽음을 슬퍼하리라. 사냥꾼은 움막에서 내 목소리를 듣고, 두려워하면서도 귀가 솔깃하리라. 사랑하는 이들을 애도하는 내 목소리가 정답고 감미롭게 울릴 것이기 때문에.

미노나여, 오오, 이것이 그대의 노래였노라. 상냥하고 수줍음 많은 토르만의 아가씨여! 우리는 콜마를 위해 눈물을 흘렸고, 마음은 어둠 속을 헤매었노라.

울린이 하프를 들고 나와서 알핀의 노래를 들려주었노라. 알핀의 목소리는 부드러웠고, 리노의 영혼은 불꽃같이 타올랐노라. 그러나 그들은 이미 움막 속에 잠들고, 그 목소리는 셀마 성에 울려 퍼지지 못했노라. 일찍이 용사들 살아 있을 때, 울린은 사냥에서 돌아와 그들이 겨루듯이 부르는 노랫소리를 들었노라. 용감한 모라르의 죽음을 애도하는, 구슬프고 서러운 노래를…….

모라르의 영혼은 펑갈의 영혼과 닮았고, 그의 칼은 오스카의 칼과 같았노라. 그러나 모라노는 싸움터에서 쓰러졌노라. 그의 어버이는 비탄에 잠기고, 누이동생은 눈물을 흘렸노라. 그의 장한 동생 미노나의 눈에는 눈물이 가득 넘쳐흘렀노라.

울린의 노래가 들려오기 전에 미노나는 물러났노라. 비바람이 밀려올 것을 예측하고 아름다운 얼굴을 재빨리 구름 속에 감추는 서쪽 하늘의 달처럼……. 그 슬픈 비탄의 노래에 맞추어, 나는 울린과 더불어 하프를 켰노라.

리 노

바람은 자고 비는 그쳤노라. 하늘은 맑게 개이고, 구름 또한 흩어졌노라. 태양은 끊임없이 언덕을 비추고, 산 속의 계곡 물은 빨갛게 물들면서 골짜기에 흘러내리노라. 흐르는 계곡 물이여! 그대의 속삭임은 아름답구나.

그러나 그보다 더 아름답게 들려오는 저 목소리는 무엇인가! 오오, 그것은 죽은 이들을 슬퍼하며 부르는 알핀의 목소리이리라. 그 머리는 수그러지고, 눈물짓는 그 눈은 벌겋게

충혈되었노라. 알핀! 세상에 둘도 없는 뛰어난 가인(歌人)이여! 어찌하여 침묵의 언덕 위에 혼자 서 있는가? 숲속에서 이는 바람처럼, 먼 바닷가 물결 소리처럼, 어찌하여 그대는 탄식하고 있는가?

알 핀

리노여! 내 눈물은 죽은 자를 위한 것이며, 내 목소리는 무덤 속에 잠든 자들을 위한 것이니라. 언덕 위에 서 있는 그대의 모습은 날씬하기 이를 데 없고, 황야의 아들들 사이에서는 아름답기 그지없구나.

그러나 그대 또한 모라르처럼 쓰러지고 말리라. 그리하여 그대 무덤 위에는 슬퍼하는 자가 앉을 것이며, 언덕은 그대를 잊으리라. 그대의 활은 시위도 당겨지지 않은 채 방 안에 뉘어지리라.

오오, 모라르여! 그대는 언덕 위의 노루처럼 재빠르고, 밤하늘에 타오르는 불길처럼 사나웠노라. 그대의 노여움은 폭풍우와 같았고, 그대의 칼은 능히 황야를 가로지르는 번갯불이었노라. 그대 목소리는 비온 뒤의 산 여울 같았고, 아득한 언덕 위의 천둥소리처럼 울렸노라. 수많은 전사들이 그대 손에 쓰러지고, 그대의 타오르는 분노의 불길은 그들을 삼켜 버렸노라.

그러나 싸움터에서 돌아왔을 때, 그대의 얼굴은 얼마나

평온했던가! 마치 폭풍우 걷힌 뒤의 태양과도 같았고, 소리 없는 밤하늘의 달과도 같았노라. 그대의 가슴은 폭풍우가 지나간 뒤의 호수처럼 잔잔했노라.

 이제 그대의 집은 비좁기 그지없고, 그대 머물 곳은 한없이 어둡노라! 나는 단지 세 걸음으로 그대의 무덤을 잴 수 있느니라. 오오, 지난날에 위대했던 그대여! 이끼 낀 네 개의 묘석, 그것만이 그대의 유일한 기념물이런가. 잎 떨어진 나무 한 그루, 바람에 나부끼는 무성한 풀들이 사냥꾼에게 용감했던 모라르의 무덤을 알려 주고 있을 뿐이로다.

 그대를 위해 슬퍼하며 울어줄 어머니도 없고, 사랑의 뜨거운 눈물을 흘려줄 아가씨도 없구나. 그대를 낳은 분은 이미 돌아가셨고, 모르그란의 딸도 죽었도다.

 지팡이에 몸을 의지하고 서 있는 자는 누구인가? 그 머리는 늙어 백발이요, 그 눈은 눈물로 붉어졌구나. 오오, 모라르여! 그는 바로 그대의 아버지로다. 싸움터에서 그대가 떨쳤던 명성을 아버지는 들어서 알고 있었노라. 적들이 그대에게 쫓겨 사방으로 흩어져 달아났다는 이야기도 전해 들었노라. 아아, 그러나 그대 몸에 입은 상처에 대해서는 아무 이야기도 듣지 못했구나!

 통곡하라! 모라르의 아버지여, 통곡하라! 그러나 그대 아들은 그 통곡 소리를 듣지 못하리라. 죽은 자의 잠은 깊고, 베고 누운 흙베개는 얕으니라. 어떤 소리에도 반응이 없고,

아무리 외쳐 불러도 깨어나는 일이 없으리라. 아아, 무덤 속에 아침이 와서, 잠든 자들에게 '깨어나라!'고 외치게 될 날은 그 언제인가?

잘 있거라, 세상에서 가장 고귀한 인간이여! 싸움터의 정복자여! 그러나 이제 다시 싸움터에서는 그대를 보지 못할 것이요, 그대 칼의 번득임이 어두운 숲속을 밝히는 일도 이젠 없으리라. 그대는 자식 하나 남기지 않았으나, 후세 사람들은 듣게 되리라. 그대의 이야기를……. 그대를, 싸움터에서 쓰러진 모라르의 이야기를…….

용사들은 소리 내어 슬퍼하였노라. 그중에서도 목청이 찢어질 듯한 아르민의 한숨소리가 한결 드높았노라. 이는 일찍이 싸움터에서 전사한 아들의 죽음을 회상했기 때문이었느니라. 갈말의 이름 높은 영주 카르모르 또한 용사의 곁에 앉아 있었노라. '어찌하여 아르민은 그토록 탄식하며 흐느껴 우는가?' 하고 그는 물었노라.

'여기 있으면서 우는 이유가 뭐란 말인가? 즐거운 노랫소리가 마음을 달래 주고 있지 않은가? 노랫소리는 호수에서 피어올라 골짜기를 흐르는 안개와도 같으니라. 그 물기는 피어나는 꽃들을 충만하게 하리라. 그러나 태양이 다시 힘차게 솟아오르면 안개는 자취 없이 걷혀 버리기 마련이니라. 아르민이여, 어찌하여 그대는 비탄에 잠겨 있는가? 바다에 둘러싸인 콜마의 지배자여!'

비탄에 잠겨 있다고 말하고 있는가? 그도 그럴 것이, 나는 더할 수 없는 슬픔에 잠겨 탄식하고 있노라. 이 슬픔의 이유는 결코 하찮은 것이 아니노라.

카르모르여! 그대는 아들도 잃지 않았고, 또 피어나는 딸도 잃지 않았노라. 그대의 씩씩한 아들 콜가르는 살아 있고, 꽃처럼 아름다운 딸

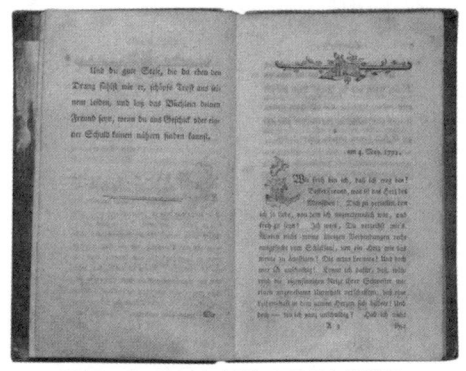

〈젊은 베르테르의 슬픔〉 1774년 발행본

도 살아 있지 않은가. 그대 집안의 가지는 무성하게 뻗어 있노라.

오오, 카르모르여! 그러나 이 아르민은 그 집안의 마지막

사람이었노라. 오오, 내 딸 다우라여! 너의 잠자리는 어둡고, 무덤 속에 잠든 네 잠은 깊기만 하구나. 언제 잠에서 깨어나 내 마음을 즐겁게 해주는 노래를 들려줄 것인가?

일어나라, 가을바람이여! 어서 일어나서 어두운 황야를 휘몰아쳐라! 숲속을 치닫는 물결이여, 줄기차게 흘러내려라! 비바람이여! 울부짖어라, 떡갈나무 가지에서. 오오, 달이여! 갈라진 구름 사이를 누비고 나아가서 그대의 창백한 얼굴을 드러내라! 씩씩한 아린달이 쓰러지고, 사랑스러운 다우라가 숨을 거둔 그 무서운 밤을 나로 하여금 상기케 하라.

다우라, 내 귀여운 딸아! 너는 푸라의 언덕 위에 비치는 달처럼 아름답고, 방금 내린 눈처럼 희고, 봄날의 산들바람처럼 향기로웠노라. 아린달, 내 아들아! 네 활은 강했고, 네 창은 날쌨으며, 네 눈은 파도 위의 서릿발 같았고, 네 방패는 폭풍 속에 날뛰는 불구름 같았노라.

싸움터에서 용맹으로 이름을 떨친 아르마르가 찾아와서 다우라에게 사랑을 구했고, 다우라는 끝내 거절하지 못했노라. 친구들이 그들에게 건 기대는 아름다웠노라.

오드갈의 아들 에라트는 자신의 형이 아르마르의 손에 죽었기 때문에 그에게 원한을 품고 있었노라. 에라트는 뱃사람으로 변장하고 왔으며, 물결 위에 뜬 그의 배는 아름다웠노라. 그의 머리는 이미 백발이 되어 있었고, 위엄 있는 얼굴엔 침묵이 감돌았노라.

'아름다운 아가씨여! 아르민의 귀여운 딸이여! 저기 있는 저 바위, 그다지 멀지 않은 저 바다 가운데, 붉게 익은 나무 열매가 손짓하는 곳, 거기서 아르마르가 그대 다우라가 오기를 기다리고 있다오. 소용돌이치는 바다를 건너 아르마르의 애인을 모셔가기 위해 내가 왔다오.'

다우라는 에라트를 따라가서, 아르마르를 불렀노라. 하지만 들려오는 것은 바위에 부딪히는 파도소리뿐이었노라.

'아르마르! 나의 사랑이여! 그리운 아르마르! 어찌하여 나를 이토록 불안하게 만드나요? 아르나르트의 아들이여, 대답해 주세요! 그대를 부르고 있는 것은 다우라예요!'

배신자 에라트는 웃음을 지으며 육지로 달아났노라. 다우라는 목청껏 아버지를 부르고, 오라버니를 불렀노라.

'아린달! 아르민! 다우라를 구해 줄 사람은 아무도 없나요?'

그 목소리는 바다를 건너 울려 퍼졌노라. 그때 사냥에 신이 나 있던 나의 아들 아린달은 사냥을 하다 말고 언덕을 내려왔노라. 손에는 활이 들려 있었고, 옆구리에는 화살이 매달려 있었노라. 사나운 다섯 마리 검정개도 그를 따르고 있었느니라. 뻔뻔스런 에라트를 기슭에서 발견한 아린달은, 그를 잡아서 옴짝달싹 못하도록 떡갈나무에 칭칭 동여맸노라. 꽁꽁 묶인 에라트의 신음소리는 멀리멀리 바람을 타고 울려 퍼졌노라.

아린달은 다우라를 데려오기 위해 거룻배를 타고 거친 파도를 헤쳐 나갔노라. 분노한 아르마르는 참지 못하고 바닷가로 달려와서 회색빛 깃털 화살을 힘차게 쏘았노라. 화살은 바람을 가르고 공중을 날아오르더니, 너의 가슴에 꽂혔구나.

오오, 아린달, 내 아들아! 배신자 에라트 대신에 네가 쓰러졌구나. 거룻배는 바위에 다다랐으나, 아린달은 거기서 쓰러져 죽었노라. 오오, 다우라야! 너의 발밑에 오라비의 피가 흘러내렸노라. 너의 원통함을 어디에다 비기겠는가. 오오, 내 딸 다우라야!

거룻배는 거센 파도에 산산이 부서졌노라. 아르마르는 다우라를 살려내어 데려오든지, 아니면 스스로 죽어 버릴 결심으로 바다에 뛰어들었노라. 갑자기 언덕에서 돌풍이 불고 파도가 높아지더니, 물 속에 가라앉은 아르마르가 다시는 떠오르지 않았노라.

파도가 철썩이는 바위 위에 홀로 남은 내 딸이 슬퍼하는 목소리를 나는 들었노라. 그 울부짖음은 높이 울려 퍼져 이를 데 없이 슬프게 들려왔으나, 아버지인 나는 딸을 구할 방법이 없었노라. 나는 기슭에서 밤을 지새우면서, 어슴푸레한 달빛 속으로 비치는 딸의 희미한 모습을 지켜보았노라. 나는 밤새도록 울부짖는 그 소리를 들었노라.

바람은 거세고, 비는 거세게 산허리로 휘몰아쳤노라. 동트기 전에 딸의 목소리는 잦아들더니, 바위 틈새 풀숲을 스치며 사라지는 바람처럼 딸의 숨결도 사라져 갔노라. 슬픔에 잠긴 채 다우라는 죽었고, 아르민만 홀로 남게 되었노라. 싸움터에서 떨쳤던 나의 패기가 사라지자, 처녀들이 부러워하던 나의 자랑도 사라져 버렸노라.

산에서 폭풍우가 휘몰아치고 북풍이 거센 파도를 일으킬 때면, 나는 울부짖는 바다 기슭에 혼자 앉아 무서운 그 바위를 바라보노라. 나는 때때로 기우는 달빛 속에서 아이들의 넋을 보노라. 그들은 희미한 달빛 속을 어설피 짝을 지어 떠돌아다니노라.』

로테의 눈에서는 눈물이 폭포처럼 흘러내렸습니다. 그녀의 답답한 가슴을 후련하게 씻어 주는 그 눈물로 인해 베르테르의 시 낭독이 중단되었습니다. 베르테르는 원고를 내던진 다음 로테의 손을 잡고는 같이 흐느껴 울었습니다.

로테는 한쪽 손으로 몸을 지탱하면서 손수건으로 눈을 가렸습니다. 두 사람은 감당하기 어려운 커다란 감동에 젖어 있었습니다. 숭고한 사람들의 운명 속에서 자신들의 불행을 느끼고, 서로 공감했던 것입니다. 두 사람의 눈물은 하나로 합쳐져서 흘러내렸습니다.

베르테르의 눈과 입술은 로테의 팔에 파묻힌 채 뜨겁게 달아

올랐습니다. 로테는 온몸에 전율을 느끼면서도, 몸을 피하기 위해 몸부림쳤습니다. 그러나 고통과 동정이 납덩이처럼 무겁게 가슴을 짓눌러서 몸을 가눌 수가 없었습니다.

그녀는 심호흡을 하고 마음을 가다듬은 다음, 계속해서 더 읽어달라고 흐느끼면서 부탁했습니다. 그녀의 목소리는 듣기에도 애처롭고 쓰라린 목소리였습니다.

베르테르는 온몸이 덜덜 떨리면서 가슴이 터질 것 같았습니다. 그는 간신히 마음을 추스르며 원고를 다시 집어 들고, 더듬더듬 읽기 시작했습니다.

『봄바람이여, 어찌하여 나를 깨우는가? '하늘나라 물방울로 만물을 적셔 주려 하노라'고 그대는 정답게 소곤거리는구나. 그러나 나는 시들어 버릴 때가 가까웠노라. 내 잎을 불어 날릴 폭풍우도 가까웠노라! 일찍이 내 아름다운 모습을 보았던 그 나그네는, 들판 구석구석에 눈길을 돌리며 나를 찾으리라. 그러나 끝내 그는 나를 찾아내지 못하리라.』

이 시 구절이 지닌 힘은 불행한 베르테르의 마음을 한없이 짓눌렀습니다. 그는 절망의 구렁텅이에 빠진 채 로테 앞에 꿇어앉아, 그녀의 두 손을 잡고서 차례로 자기의 눈과 이마에 갖다 댔습니다.

무서운 예감이 로테의 가슴속을 스치고 지나갔습니다. 그녀의 감각은 극도로 혼란 상태에 빠졌습니다. 그녀는 베르테르의 두 손을 꽉 잡아 자기 가슴에 갖다댄 다음, 슬픔을 견디지 못하고 그에게 몸을 기댔습니다.

타오르는 두 사람의 볼이 맞닿았습니다. 이 세상이 두 사람 앞에서 송두리째 사라져 버렸습니다. 베르테르는 두 팔로 그녀의 허리를 휘감아 가슴에 껴안으며, 떨고 있는 그녀의 입술에 뜨거운 키스를 퍼부었습니다.

로테는 몸을 돌리며 "베르테르 씨!" 하고 숨 가쁜 소리로 외쳤습니다. "베르테르 씨!" 그녀는 힘없는 손으로 그의 가슴을 밀어냈습니다. 잠시 후, 그녀는 그지없이 숭고한 감정이 어린 확고한 목소리로 "베르테르 씨!" 하고 침착하게 외쳤습니다.

그는 거역하지 않았습니다. 그녀를 팔에서 풀어 놓으며, 마치 넋 나간 듯한 표정으로 그녀 앞에 엎드렸습니다. 그녀는 사랑인지 분노인지 모를 감정에 몸을 떨며 말했습니다.

"이것으로 마지막이에요, 베르테르 씨. 이제 다시는 만나지 않겠어요."

그리고 그녀는 이 불행한 사람에게 사랑이 담긴 눈길을 보내면서 얼른 옆방으로 들어가 문을 잠가 버렸습니다. 베르테르는 그녀를 향해 두 팔을 내밀었으나, 그녀를 붙잡지는 못했습니다.

그는 소파에 머리를 기댄 채 바닥에 쓰러져서 반 시간 이상이나 그 자세로 그냥 있었습니다. 그러다가 인기척이 나는 바람에 제정신을 차렸습니다. 하녀가 식사 준비를 하려고 들어왔던 것입니다. 베르테르는 방 안을 오락가락하다가, 하녀가 나간 다음 다시 혼자 있게 되자 옆방 문 앞으로 다가가서 나직한 소리로 불렀습니다.

"로테! 로테! 딱 한 마디만 하게 해줘요. 작별 인사라도……."

그녀는 아무 대답도 하지 않았습니다. 베르테르는 기다렸습니다. 다시 청을 하고는 또 기다리다가, 마침내 그는 문에서 떨어져서 외쳤습니다.

"잘 있어요, 로테! 영원히 잘 있어요!"

베르테르는 성문까지 걸어갔습니다. 문지기들은 그와 안면이 있는 터라, 말없이 통과시켜 주었습니다. 진눈깨비가 내리고 있었습니다.

열한 시경에야 그는 집으로 돌아와서 문을 두드렸습니다. 하인은 베르테르가 모자를 쓰지 않은 채 돌아온 것을 알아챘으나, 거기에 대해서는 아무 말도 하지 않고 옷을 벗겨 주었습니다. 옷은 흠뻑 젖어 있었습니다.

　모자는 나중에 골짜기가 내려다보이는 비탈 바위 위에서 발견되었습니다. 진눈깨비가 내리는 칠흑처럼 어두운 밤에, 어떻게 굴러 떨어지지도 않고 거기까지 올라갔었는지 알 수 없는 노릇이었습니다.

　베르테르는 침대에 드러누워 오랫동안 잠을 잤습니다. 이튿날 아침, 베르테르의 부름을 받은 하인이 커피를 가지고 방에 들어갔을 때, 그는 뭔가를 쓰고 있었습니다. 로테 앞으로 보내는 다음과 같은 편지였습니다.

'내가 눈을 뜨는 것도 이것이 마지막입니다. 드디어 나는 오늘 마지막 눈을 떴습니다. 이 눈은 아아, 이제 다시는 태양을 볼 수 없을 것입니다. 날씨가 흐리고 안개가 끼어서, 태양이 가려져 있습니다.

― 자연이여, 슬퍼하라! 그대의 아들, 그대의 친구, 그대의 사랑하는 애인이 그 종말로 다가가고 있다. ― 로테! '이것이 마지막 아침이다' 하고 자신에게 타이르는 느낌은 정말 기묘합니다. 어렴풋한 꿈결 같다고나 할까요? 로테! 나는 '마지막'이라는 말의 의미를 알 수가 없습니다. 나는 지금 조금도 힘을 잃지 않고, 여기 이렇게 꿋꿋이 서 있지 않습니까. 그런데 내일이 되면 사지를 축 늘어뜨린 채 바닥에 드러누워 있을 것입니다.

죽음! 그것은 도대체 무얼 의미할까요? 우리는 죽음에 대해 곧잘 이야기를 하지만, 그것은 마치 꿈을 꾸고 있는 것과 같습니다. 몇 번이나 나는 사람이 죽는 것을 보았습니다. 하지만 인간은 자기 존재의 처음과 마지막에 대해 아무것도 모릅니다. 그만큼 한정된 세계에 살고 있는 것입니다.

나는 아직도 내 것입니다. 또한 당신의 것입니다. 아아, 사랑하는 이여! 그런데 그것이 한 순간이 지나면 헤어지고 떨어지게 되다니……. 아마도 영원히……? 아니, 로테! 아닙니다. 어떻게 내가 죽어 없어져 버린단 말입니까? 그렇습니다. 우리는 이렇게 엄연히 존재하고 있습니다! 죽어 없어져 버린다……, 그것은 대체 무엇을 의미하는 것일까요? 그것은 내 가슴속에 아무런 느낌도 전해 주지 못하며, 공허하게 울리는 말에 불과합니다. 로테! 죽으면 차가운 땅 속에 묻힙니다. 답답하고 어두운 저곳에!

철없던 어린 시절, 나에게는 이 세상 무엇에도 비할 수 없을 만큼 소중한 여자친구 하나가 있었습니다. 그 친구가 죽었을 때, 나는 그 장례 행렬을 따라 묘지로 가서 관이 무덤 속으로 내려지는 것을 보았습니다. 사람들이 구덩이에 관을 내려놓고 밧줄을 빼냈습니다. 이윽고 첫 번째 삽으로 관 위에 흙을 끼얹었고, 흙은 관 뚜껑에 부딪히며 둔한 소리를 냈습니다. 그 둔한 소리가 차츰 작아지더니, 마침내 관이 흙에 완전히 덮였습니다.

나는 그 무덤 옆에 쓰러졌습니다. 마음속 깊이 충격을 받고, 가슴이 갈기갈기 찢기는 것 같았습니다. 그러나 나는 그때 나 자신이 어떻게 되었는지 영문을 몰랐습니다. 또 앞으로 어떻게 될 것인지도 전혀 알지 못했습니다. 죽음! 무덤! 이 말들의 뜻을 나는 이해할 수 없습니다!

아아, 어제의 일을 용서해 주십시오! 제발 용서해 주십시오! 그 순간이 내 목숨의 마지막 순간이었더라면……. 아아, 나의 천사! 처음으로, 생전 처음으로 아무런 의심도 없이 내 마음속 깊은 곳에서 기쁨의 감정이 뜨겁게 불타올랐습니다. 당신이 분명 나를 사랑하고 있다는 확신에 찬 기쁨이었습니다.

당신의 입술에서 번져 나온 거룩한 불꽃이 지금도 내 입술 위에서 타고 있습니다. 새롭고 뜨거운 기쁨이 내 가슴속에서 넘쳐흐르고 있습니다. 용서해 주십시오! 용서해 주십시오!

아아, 당신이 나를 사랑하고 있다는 사실을 진작부터 나는 알고 있었습니다. 그 진심 어린 눈길과 처음 악수를 나누는 순간부터 나는 그것을 알았습니다. 그러나 내가 당신과 떨어져 있을 때나 알베르트가 당신 곁에 있는 것을 볼 때면, 또다시 열병과도 같은 의심이 일어나서 의기소침해지곤 했습니다.

기억하고 있습니까? 언젠가의 그 거북한 모임에서 당신이 나에게 말을 걸지도 못하고 손을 내밀 수도 없었을 때, 나에게 꽃을 보내 주었던 그 일을……. 아아, 그 꽃을 앞에 두고 나는 밤이 깊을 때까지 꿇어앉아 있었습니다. 그 꽃이 나에게 사랑을 입증해 주었던 것입니다.

그러나 아아! 마음속에 새겨진 그러한 확신이 점점 흐려져만 갑니다. 심지어는 충만한 천상의 힘에 의해, 또는 눈에 보이는 성스러운 증표에 의해 하느님의 은총을 깨달은 신자가 차츰 감사하는 마음을 잃어가는 것과 비슷한 일이었습니다.

이 모든 것은 허무한 것입니다. 그러나 어제 당신의 입술에서 맛보고, 지금 내 가슴에서 불타고 있는 이 생명은 영원히 사라지지 않을 것입니다! 당신은 나를 사랑하고 있습니다. 나는 이 팔로 당신을 껴안았고, 이 입술은 그대의 입술 위에서 떨었습니다. 이 입은 당신의 입에 닿아 말도 제대로 하지 못했습니다. 당신은 나의 것입니다. 그렇습니다. 로테, 당신은 영원토록 나의 사람입니다!

알베르트가 당신의 남편이라는 것, 그게 무슨 상관입니까? 남편! 그것은 이 세상에서만의 일이지 않습니까? 이 세상에서 내가 당신을 사랑하고, 남편의 품에서 당신을 빼앗는 것은 죄가 되겠지요.

죄? 좋습니다. 그러므로 나는 나 자신에게 벌을 내립니다. 나는 이 죄가 가져다주는 성스럽기까지 한 기쁨을 마음껏 맛보았고, 생명의 향기와 힘을 들이마셨습니다. 그 순간부터 당신은 나의 것입니다!

오오, 로테! 나는 먼저 갑니다. 하늘에 계신 나의 아버지요, 당신의 아버지인 그분에게로 갑니다. 그리고 아버지께 하소연하렵니다. 아마 그분은 당신이 올 때까지 나를 위로해 주실 겁니다. 당신이 오면, 나는 뛰어가서 당신을 기쁘게 맞이할 것입니다. 그리하여 영원한 아버지가 보시는 앞에서 당신을 포옹하고, 영원히 당신 곁을 떠나지 않을 것입니다.

나는 꿈을 꾸고 있는 것도 아니고, 환상을 그리고 있는 것도 아닙니다. 무덤 가까이에 와서 더 한층 또렷하게 느낍니다. 우리는 결코 죽어 없어지는 존재가 아닙니다. 우리는 다시 만납니다. 당신 어머니도 만나게 될 것입니다! 나는 당신 어머니를 찾아뵙겠습니다. 나는 그분을 알아볼 수 있을 것입니다. 아아, 그리고 나는 당신 어머니께 내 마음을 모두 다 털어놓을 것입니다! 당신을 꼭 닮은 그분께…….'

열한 시경에 베르테르는 하인에게 알베르트가 돌아왔느냐고 물었습니다. 하인은 그가 말을 끌고 저쪽으로 가는 것을 봤다고 대답했습니다. 그러자 베르테르는 다음과 같은 내용의 쪽지를 하인에게 주었습니다.

'여행을 떠날 계획인데, 권총을 좀 빌려 주시겠습니까? 부디 안녕히 계십시오.'

로테는 그 전날 밤 거의 잠을 자지 못했습니다. 전부터 두려워했던 일이 일어나고 말았기 때문입니다. 더욱이 그것은 짐작조차 하지 않았던 뜻밖의 형태로 일어났던 것입니다. 평소에는 맑게 흐르던 순결한 피가 열병에라도 걸린 것처럼 끓어오르면서, 아름다운 그녀의 마음이 갖가지 생각으로 한없이 어지럽혀졌습니다.

그녀가 가슴 깊이 느끼고 있었던 것은 베르테르와의 포옹에서 일어난 불길이었을까요, 아니면 그의 무례에 대한 분노였을까요? 그것도 아니면, 아무 거리낌 없는 순진성과 자기 자신에 대한 신뢰로 가득했던 예전의 모습과 현재의 모습을 비교해 보고 느끼는 불쾌감이었을까요?

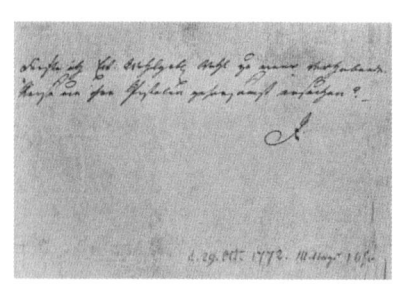

그녀는 '남편이 돌아오면 어떻게 맞이

해야 할까' 하고 생각해 보았습니다. 남편에게 어제 있었던 일을 고백해도 거리낄 것은 없지만, 그래도 그 장면을 그대로 설명할 만한 용기는 나지 않았습니다.

두 사람은 벌써 오래 전부터 베르테르에 대한 이야기를 피해 오고 있었습니다. 그런데 좋은 일이라 하더라도 이쪽에서 먼저 베르테르의 이야기를 꺼내는 것이 망설여지는 터에, 하필이면 알베르트가 예상조차 하지 못할 거북스런 일에 대해 고백하는 것이 영 내키지 않았습니다.

베르테르가 왔었다는 말만 들어도 남편은 언짢아할 텐데, 어떻게 그런 뜻밖의 상황을 입 밖에 낼 수 있단 말인가! 또 남편이 아무런 선입견 없이, 공정한 눈으로 자기 마음을 있는 그대로 보아 줄지도 의문이었습니다.

그렇다고 해서 남편을 속일 수도 없는 일 아닌가. 자기는 언제나 수정처럼 투명하게 모든 것을 숨김없이 털어놓았으며, 자기의 기분이나 감정조차도 있는 그대로 보여 주지 않았던가. 이제 남편을 어떤 식으로 대해야 할까……. 그런 생각들이 꼬리를 물고 이어지면서 그녀를 괴롭혔습니다.

그녀의 생각은 끊임없이 베르테르에게로 되돌아왔습니다. 하지만 그녀에게 있어 베르테르는 이미 잃어버린 사람이었습니다. 그를 잃는다는 건 너무나 가슴 아픈 일이었지만 별 도리가 없었습니다. 그러나 베르테르가 로테를 잃어버리면, 그에게는 남는 것이 아무것도 없지 않을까…….

로테가 그 순간 뚜렷하게 자각하고 있었던 것은 아니지만, 베르테르와 남편 사이에 뿌리를 내린 갈등이 그녀의 마음을 얼마나 무겁게 짓누르고 있었는지 모릅니다.

그토록 분별력 있고 선량한 두 사람이 눈에 보이지 않는 어떤 견해 차이로 서로가 침묵을 지키면서, 서로 자기가 옳고 상대방이 부당하다고 생각해 왔던 것입니다. 이러한 사태는 날로 얽히고 악화되어, 마침내 모든 것을 좌우하는 위태로운 순간에 이르러서도 그 매듭을 푸는 일이 불가능해진 것입니다.

그렇게까지 되기 전에 두 사람이 좀 더 너그럽게 이해하는 마음으로 서로의 속마음을 열어 보였더라면, 사랑과 관용의 미덕을 발휘하여 가까이 지냈더라면, 아마도 우리의 친구는 구원의 여지가 있었을지도 모릅니다.

거기에 또 한 가지 특수한 사정이 곁들여지게 되었습니다. 그의 편지에서도 알 수 있듯이, 베르테르는 이 세상을 버리고 싶다는 생각을 조금도 숨기지 않았습니다.

그런데 알베르트는 베르테르의 이런 생각을 몇 번이나 반박하였고, 이 점에 대해서 로테와도 여러 번 이야기를 나눈 적이 있습니다. 알베르트는 자살이라는 행위에 대해 철두철미하게 반감을 지니고 있었으므로, 평소의 그에게서는 볼 수 없는 신경질적인 태도를 보이기까지 하면서 '자살 계획 따위는 진지한 것이라고 생각할 수 없다'고 여러 차례 이야기했습니다. 뿐만 아니라 '그것은 전혀 믿을 수 없는 일'이라는 자신의 의견을 로테에게 농담

비슷하게 말하기도 했습니다.

이런 남편 말은, 로테가 끔찍한 광경을 머릿속에 그릴 때는 위안이 되기도 했습니다. 그러나 다른 한편으로는 남편의 그런 태도 때문에 자신을 괴롭히고 있는 문제를 남편에게 말하는 것이 어렵게 여겨졌던 것입니다.

알베르트가 돌아왔습니다. 로테는 당황한 기색으로 그를 맞이했습니다. 남편은 밝은 얼굴이 아니었습니다. 일이 깨끗하게 처리되지 않은 것입니다. 이웃마을의 관리라는 사람이 완고하고 소심한 사람이었기 때문입니다. 게다가 오고가는 길이 좋지 못했던 것도 그를 불쾌하게 했습니다.

별일 없었느냐고 묻는 남편의 말에, 로테는 간밤에 베르테르가 왔었다고 얼떨결에 대답했습니다.

알베르트는 우편물 온 건 없느냐고 물었습니다. 편지 한 통과 소포가 몇 개 와서 방에 놓아두었다는 말을 들은 알베르트가 자기 방으로 들어가자, 그녀는 혼자 남게 되었습니다. 사랑하고 존경하는 남편이 돌아왔다는 사실이 그녀의 마음에 새로운 울림을 주었습니다. 남편의 관대함과 사랑, 그리고 자상한 태도를 생각하자 그녀의 마음이 한결 진정되었습니다.

그는 문득 남편을 뒤따라가 보고 싶은 생각이 들어, 평소에 곧잘 그랬던 것처럼 일거리를 들고 남편 방으로 들어갔습니다. 남편은 소포를 풀고, 동봉된 편지를 읽고 있었습니다. 그 가운데는 그다지 유쾌하지 못한 사연도 섞여 있는 모양이었습니다.

로테가 두세 마디 물어보니까, 남편은 간단하게 대답한 후 책상에서 뭔가를 쓰기 시작했습니다.

두 사람은 이렇게 한 시간 정도 함께 있었는데, 로테의 마음은 점점 어두워져 갔습니다. 설령 남편의 기분이 아주 좋을 때라 하더라도, 자신의 마음속에 찜찜하게 걸려 있는 일을 고백하기는 지극히 어려울 것이라는 느낌이 들었습니다. 그녀는 슬펐습니다. 그것을 숨기고 눈물을 삼키려고 애쓰면 애쓸수록 더한층 괴로워지는 것이었습니다.

그때 베르테르의 심부름을 온 하인이 찾아왔는데, 그 순간 로테는 몹시 당황했습니다. 하인은 알베르트에게 쪽지를 전했습니다. 알베르트는 침착한 태도로 아내를 바라보며 "이 사람에게 권총을 빌려 드려요" 하고 말한 다음, 하인을 향해 "여행 잘 다녀오시기를 바란다고 전하게"라고 했습니다.

로테는 벼락이라도 맞은 듯 큰 충격을 받았는지 비틀거리면서 일어섰습니다. 자신이 지금 뭘 하고 있는지조차도 모를 지경이었습니다. 그녀는 천천히 벽 쪽으로 가서 떨리는 손으로 권총을 내린 다음, 먼지를 털었습니다. 그러고는 망설였습니다.

만일 알베르트가 그러한 그녀 모습을 의아스런 듯한 눈초리로 바라보며 재촉하지 않았다면, 더 오랫동안 머뭇거렸을 것입니다. 로테는 말 한 마디 하지 못한 채 그 불길한 무기를 하인에게 내주었습니다.

하인이 돌아가자, 로테는 형언할 수 없는 불안한 마음으로 일거리를 챙겨 가지고 자기 방으로 돌아왔습니다. 그녀의 마음은 필경 무서운 일이 일어날 것만 같은 예감으로 가득했습니다.

그녀는 당장 남편의 발아래 엎드려 어젯밤에 일어났던 일과 지금 자신이 예감하고 있는 것을 다 고백해 버릴까 하는 생각도 해봤습니다.

그러나 그렇게 해봤자 아무런 소용이 없다는 것을 깨달았습니다. 더구나 남편을 설득하여 베르테르를 찾아가도록 한다는 것은 엄두도 내지 못할 일이었습니다.

식사가 준비되었습니다. 그때 마침 로테의 친한 친구 한 사람이 물어볼 것이 있다면서 찾아왔습니다. 그녀는 곧 돌아가려다가, 로테가 식사를 하고 가라고 권하자 함께 식탁에 앉았습니다. 그 친구 덕분에 식사하는 분위기가 한결 부드러워졌습니다. 식사를 하는 동안, 로테는 마음의 불안을 잊기 위해 애써 이리저리 화제를 돌렸습니다.

하인이 권총을 가지고 베르테르에게 돌아왔습니다. 베르테르는 권총을 로테가 내주더라는 말을 듣고는 무척이나 기뻐하며 그 권총을 받았습니다. 그리고는 하인에게 빵과 포도주로 식사 준비를 하라고 이른 다음, 자기는 책상 앞에 앉아서 편지를 쓰기 시작했습니다.

'권총은 당신의 손을 거쳐서 내게로 왔습니다. 먼지를 털어 주셨다고요? 나는 천 번도 더 권총에 키스를 했습니다. 당신의 손이 닿았던 것이니까요. 하늘의 정령인 당신이 나의 결심을 확고하게 해줍니다! 당신의 손에서 죽음을 받고 싶었는데, 아아! 지금 그것을 받은 것입니다.

그렇습니다. 나는 하인에게 꼬치꼬치 물었답니다. 당신은 권총을 내줄 때 떨고 있었다고요? 작별 인사는 하지 않으셨다는데, 유감스럽습니다! 나를 영원히 당신과 결합시킨 그 순간 때문에 나에게 마음의 문을 닫아 버리셨습니까?

로테, 설령 천년의 세월이 흘러도 그 순간의 감명은 사라지지 않을 것입니다. 그리고 나는 알고 있습니다. 당신으로 인해 이토록 마음을 불태우고 있는 사람을 당신이 미워할 리 없다는 것을……'

식사를 마친 뒤, 베르테르는 하인을 불러서 짐을 전부 꾸리라고 한 다음 많은 양의 서류를 찢어 버렸습니다. 그 다음엔 밖으로 나가서 자질구레한 빚들을 깨끗이 청산했습니다. 그리고 일단 집으로 돌아왔다가 비가 내리고 있는데도 불구하고 다시 성 밖으로 나갔습니다.

그는 교외에 있는 M백작의 정원과 그 부근을 서성거리다가, 어둑어둑해질 무렵에야 돌아왔습니다. 그리고는 다시 다음과 같은 편지를 썼습니다.

'빌헬름! 마지막으로 들과 수풀과 하늘을 보고 왔네. 그럼, 자네도 잘 있게나! 어머니, 용서해 주십시오. 빌헬름! 우리 어머니를 위로해 드리게. 당신들에게 하느님의 축복이 있기를! 내 짐은 전부 정리해 놓았네. 그럼 잘 있게나! 또 만나세. 그때는 좀 더 기쁜 얼굴로 만나게 될 걸세.'

'알베르트 씨, 당신에게는 여러 가지로 미안합니다. 부디 나를 용서해 주시기 바랍니다. 나는 당신 가정의 평화를 깨뜨리고, 당신들 부부 사이에 불신과 의혹의 씨를 뿌렸습니다.
안녕히 계십시오! 나는 이제 모든 것을 끝내려 합니다. 내가 죽음으로써 부디 당신들 두 분이 행복해지기를 바랍니다! 알베르트 씨, 천사와 같은 그분을 행복하게 해주십시오.
하느님의 축복이 당신에게 내리기를……!'

베르테르는 밤늦도록 원고들을 뒤적거리더니 그 대부분을 찢어서 난로 속에 던져 넣고, 몇 뭉치의 원고는 포장해서 겉봉에다 빌헬름의 이름을 썼습니다. 그것은 짤막한 수필과 단편적인 감상문이었습니다. 그 가운데 몇 편은 나중에 편자(編者)인 나도 읽었습니다.

밤 열 시쯤 그는 난로에 땔감을 더 넣게 하고, 포도주를 한 병 가져오게 한 다음, 하인더러 그만 가서 자라고 일렀습니다. 하인의 방은 문지기의 방과 마찬가지로 훨씬 안쪽에 있었습니다. 하인은 다음 날 아침 일찍 일어나기 위해 옷을 입은 채로 잠자리에 들었습니다. 여섯 시 전에 마차가 집 앞으로 올 것이라는 얘기를 베르테르에게 들었기 때문입니다.

열한 시 지나서

주위는 적막 속에 잠겨 있습니다. 그리고 내 마음도 평온합니다. 하느님, 이 마지막 순간에 이런 열정과 힘을 저에게 주신 것을 감사드립니다.

그리운 이여, 나는 창가에 서서 바깥을 내다봅니다. 바람에 몰려가는 구름 사이에, 아직도 영원한 하늘에 빛나는 별들이 보입니다!

'너희들은 결코 지상에 떨어지는 일이 없으리라. 영원하신 분이 그대들을 가슴에 안아 주리라. 그리고 나 또한 그러하리라.'

별들 가운데서도 내가 가장 좋아한 큰곰자리의 북두칠성이 보입니다. 내가 밤에 당신과 헤어져서 당신의 집 문을 나서면, 북두칠성은 언제나 맞은편 하늘에서 반짝이고 있었습니다. 나는 그지없이 황홀한 심정으로 이 별들을 바라보곤 했었습니다. 나는 가끔 두 손을 뻗어 이 별들을 가리키며, 그때그때의 내 행복의 거룩한 증거로 삼곤 했습니다.

그리고 지금도 역시 나에겐……. 오오, 로테! 어느 것 하나 당신을 생각나게 하지 않는 것이 없습니다! 당신을, 또한 나를 둘러싸고 있습니다. 나는 마치 어린애처럼, 성스러운 당신의 손이 닿았던 것이면 아무리 하찮은 것일지라도 내 것으로 만들어 왔던 것입니다.

그리운 당신의 실루엣 그림을 기념품으로 남겨놓고 가겠습니다. 로테, 부디 소중히 간직해 주십시오. 밖으로 나가거나 집으로 돌아왔을 때, 나는 몇 천 번이나 그 그림에다 키스를 했고, 거기에다 몇 천 번이나 인사를 했습니다.

나는 당신 아버지께, 나의 유해를 거두어 주십사고 편지로 부탁을 드렸습니다. 묘지의 안쪽, 밭 맞은편 구석에 보리수가 두 그루 있습니다. 나는 그 곳에 묻히고 싶습니다. 당신 아버지께서는 나의 이런 부탁을 들어주실 줄 믿습니다. 당신도 그렇게 부탁드려 주십시오.

그렇지만 거룩한 그리스도교인들은 이 불행한 사람 옆에 묻히기를 싫어할 것이니, 나도 억지로 그렇게 해달라고 요구할 생각은 없습니다. 그렇습니다, 당신들의 손으로 길옆이나 호젓한 골짜기의 어느 구석에 묻어 주셔도 좋습니다. 사제나 레위 사람들이 성호를 그으며 그 무덤 앞을 지나가고, 사마리아 사람이 한 방울의 눈물을 흘릴 수 있도록 말입니다.

자, 로테! 나는 두려움 없이 차갑고 무서운 술잔을 손에 들고 죽음을 들이킵니다. 당신이 내게 준 술잔입니다. 나는 주저하지 않겠습니다. 이것으로 내 생애의 모든 소망이 다 이루어지는 것입니다. 이토록 냉정하게, 이토록 두려움 없이 죽음의 철문을 두드릴 수 있다니!

로테! 나는 그럴 수만 있다면 당신을 위해 목숨을 바치고 싶었으며, 당신을 위해 이 몸을 바치는 행복을 누리고 싶었습니다. 당신의 생활에 평화와 기쁨을 되찾게 할 수만 있다면, 나는 아무 미련 없이 기꺼이 죽으려고 했습니다. 그러나 아아, 가까운 사람들을 위해 스스로 피를 흘리고 죽음으로써, 친구들의 마음속에 백배의 새로운 삶을 북돋아줄 수 있는 것은 오직 몇 안 되는 고귀한 사람들만이 할 수 있는 일입니다.

로테, 나는 이 옷을 입은 채로 묻히고 싶습니다. 로테, 당신의 손이 닿아서 거룩하고 정결해진 옷입니다. 이것은 당신 아버지께도 부탁드렸습니다. 나의 영혼은 벌써 관 위를 떠다니고 있을 것입니다.

또한 아무도 내 호주머니를 뒤지지 않게 해주십시오. 이 분홍색 리본은 우리가 처음 만났을 때 당신이 가슴에 달고 있었던 것입니다. 그때 당신은 아이들에게 둘러싸여 있었지요. 아아, 아이들에게 키스를 많이많이 해주십시오. 그리고 이 불행한 친구의 운명을 이야기해 주십시오. 귀여운 아이들! 그 아이들은 언제나 내 둘레에 모여들곤 했었지요.

아아, 나는 얼마나 당신과 굳게 결합되어 있었을까요! 처음 만난 그 순간부터 나는 당신 곁을 떠날 수 없었습니다. 이 리본도 함께 묻어 주십시오. 내 생일에 당신이 선물로 준 것입니다. 그런 물건들을 나는 얼마나 갖고 싶어 했는지 모릅니다! 아아, 이런 일들이 나를 여기까지 이끌어 주리라고는 생각조차 하지 못했습니다.

마음을 가라앉히십시오! 부디 진정하십시오! 탄환은 이미 장전해 놓았습니다. 시계가 지금 열두 시를 치고 있습니다.

로테! 로테! 잘 있어요! 잘 있어요!

이웃사람 하나가 화약의 섬광을 보았고, 총소리를 들었습니다. 그러나 이내 조용해졌으므로 더 이상 신경을 쓰지 않았습니다.

다음 날 아침 여섯 시에 하인이 등불을 들고 방 안으로 들어섰습니다. 베르테르는 피투성이가 되어 쓰러져 있었고, 그 옆에는 권총이 뒹굴고 있었으며, 피가 줄줄 흘러내렸습니다. 소스라쳐 놀란 하인은 주인을 안아 일으키며 소리쳤으나, 대답은 없고 목구멍에서 골골거리는 소리가 희미하게 들릴 뿐이었습니다.

하인은 서둘러서 의사를 부르러 달려갔으며, 이어서 알베르트

에게도 달려갔습니다.

로테는 초인종 소리를 듣자 온몸이 떨렸습니다. 그녀는 허둥지둥 알베르트를 깨운 다음 함께 밖으로 나왔습니다. 하인은 소리 내어 울면서 사건의 내용을 전했습니다. 로테는 정신을 잃고 알베르트 앞에 쓰러졌습니다.

의사가 왔으나, 베르테르는 이미 손을 쓸 수 없는 상태였습니다. 맥박은 뛰고 있었지만, 사지는 완전히 마비되어 있었습니다. 오른쪽 눈 위에서 머리를 쏘았기 때문에 뇌수가 밖으로 터져 나와 있었습니다. 소용없는 일인 줄 알면서도 팔의 정맥을 째자 피가 흘러나왔습니다. 베르테르는 아직도 숨을 쉬고 있었습니다.

의자의 팔걸이에도 피가 묻어 있는 것으로 보아, 베르테르는 책상 앞에 앉은 채 방아쇠를 당긴 것 같았습니다. 그런 다음 마룻바닥으로 굴러 떨어져, 의자 주위에서 몸부림쳤던 모양입니다. 발견되었을 때는 이미 힘이 다한 상태에서 창문 쪽으로 머리를 두고 누워 있었습니다. 장화를 신고 있었으며, 푸른 연미복에 노란 조끼를 입은 단정한 차림이었습니다.

집안사람들은 물론이고 이웃과 온 마을이 발칵 뒤집혔습니다. 알베르트가 방으로 들어왔습니다. 베르테르는 침대에 눕혀져 있었는데, 이마에 붕대를 감고 있었습니다. 얼굴은 벌써 죽은 사람이나 다름없었고, 팔다리는 전혀 움직이지 않았습니다. 폐에서만 아직도 씩씩

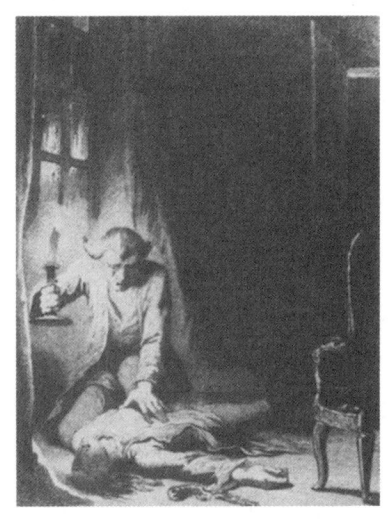

거리면서 혹은 약하게 때로는 강하게 소리가 새어나오고 있었습니다. 임종이 가까웠습니다.

포도주는 한 잔 정도밖에 마시지 않은 모양으로, 병째 놓여 있었습니다. 책상 위에는 비극적인 내용을 담은 레싱의 대표적 희곡 <에밀리아 갈로티>가 펼쳐져 있었습니다.

여기서는, 알베르트의 경악과 로테의 비탄에 대해서는 언급하지 않겠습니다.

늙은 법무관은 소식을 듣고, 말을 타고 달려왔습니다. 그는 뜨거운 눈물을 흘리면서 죽어가는 베르테르에게 입을 맞추었습니다. 법무관의 아이들도 아버지의 뒤를 따라 걸어서 왔습니다.

그들은 참을 수 없는 슬픔을 이기지 못하고 침대 주위에 꿇어앉아 베르테르의 손과 입에 키스를 했습니다.

베르테르에게 사랑을 가장 많이 받았던 맏아들은, 베르테르가 숨을 거둔 뒤에도 사람들이 억지로 떼어낼 때까지 그의 입술에서 떨어지지 않으려 했습니다.

낮 열두 시에 베르테르는 숨을 거두었습니다. 법무관이 그곳에 있으면서 여러 가지로 조치를 취했으므로 별다른 문제는 일어나지 않았습니다.

밤 열한 시경, 베르테르는 법무관의 지휘에 따라 자신이 미리 지정한 장소에 매장되었습니다. 이 늙은 법무관과 사내아이들만 영구 뒤를 따라갔습니다.

알베르트는 로테의 안위가 염려스러웠기 때문에 장지로 갈 수가 없었습니다. 유해는 일꾼들에 의해 운반되었으며, 성직자는 한 사람도 동행하지 않았습니다.